Janina Schlick

Bis wir uns lieben

AF175937

Über den Roman

Für die achtzehnjährige Luisa wird ein Traum wahr, als sie nach ihrem Schulabschluss für drei Monate nach Andalusien fliegt, um eine Sprachschule zu besuchen. Sie freut sich darauf das Land, die Akademie und ihre Gastfamilie kennen zu lernen. Treffen mit Männern stehen nicht auf ihrem Plan, denn nach einer schwierigen Kindheit fällt es ihr schwer Vertrauen zu fassen. Doch als sie ihrem Gastbruder Felipe begegnet, gerät ihr guter Vorsatz ins Wanken. Das Knistern zwischen ihnen kann sie nicht länger ignorieren. Nicht ahnend, dass Felipe etwas vor ihr verbirgt, das ihre Beziehung zerstören könnte, verliert sie ihr Herz an ihn.

Über mich

Ich bin Janina und hab Bücher schon geliebt, bevor ich selber lesen konnte. Seit der zweiten Klasse schreibe ich eigene Geschichten. Das Schreiben ist für mich in den letzten Jahren mehr und mehr zu einer Leidenschaft geworden, die ich neben meinem Beruf als Gärtnerin ausübe.

Falls ihr euch mit mir über Bücher und das Schreiben austauschen möchtet, findet ihr mich auf Instagram unter dem Namen @Janina.wortverliebt.

Bis wir uns

Janina Schlick

Impressum

2. Auflage 2022
Copyright © 2022 Janina Schlick
Georgstraße 29, 86316 Friedberg

Cover: Alexa Kim Buchcover, www.akbuchcover.de

Buchsatz: Constanze Kramer, coverboutique.de

Herstellung und Verlag:
BoD – Books on Demand, Norderstedt

ISBN 978-3-75623-330-4

1. Kapitel

Als der Wecker klingelt, bin ich längst hellwach. Ich weiß nicht mal ob ich überhaupt richtig geschlafen hab. Jedenfalls ist mir die Nacht ziemlich lang vorgekommen. Ich bringe den nervigen Wecker zum Schweigen und schlupfe in meine nagelneue hellblaue Jeans und ein eng anliegendes, aber bequemes weißes T-Shirt.

Draußen ist es noch dunkel. Nur das Licht einer Straßenlaterne scheint durch den Spalt in der Jalousie, aber das reicht mir, um meinen Koffer zu finden. Alles ist gepackt. Das hab ich gestern Abend mindestens fünfmal kontrolliert.

Der Flur liegt noch im Dunkeln. Unter der geschlossenen Küchentür scheint Licht durch. Mama ist also schon aufgestanden. Ich atme tief durch, die Hand an der Türklinke zittert leicht. Das wird kein leichter Abschied. Besonders für Mama nicht. Gestern beim Packen sah sie die ganze Zeit aus als würde sie gleich in Tränen ausbrechen und hat mir mindestens zehnmal gesagt, dass sie mich wahnsinnig vermissen wird. Ich werde sie auch vermissen, egal wie sehr mich ihre Depressionen in den letzten Jahren belastet haben. Aber hierbleiben ist keine Option. Es für uns beide Zeit endlich nach vorne zu schauen und unsere eigenen Wege zu gehen. Sie wird es schaffen. Das weiß ich. Wir haben in letzter Zeit oft darüber gesprochen. Überhaupt haben wir in den vergangenen Monaten mehr miteinander geredet als in den letzten zehn Jahren.

Mit einem entschlossenen Ruck öffne ich die Tür. Mama sitzt mit einer Tasse Kaffee an unserem kleinen Esstisch in der Ecke des Zimmers und sieht mir verstohlen dabei zu, wie ich mir ein Müsli zubereite.

Mit hochgezogenen Schultern kauert sie auf dem Stuhl und umklammert ihre Tasse mit beiden Händen. Als ich mich auf den Stuhl gegenüber setze, senkt sie den Blick, stellt die Tasse ab und puhlt mit den Fingernägeln angetrocknete Krümel von der bunten Plastiktischdecke. Ein altes Verhaltensmuster, von dem ich eigentlich dachte, dass sie es nach knapp zwei Jahren Therapie abgelegt hat. Sie will mein Mitleid erregen, wahrscheinlich in der unsinnigen Hoffnung, dass ich meine Reise abblase und doch alles so bleibt wie es ist, aber das kann es nicht und sie weiß es.

Mein Entschluss steht schon seit Wochen fest. Ich werde meine Spanisch an der Sprachakamedie in Malaga perfektionieren. Der Flug und der Sprachkurs sind fest gebucht und meine Gastmutter Carmen freut sich schon auf mich. Ich glaube, dass das Mama am meisten zu schaffen macht. Dass ich die nächsten drei Monate bei wildfremden Menschen wohnen werde, über die ich kaum etwas weiß. Aber ich hab mich nach reichlicher Überlegung genau dafür entschieden. Ich will endlich raus in die Welt. Und zwar richtig. Ich will nicht nur irgendwo in Spanien einen Sprachkurs machen. Nein, ich wünsche mir nichts mehr als das Land und die Kultur richtig kennen zu lernen. Und das kann ich nur, wenn ich den Alltag einer Familie hautnah miterlebe, nicht, wenn ich mir ein Einzelzimmer im Wohnheim der Schule nehme, so wie Mama es wollte.

All die Jahre war ich für Mama da, hab mich nach ihr gerichtet und alles getan, damit wir nicht in Dreck und Chaos versinken. Inzwischen schafft Mama den Alltag wieder allein. Das ist ihre Möglichkeit wieder vollends in ein normales Leben zurückzukehren. Und meine Chance hier rauszukommen und mir hoffentlich endlich darüber klarzuwerden, was ich mit meinem Leben anfangen will.

Flehend sieht sie mich an. Ihre Lippen formen stumm meinen Namen. Seufzend greife ich nach ihrer kalten Hand. »Du wirst es schaffen. Es geht dir doch jetzt viel besser als noch vor zwei Jahren.«

Mama senkt wieder den Blick als sie mir antwortet. »Ich weiß nicht, ob es mir noch gutgehen wird, wenn du weg bist. Wir waren nie länger als einen Tag voneinander getrennt.«

»Ich weiß, aber ich kann nicht hierbleiben. Wir haben darüber geredet und du warst einverstanden. Du schaffst es und ich bin ja auch nicht ewig weg.«

Ich lächle und endlich schaut sie mich an. Die dunklen Ringe unter ihren Augen verraten mir, dass sie letzte Nacht auch kaum geschlafen hat. Mamas Ängste sind verständlich. Auch ich hatte in den letzten Wochen oft Zweifel, ob ich wirklich die richtige Entscheidung getroffen hab. Einmal war ich sogar kurz davor alles hinzuschmeißen, aber manchmal müssen wir unsere Ängste überwinden, um etwas zu verändern. Die Zeiten, in denen sie sich tagelang im Bett verkrochen und ihrer zerbrochenen Ehe nachgetrauert hat, sind vorbei. Es geht bergauf. Für uns beide.

»Du wirst bei fremden Leuten wohnen. Wir kennen sie nicht. Was ist, wenn es ganz fürchterliche Menschen sind, die dir wehtun? Hat diese Frau nicht erwachsene Söhne? Was ist, wenn …?« Mit einem Schluchzen wendet sie sich ab und steht so ruckartig vom Tisch auf, dass die Kaffeetasse beinahe umkippt.

Ich springe auch auf. »Mama. Mach dir keine Sorgen. Die Familie wurde von der Schule geprüft. Nicht jeder darf Schüler aufnehmen.«

Als ich ihr den Arm um die Schulter legen will, stößt sie mich erst weg, dann zieht sie mich in ihre Arme. »Ich weiß nicht wie das gehen soll. Ich bin hier ganz allein und du bei fremden Menschen. Wäre es nicht besser, wenn …«

»Nein.« Ich befreie mich aus ihrer Umklammerung. Auch im übertragenen Sinn. Als Mama und Papa sich getrennt haben und Mama in Depressionen gefallen ist, war ich acht. Ich hab meine halbe Kindheit geopfert. Es fällt mir schwer meine Wut zu unterdrücken. »Denk an deine Fortschritte. Du wirst super zurechtkommen.«

Sie atmet tief durch. »Ja, du hast Recht. Das wird schon.« Dann wendet sie sich von mir ab, wünscht mir halbherzig eine schöne Zeit und rauscht aus der Küche. Mit einem leicht mulmigen Gefühl stehe ich da. So hab ich mir den Abschied nicht vorgestellt, aber Mama war schon immer sehr emotional und sensibel. So ist es einfacher für sie.

Um sechs holt Lena mich ab. Ich warte mit gepackten Taschen vor der Haustür auf sie. Es ist kalt und ich zittere in meiner dünnen Lederjacke. Meine warme Jacke nehme ich nicht mit. Die werde ich in Malaga nicht brauchen. Dort herrschen jetzt schon sommerliche Temperaturen. Mein Herz schlägt wild vor Aufregung. Ich muss der glücklichste Mensch weit und breit sein.

»Hi.« Lena zieht mich in eine enge Umarmung. Dabei rutscht ihr die bunte Desigual-Tasche von der Schulter. »Bereit für die große Reise?«

»Und wie.« Ich wuchte den schweren Koffer und den Rucksack auf die Rückbank und setze mich auf den Beifahrersitz. Bevor ich mich anschnalle, werfe ich nochmal einen Blick zur Haustür und auf den Vorhof mit den Garagen. Der Platz ist menschenleer. Dani wollte eigentlich kommen und sich von mir verabschieden. Enttäuscht stelle ich fest, dass er mir auch nicht geschrieben hat. Hat er vergessen, dass ich heute nach Spanien fliege?

»Er wird sich schon noch melden«, meint Lena zuversichtlich, »Und wenn er es vergessen hat, wird es ihm sicher leidtun.«

Typisch Lena. Sie weiß immer sofort was los ist. »Er weiß, dass ich jetzt drei Monate weg bin und trotzdem ist er nicht gekommen. Meinst du, es ist ihm egal, dass wir uns jetzt so lange nicht sehen?«

»Es ist ja nichts Ernstes zwischen euch. Wenn er dich wirklich mag, meldet er sich bald. Wenn nicht, vergiss ihn. Vergnüg dich lieber mit den spanischen Männern. Die wissen noch, wie man eine Frau erobert.«

Ich kann ein Kichern nicht unterdrücken. So ist Lena nun mal. Sie hält sich nicht lange mit irgendwelchen Dingen auf. Oder mit Kerlen. Wenn einer sie sitzen lässt, ist er für sie Geschichte. Liebeskummer kennt sie nicht. Vielleicht ist sie auch deshalb meine beste Freundin. Mit ihr kann man einfach nur Spaß haben und für ein paar Stunden alle Sorgen vergessen.

»Er hätte wenigstens Bescheid sagen können, dass er nicht kommt.« Ich schlucke meine Enttäuschung hinunter. Dani hat mehrmals betont, dass ich ihm wichtig bin und er mich vermissen wird. Lena hat Recht. Wahrscheinlich hat er einfach kurzzeitig vergessen, dass ich heute abreise und später wird es ihm leidtun.

Ich kann nicht glauben, dass ich tatsächlich auf dem Weg zum Münchner Flughafen bin. In drei Stunden werde ich zum ersten Mal in ein Flugzeug steigen und zum ersten Mal in meinem Leben ein fremdes Land sehen. Vor einem Jahr hätte ich noch nicht einmal im Traum daran gedacht, dass ich so viel Glück haben könnte. Aber es ist wahr. Den nächsten Sonnenuntergang werde ich in Andalusien erleben.

Lena begleitet mich zum Terminal. Bis zum Abflug sind es noch über zwei Stunden. Wir stöbern in einem Buchladen und kaufen uns an einem Snackautomaten ein paar Süßigkeiten. Danach renne ich nochmal zurück in den Buchladen und kaufe mir einen praktischen dünnen Reiseführer für Andalusien. Die zwei dicken Wälzer über Spanien, die ich in den letzten Wochen unzählige Male durchgeblättert hab, haben keinen Platz mehr in meinem Koffer gefunden.

»Du gibst ja jetzt schon ein Vermögen aus«, meint Lena lachend.

»Das ist meine erste Reise. Ich bin vollkommen überfordert.«

Wir lassen die Check-in-Schalter hinter uns. Mit Lenas Hilfe hab ich gestern schon online eingecheckt. Ein Glück. Die Schlange zum Check-in ist lang. Wir stellen uns zusammen bei der Sicherheitskontrolle an. Angespannt beobachte ich die Menschen vor mir. Sie legen ihre Taschen und Jacken in Plastikschalen, die über ein Fließband durch ein Röntgengerät fahren. Abgetastet wird man nur, wenn der Alarm losgeht. Ich balle die feuchten Hände zu Fäusten und versuche ruhig zu atmen. Es wird schon alles gut gehen.

Beruhigend legt Lena mir eine Hand auf die Schulter. »Du wirst eine tolle Zeit haben. Am liebsten würde ich mitkommen und mit dir die Bars in Malaga unsicher machen.« Sie grinst. »Und natürlich mit ein paar heißen Männern flirten.«

»Wenn der Kurs vorbei ist, machen wir einen tollen Mädelsurlaub.« Wir lächeln uns an.

»Das machen wir.« Sie umarmt mich. »Wird sicher toll.«

»Ich bring dir was Schönes mit aus Malaga.«

Ich drehe mich um und stelle mit Schrecken fest, dass nur noch eine Frau vor mir steht. Mein Hals wird trocken, mein Herz rast. Jetzt wird es ernst.

Lena zieht mich nochmal an sich. »Vergiss nicht, Spaß zu haben. Und lass dich mal auf einen Drink einladen.«

»Das mach ich«, verspreche ich obwohl ich ganz sicher nicht vorhabe, mich auf irgendwelche Typen einzulassen. Schließlich will ich mich voll und ganz auf die sich anbahnende Beziehung zwischen mir und Dani konzentrieren, wenn ich wieder zurück bin.

Ich befreie mich aus Lenas Umarmung und lege Tasche und Jacke in eine Plastikschale. Dann winke ich ihr noch einmal zu und gehe durch die Sicherheitsschranke. Jetzt gibt es kein Zurück mehr.

Nervös laufe ich in der Wartehalle auf und ab. Um nicht alle paar Minuten auf die Uhr zu schauen, stelle ich mich für eine Weile ans Fenster und beobachte, wie ein Passagierflugzeug langsam übers Rollfeld fährt. Es ist faszinierend, dass ich damit in weniger als drei Stunden in Südspanien sein werde. Ein Gepäckwagen fährt vorbei und ich frage mich, ob mein Koffer auch dabei ist oder ob er schon verfrachtet wurde.

Ich setze mich auf einen der unbequemen harten Plastikstühle. Während ich den Rest meines überteuerten Sandwiches esse, schaue ich nach, ob Dani geschrieben hat. Nichts. Komischerweise hat sich auch sonst niemand aus der Clique gemeldet. Was mich aber am meisten nervt, ist, dass Dani es immer noch nicht auf die Reihe gekriegt hat, sich bei mir zu melden. Was ist nur los bei ihm?

Um nicht ganz ohne Abschied zu gehen, schicke ich ihm eine kurze Sprachnachricht, in der ich ihm mitteile, dass ich sehr bald abfliegen werde und wie schade ich es finde, dass wir uns nicht mehr gesehen haben.

Mein Flug wird aufgerufen. Ich hänge mir die Tasche über die Schulter und atme tief durch. Jetzt geht es los.

2. KAPITEL

Mit einer halben Stunde Verspätung komme ich in Malaga an. Es fühlt sich komisch an wieder festen Boden unter den Füßen zu haben und ich bin ein bisschen wacklig auf den Beinen. Ansonsten hab ich den Flug gut überstanden. Meine anfängliche Angst beim Start hat sich schnell gelegt. Fasziniert hab ich beobachtet wie die Felder und Häuser immer kleiner geworden sind bis nur noch gelbe, grüne und braune Quadrate zu erkennen waren und wir schließlich über den Wolken waren.

In der Ankunftshalle herrscht geschäftiges Treiben. Ich brauche eine Weile um mich zurechtzufinden. Nachdem ich einmal falsch abgebogen bin, schaffe ich es doch noch zur Gepäckausgabe. Erwartungsvoll beobachte ich das Fließband, auf dem die Koffer im Kreis fahren, kann meinen aber nirgends entdecken. Langsam werde ich nervös. In meinem Rucksack hab ich nicht mal eine Unterhose zum Wechseln. Keine Ahnung wie oft das Band schon im Kreis gefahren ist als endlich mein auffälliger lila Trolli auftaucht. Erleichtert atme ich auf.

Mein Herz rast als ich nach meiner Gastmutter Carmen Ausschau halte. Erst jetzt wird mir so richtig klar,

14

dass ich sie tatsächlich garnicht kenne. Sie ist eine vollkommen fremde Frau und ich vertraue mich ihr an. Wenn sie ein schrecklicher Drache ist, werde ich trotzdem die nächsten drei Monate mit ihr zusammenleben müssen. Auf dem Foto, das mir die Schule geschickt hat, sah sie sehr nett aus. Auch in ihren Emails hat sie einen freundlichen Eindruck gemacht. Ich hoffe, dass ich mich da nicht getäuscht hab.

Es dauert nicht lange bis ich sie unter den anderen wartenden Menschen ausgemacht hab. Sie trägt ein großes Pappschild, auf dem ihrer und mein Name steht. Eine attraktive Frau um die vierzig mit gebräunter Haut und schönen schwarzen Locken. Als sie mich erkennt, lächelt sie herzlich. Diese Frau kann gar kein wütender Hausdrache sein.

»Hallo, ich bin Luisa«, stelle ich mich vor und überlege schon ob ich ihr die Hand geben soll. Doch Carmen schließt mich einfach in eine lockere Umarmung und haucht mir links und rechts einen Luftkuss auf die Wange. Ich fühle mich ein bisschen überfallen, lasse mir aber – zumindest hoffe ich das – nichts anmerken. Daran muss ich mich wohl gewöhnen. Genauso wie daran nur noch spanisch zu sprechen.

»Hola Luisa. Schön, dass du da bist. Wir freuen uns auf dich.«

»Ich freu mich auch. Es ist so aufregend das erste Mal von zu Hause wegzugehen.« Meine ersten Worte klingen etwas holprig, aber das wird schon. Schließlich bin ich hier, um etwas zu lernen.

»Wir werden eine schöne Zeit zusammen haben«, versichert mir Carmen.

Mein Magen knurrt laut als wir uns auf den Weg zum Ausgang machen. Ich konnte mich nicht überwinden das eklige Pappsandwich aus dem Flugzeug zu essen.

Carmen lacht nur. Es klingt aufrichtig und fröhlich. »Wenn wir nach Hause kommen, steht das Essen schon auf dem Tisch. Meine Tochter Alicia ist eine großartige Köchin.«

Während der Fahrt erzählt Carmen mir von ihren Kindern. Alicia ist die älteste. Sie ist achtundzwanzig und wohnt mit ihrer kleinen Tochter Dulce ein paar Straßen von Carmens Haus entfernt, ist aber oft zu Besuch. Dann muss Carmen aber mindestens fünfzig sein, überlege ich. Das sieht man ihr garnicht an.

Benito ist der jüngste. Er ist fünfzehn und macht wohl gerade eine schwierige Phase durch. Mehr sagt Carmen dazu nicht. Offenbar ist das Verhältnis zwischen den beiden nicht das Beste.

»Felipe wirst du erst morgen kennen lernen. Er arbeitet heute und abends ist er meistens mit Freunden unterwegs. Du wirst ihn mögen. Er ist ebenfalls ein ausgezeichneter Koch.«

»Das hört sich gut an«, freue ich mich, »Bei uns zu Hause wurde nie besonders viel gekocht.«

Ich bin so sehr in das Gespräch mit Carmen vertieft, dass ich kaum etwas von der Stadt sehe. Das einzige was mir auffällt, sind hässliche triste Hochhaussiedlungen.

Hier und da hängt eine spanische Flagge oder Wäsche auf den Balkonen. Ansonsten wirkt alles sehr grau. Ein Glück, dass wir sie bald hinter uns lassen.

Carmens Haus befindet sich in einer engen Seitenstraße. Bei den meisten Häusern bröckelt an der Wand der Putz ab, doch durch die bunten Blumentöpfe mit Oleander und Zitronenbäumchen vor den Haustüren und den Geranien auf den Balkonen wirkt alles sehr freundlich. Die Sonne scheint von einem strahlend blauen Himmel und es ist angenehm warm. Besser kann mein Spanienaufenthalt garnicht anfangen.

Das Haus, in dem Carmen mit ihren Kindern wohnt, ist hellblau gestrichen und hat einen schmiedeeisernen Balkon, auf dem ein kleiner runder Tisch mit Mosaikmuster und zwei dazu passenden Stühlen steht. Daneben steht ein kleiner Zitronenstrauch. Die Straße ist so schmal, dass ein Stückchen weiter eine Wäscheleine zwischen zwei Häuser gespannt ist. Darauf hängen pinke Kinderkleider zum Trocknen. Ich muss lächeln, da alles ganz anders ist als bei uns zu Hause. Einfach schön.

Als wir das Haus betreten, werden wir von köstlichen Essengerüchen empfangen. Es riecht nach gebratenem Fisch und einfach nur lecker. Mir läuft das Wasser im Mund zusammen. Es wird wirklich Zeit für etwas Vernünftiges zu essen.

»Abuela, du bist wieder da!« Ein kleines Mädchen mit dunklen Zöpfen kommt auf uns zu gerannt und schmeißt sich in Carmens ausgebreitete Arme. Lachend knuddelt sie die Kleine. »Willst du nicht auch unseren Gast begrüßen?«

Dulce mustert mich ohne Carmens Hand loszulassen. Dann schenkt sie mir ein Lächeln und läuft wieder davon.

»Unsere Dulce ist ein liebes Kind«, sagt Carmen mit dem Stolz einer Großmutter, »Ihr werdet euch schnell anfreunden.«

»Das glaube ich auch.« Dulce ist wirklich süß. Leider hab ich überhaupt keine Erfahrung mit Kindern.

Neugierig sehe ich mich um. Der Flur ist schmal und die Einrichtung eher dunkel. Der Boden ist mit großen rötlichen Fliesen ausgelegt und die Wände sind voller Fotos, die ich mir aber vor Carmens Nase nicht so genau ansehen will.

Ein Junge kommt aus einem der Zimmer geschlurft und will gerade in die Küche abbiegen.

»Benito!«, ruft Carmen, »Wo sind deine guten Manieren geblieben?«

Er erstarrt mitten in der Bewegung und dreht sich um. Seine schwarzen Haare sind zerzaust. Sein Blick wirkt leer und seine eigentlich schönen Augen sind blutunterlaufen. Ich weiß sofort was los ist. Einige meiner Freunde kiffen. Auch Dani macht es manchmal.

»Hi, ich bin Luisa«, stelle ich mich vor, »Wir wohnen die nächsten drei Monate zusammen.«

Seine Lippen verziehen sich zu einem schiefen Lächeln. »Freut mich.«

»Benito«, schaltet sich Carmen wieder ein, »Sei so lieb und trag Luisa ihren Koffer hoch ins Gästezimmer.«

»Das kann ich auch selbst …«, will ich protestieren, doch Carmen besteht sehr energisch darauf, dass Benito es gerne macht. Das glaube ich weniger, aber Carmen zu widersprechen scheint so gut wie unmöglich zu sein.

Benito stellt meinen Koffer vor der letzten Tür im Flur ab. »Meine Mutter kann sehr nervig sein«, raunt er mir verschwörerisch zu.

»Dann kennst du meine noch nicht«, entgegne ich.

Benito lacht. Dann dreht er sich um und poltert die Treppen runter. Ich schiebe den Koffer ins Zimmer. Der Raum ist klein, aber gemütlich eingerichtet. Es gibt einen Kleiderschrank, einen Schreibtisch mit Drehstuhl direkt vor dem Fenster und ein weiß lackiertes Holzbett mit vielen bunten Kissen darin. Über dem Bett sind zwei Regalbretter an die Wand geschraubt. Auf dem oberen Brett stehen zwei kleine gerahmte Fotos von einem weißen Dorf in den Bergen. Auf dem unteren Brett stapeln sich ein paar Bücher. Ich stelle den Koffer neben das Bett und entdecke auf dem Nachtkästchen neben einer weißen Vase mit Schnittblumen eine handgeschriebene Karte.

Herzlich willkommen bei uns liebe Luisa.
Wir freuen uns auf die gemeinsame Zeit.
Ich hoffe du fühlst dich wohl bei uns.
Carmen

Lächelnd stelle ich die Karte zurück und gehe wieder nach unten. Ich folge den köstlichen Essendüften und lande in der Küche. Eine junge Frau, die ihre schwarzen Locken zu einem dicken Zopf zusammengebunden hat, steht am Herd und hantiert mit einer großen Pfanne. Dulce stellt sich auf die Zehenspitzen und streckt sich nach der Pfanne aus.

»Geh weg Dulce. Das ist heiß«, schimpft sie. Dann entdeckt sie mich und ein breites Lächeln erscheint auf ihrem Gesicht. »Du musst Luisa sein.«

Ich nicke. »Das riecht gut. Was ist das?«

»Eine Paella. Die kennt ihr in Deutschland auch.«

»Bei uns wurde nie viel gekocht«, erkläre ich auch ihr.

»Wirklich? Bei uns wäre das nicht wegzudenken.« Dulce zieht an der Bluse ihrer Mutter. Als diese nicht reagiert, rennt sie ins anschließende Esszimmer und kommt mit einer Handvoll Mandeln zurück. Eine Mandel hält sie mir hin. »Für dich«, sagt sie mit einem zauberhaften Lächeln.

»Danke Dulce.« Ich nehme sie und stecke sie in den Mund. Lecker. Dennoch schreit mein Magen nach etwas Richtigem zum Essen.

»Ich bin übrigens Alicia«, stellt Dulces Mutter sich vor.

Das Mittagessen verläuft fröhlich und laut und mit viel Gelächter. Zu Hause hab ich meistens allein gegessen. Wenn Mama mal da war, hat sie nur trübsinnig auf ihren Teller geschaut und die Hälfte stehen lassen. Hier geht es ganz anders zu. Alle unterhalten sich lautstark und wild durcheinander, was mich anfangs etwas überfordert, doch meine Spanischkenntnisse sind gut genug um mich schnell zurecht zu finden.

Carmen nennt Alicia die beste Köchin aller Zeiten.

»Ach Mama«, winkt Alicia bescheiden ab, »Wir alle wissen doch, dass Felipe die beste Paella macht.«

Da bin ich aber gespannt. Kann es etwas Besseres geben als das? Gewürzter Reis mit Olivenöl und gebratenen Krabben und Muscheln. Noch nie hab ich so etwas Gutes gegessen.

»Wenn ich wieder nach Hause fliege, musst du mir was von deinem Essen einpacken«, scherze ich. Alicia lacht.

»Du wirst dich hier vor gutem Essen nicht retten können«, wirft Carmen ein, »Alicia und Felipe stehen ständig in der Küche.«

»Felipe wollte mit zwei Jahren schon kochen, Weißt du noch …?«

Während Alicia und Carmen sich scherzhaft darüber streiten wer der beste Koch in der Familie ist, beobachte ich Benito und Dulce. Er zeigt der Kleinen wie man aus einer Serviette einen Schwan faltet. Dulce ist hoch konzentriert. Immer wieder faltet sie die Serviette auf und versucht es nochmal.

»Nein, nicht so«, ruft Benito, »Schau her.« Ich glaube, er ist ein guter Kerl. Auch wenn er Probleme hat.

Ich esse meinen Teller bis auf den letzten Rest leer. Trotz meines Protests gibt Alicia mir noch einen Nachschlag.

Auch nach dem Essen bleiben wir noch sitzen und unterhalten uns. Als ich mich sicher genug fühle, mische ich mich einfach in die Gespräche ein, und obwohl es ungewohnt ist, dass alle laut durcheinander reden, fühle ich mich sofort wohl. So als würde ich zur Familie gehören. Alle gehen so ungezwungen miteinander um. Dulce ruft ständig dazwischen, was allerdings niemanden zu stören scheint. Irgendwann steht Benito auf und geht. Dulce rennt ihm hinterher. Offensichtlich vergöttert sie ihren Onkel.

Als Carmen verkündet sie wolle sich jetzt ein bisschen hinlegen, ziehe auch ich mich in mein Zimmer zurück. Ich räume meine wenigen Klamotten in den Schrank und mache das Bad ausfindig. Nach einer kühlen Dusche fühle ich mich nicht mehr ganz so erschöpft. Im Haus ist es still. Wahrscheinlich halten die anderen alle Siesta. Oder sie sind nicht da.

Ich öffne das Fenster. Es klemmt ein bisschen. Von meinem Zimmer aus sehe ich die Straße, in der wir geparkt haben. Carmens Wagen steht direkt unter meinem Fenster. Irgendwo weint ein Baby. Jemand summt leise, wahrscheinlich ein Schlaflied. Dann ist es still. Die Sonne steht noch hoch am Himmel und taucht alles in ein weißliches Licht. Es fällt mir schwer mir die unerträgliche Hitze vorzustellen, die im Hochsommer hier zwischen den Häusern herrschen muss. Jetzt ist es noch angenehm warm. Einfach alles hier ist schön. Das Haus ist schön, mein Zimmer ist gemütlich und meine Gastfamilie wahnsinnig nett. Wenn ich mich hier schon so schnell eingelebt hab, wird es mir in der Schule sicher auch nicht schwerfallen, Anschluss zu finden.

Mein Handy vibriert. Dani hat geschrieben. Endlich! Mein Herz macht einen Satz. Ich wusste, dass er mich nicht komplett vergessen hat.

Mit zitternden Fingern öffne ich das Nachrichtenprogramm. Er hat eine Sprachnachricht geschickt. Nach einem kurzen Zögern spiele die Nachricht ab.

Hi Süße, Lena hat mir gesagt, dass du heute schon wegfliegst. Ich hab nicht mehr dran gedacht.
Ich hoffe du hast eine schöne Zeit und freu mich schon, wenn wir uns wiedersehen.

Dani klingt aufrichtig. Es tut ihm wirklich leid, dass er mich vergessen hat. Ich stelle mir vor wie er mit schuldbewusster Miene auf dem Bett sitzt. Sicher hätte er sich gerne persönlich von mir verabschiedet. Schnell tippe ich eine Antwort.

Ich denk an dich, solange ich hier bin und freu mich auch auf unser Wiedersehen. © Luisa

Ich lasse mir Danis Nachricht nochmal durch den Kopf gehen. Wusste ich's doch, dass er mich nicht mit Absicht versetzt hat. Manchmal mag Dani so wirken als wäre ihm alles egal, aber das ist es nicht. Zumindest ich scheine ihm nicht egal zu sein.

3. Kapitel

Der nächste Tag beginnt früh. Da wir gestern Abend noch lange zusammensaßen und geredet haben, bin ich alles andere als ausgeschlafen. Am liebsten würde ich noch eine halbe Stunde liegen bleiben. Aber Carmen will um halb acht los. Sie besteht darauf mich an meinem ersten Tag zur Schule zu bringen und erst anschließend in die Arbeit fahren. Als ich mich noch im Halbschlaf auf den Weg ins Bad mache, verschwindet jemand im Nebenzimmer. Wahrscheinlich Benito.

Ich binde mir die langen Haare zu einem dicken Pferdeschwanz zusammen und schlupfe in meine hellblaue Lieblingsjeans. Die dünne weiße Bluse, die ich mir extra für die Schule gekauft hab, passt perfekt dazu. Schließlich entscheide ich mich noch für ein schlichtes natürliches Make-up. Zu dick will ich nicht auftragen.

Carmen steht bereits perfekt frisiert und gekleidet in der Küche und kocht Kaffee. Für mehr reicht die Zeit auch nicht. Aber durch Carmens extra starken Kaffee fühle ich mich gleich besser.

»Bereit für die Schule?«, fragt Carmen mit einem aufmunternden Lächeln.

»Mehr als bereit«, sage ich, obwohl mir das Herz bis zum Hals schlägt. So vieles kommt heute auf mich zu.

So viel Neues. Es ist gleichzeitig aufregend und beängstigend. Bevor wir losfahren, studiere ich nochmal den Lageplan der Schule, den ich mir zu Hause ausgedruckt hab. Ok. Jetzt sollte ich mich einigermaßen zurechtfinden. Für alle Fälle stecke ich ihn mir in meinen Rucksack. Es kann losgehen.

Die Schule befindet sich am Stadtrand in einem Wohngebiet. Es ist ein weißes fünfstöckiges Gebäude mit Balkonen in den oberen drei Stockwerken. Das muss das Wohnheim sein. Auf den bunten mit Mosaikmuster verzierten Stufen, die zum Tor führen, stehen junge Leute in Gruppen zusammen. Einige sitzen auf der Treppe oder der niedrigen Mauer, angelehnt an den schmiedeeisernen Zaun, der das Gelände umgibt. Zwei Orangenbäume in großen Tontöpfen stehen links und rechts neben dem Tor, dessen Flügel weit geöffnet sind.

»Du wirst einen tollen Tag haben«, versichert Carmen mir, »Viel Glück.«

Ich steige aus und unterdrücke den Impuls ihr noch einmal zu winken. Das wäre oberpeinlich. Wer weiß ob unter den Leuten, die hier stehen, jemand von meinen Mitschülern ist. Als wüsste ich genau wohin ich muss, schiebe ich mich zwischen den Gruppen durch auf das Tor zu und betrete das Gelände. Mehrsprachiges Stimmengewirr und ein süßer Duft empfängt mich. Er kommt von den Orangenbäumen, die hier neben Oleandersträuchern in regelmäßigem Abstand an der Mauer entlang aufgestellt sind. Der Boden ist mit unförmigen Steinplatten in Weiß- und Grautönen

25

ausgelegt. Zum Glück ist der Innenhof nicht überfüllt und damit relativ übersichtlich. Alle hier scheinen gut gelaunt zu sein und sich super zu verstehen. Das ist ein gutes Zeichen.

Neben dem großen Hauptgebäude gibt es noch ein Restaurant mit gelber Fassade. Zu Kugeln geschnittene Bäumchen in Tontöpfen umgeben eine kleine Terrasse. Eine Steintreppe führt hinauf auf eine Dachterrasse. *Pool* steht auf dem Schild neben der Treppe.

Es ist zehn vor acht. Ich begebe mich zusammen mit der großen Masse zum Haupteingang. So als würde ich dazugehören.

Die freundliche Mitarbeiterin an der Anmeldung nimmt meine Anmeldebestätigung entgegen, sucht etwas in ihrem PC und gibt mir nochmal einen Plan der Schule.

»Dein Kurs beginnt im Raum 12«, sagt sie und malt einen roten Kringel um die Zimmernummer auf dem Plan. »Wenn du etwas brauchst, es ist immer jemand hier. Viel Spaß und Erfolg«, fügt sie mit einem Lächeln hinzu.

»Danke.«

Mein Zimmer hab ich schnell gefunden. Fröhliche Stimmen dringen auf den Flur. Die Tür steht halb offen. Der Raum ist so groß wie ein normales Klassenzimmer, nur das weniger Tische darin stehen und dadurch alles viel größer wirkt. Die fast bodentiefen Fenster lassen viel Licht herein und bieten einen schönen Blick auf den Hof der Schule.

Hier herrscht ausgelassene Stimmung. Die anderen Teilnehmer sitzen alle auf einem Haufen auf zwei zusammen geschobenen Tischen und reden und lachen. Ein Lehrer ist noch nicht da.

Nach kurzem Zögern setze ich mich dazu. »Hallo«, rufe ich in die Runde, »Ich bin Luisa.« Da alle Englisch miteinander reden, schließe ich mich einfach an. Jeder stellt sich mir vor und ich hab echt Probleme mir alle Namen zu merken.

»Du wohnst nicht im Wohnheim?«, fragt ein blondes Mädchen. Matilda? Am besten frage ich sie nachher nochmal. Auch die anderen sind ganz erstaunt darüber. Anscheinend bin ich die Einzige, die kein Zimmer im Wohnheim gebucht hat.

»Ich war einfach fasziniert von der Idee das Land und seine Bewohner richtig kennen zu lernen«, erkläre ich deshalb, »In einer Gastfamilie bekommt man davon sehr viel mit.«

»Du wirst sicher jemanden zum Reden finden«, meint ein Typ, der sich vorhin als Josh vorgestellt hat und legt besitzergreifend einen Arm um Matildas Schulter. Er mustert mich mit einem abschätzigen fast angewiderten Blick und verwickelt Matilda in ein Gespräch. Dabei sitzen sie mit dem Rücken zur Gruppe. Das ist echt merkwürdig. Aber anstatt mir darüber den Kopf zu zerbrechen, lasse ich mir von Anna aus England von ihren vielen Reisen erzählen. Sie ist als Kind mit ihren Eltern und ihrem Bruder durch die halbe Welt gereist und hat schon unglaublich viel gesehen. Also binde ich ihr lieber nicht auf die Nase, dass das hier meine erste Auslandsreise ist. Sie muss nicht wissen, wie unglaublich unerfahren und weltfremd ich bin.

Die ersten beiden Stunden vergehen unglaublich schnell. Unser Lehrer Javier ist um die vierzig und sehr unterhaltsam. Er versteht es, uns alle zu motivieren und zum Mitmachen zu bewegen. Bei ihm hat man das Gefühl alles sei ganz leicht.

»Hier soll das Lernen Spaß machen«, verkündet er gleich am Anfang, »Niemand muss sich für Fehler schämen. Sie gehören dazu. In drei Monaten werdet ihr alle unsere schöne Sprache perfekt beherrschen.«

Wir beginnen mit einer ganz normalen Vorstellungsrunde und machen dann mit einer Partnerübung weiter, bei der wir einfach reden, reden und nochmal reden sollen. So viel wie möglich, einfach über alles was uns einfällt. Javier betont immer wieder, dass reden das Wichtigste ist, um eine Sprache nicht wieder zu verlernen. Sie muss ein Bestandteil unseres Alltags sein. Und wieder bin ich froh bei Carmens Familie zu wohnen. Hier auf dem Campus würde außerhalb des Unterrichts niemand Spanisch mit mir reden. Und das sollte ich, denn obwohl ich im Spanischunterricht immer hoch motiviert war und gut abgeschnitten hab, bin ich etwas aus der Übung.

Ich unterhalte mich angeregt mit Matilda. Sie kommt aus Schweden, genauer gesagt aus Stockholm.

»Stockholm ist schön, aber sehr beengend. Ich musste endlich mal raus aus.«

»Geht mir genauso«, entgegne ich, »Ich hab's zu Hause nicht mehr ausgehalten. Der Alltag macht einen irgendwann verrückt.«

Matilda erzählt mir von ihren Plänen die Welt zu bereisen. »In drei Monaten geht es weiter nach Südamerika. Und danach kann ich immer noch studieren.«

Sie ist so voller Begeisterung für ihre Pläne, dass ich kaum dazu komme etwas über mich zu erzählen. Gegen ihr Vorhaben durch die Weltgeschichte zu reisen, kommt mir mein Wunsch, irgendwann mal in der Reisebranche zu arbeiten ziemlich lahm vor. Wieder drängt sich mir das Gefühl auf, schon das halbe Leben verpasst zu haben.

In der Pause sind plötzlich alle verschwunden. Während ich in meiner Tasche nach meiner Brotzeit suche – Mit Hackfleisch gefüllte Teigtaschen, die gestern vom Abendessen übrig geblieben sind – stürmen die anderen aus dem Klassenraum. Als ich auf den Flur hinaustrete, sind sie schon weg. Draußen im Hof entdecke ich Josh, der mit Matilda und Anna im Schatten eines Orangenbaums steht. Fasziniert stelle ich fest, dass gleichzeitig zarte weiße Blüten, reife und auch unreife Orangen auf dem Baum hängen. Obwohl mir Josh nicht gerade sympathisch ist, gehe ich auf die drei zu. Immerhin haben Anna und Matilda einen netten Eindruck gemacht. Mit Josh werde ich auch noch warm, wenn er sein anfängliches Misstrauen mir gegenüber abgelegt hat.

Matilda lächelt mir zu. Anna hebt grüßend die Hand. Nur Josh betrachtet mich mit einem Blick, als wäre ich ein Insekt auf seinem Teller. Wieder legt er Matilda demonstrativ den Arm um die Schulter und zieht sie von mir weg. Was soll das? Glaubt er etwa ich hätte vor mich an seine Freundin ranzumachen? Das kann er doch nicht ernsthaft denken.

»Anna«, ruft Josh, nachdem sie sich nicht vom Fleck rührt, »Kommst du oder nicht?« Kurz zögert sie. Dann dreht sie sich um und schließt sich den anderen an. Mein erster Impuls ist, einfach mitzugehen, doch dann sind sie schon hinter der Treppe, die zum Dach des Restaurants führt, verschwunden. Außerdem, denke ich mir, ist es lächerlich ihnen wie ein Schoßhündchen hinterherzudackeln, wenn sie eindeutig unter sich sein wollen. Irgendwann wird sich sicher die Möglichkeit ergeben dieses seltsame Missverständnis zu klären.

Der restliche Schultag verläuft ereignislos. Javier sagt uns, was uns im Lauf der nächsten Wochen erwartet. Wir werden jeden Tag fünf Stunden haben, einmal die Woche zwei intensive Einzelstunden, in dem jeder allein mit einem der Sprachlehrer seine Sprachfertigkeiten trainiert und verbessert. Morgen gibt es einen Einstufungstest, um herauszufinden wer in welchem Bereich die meiste Unterstützung braucht. Für heute sind wir entlassen.

Matilda ist noch am Einpacken. »Hast du Lust mich in die Stadt zu begleiten?«, frage ich, bevor sie wieder weg ist. Josh steht ungeduldig wartend an der Tür. Un-

sicher schaut Matilda zu ihm und wieder zu mir. »Äh …
tut mir leid. Heute haben wir schon was anderes vor.«

»Was habt ihr denn …?«, setze ich an, doch sie hat
sich schon ihre Tasche umgehängt und eilt zu Josh,
auf dessen Gesicht ein zufriedenes Lächeln erscheint.
Ich werfe ihm einen bösen Blick zu. Er verzieht keine
Miene. So ein Idiot.

»Bis morgen«, ruft Matilda mir im Rausgehen noch
zu. Und wieder bin ich allein.

Mein Vorhaben in die Stadt zu gehen, schmeiß ich
natürlich nicht hin. Vielleicht ist es sogar ganz gut ein
bisschen allein zu sein. Wirklich allein zu sein. Einfach um den Kopf freizukriegen.

Ich nehme den Bus ins Stadtzentrum. Er hält gegenüber
einem Park, in dem Pflanzen wachsen, die ich noch nie
in meinem Leben gesehen hab. Tropisch aussehende
Bäume mit großen Blättern und leuchtend bunten Blüten. Hohe Palmen, die sogar einige der Häuser überra-
gen. Im Stamm einer Palme nisten kleine grüne Papageien. Sie schwirren geschäftig um das Loch herum und
streiten sich mit gewöhnlichen Tauben um Brotkrümel,
die auf dem Boden liegen.

Breite Wege führen durch die Parkanlage. Staunend
betrachte ich Bäume mit dicken ineinander verschlungenen Stämmen und gewaltigen Wurzeln, tropische
Blumen, die ich bisher nur aus dem botanischen Garten
kannte und eine Hortensie so groß wie ein Baum. Irgendwo hier müssen auch der Hafen und der Strand

sein, aber mein Weg führt mich heute in die Einkaufs-
straße, Marques de Larios. Einige Läden haben jetzt in
der Mittagszeit geschlossen. Dafür sind die Bars und
Restaurants gut besucht. Überall hört man fröhliches
Gelächter und sieht ausgelassen kreischende Kinder, die
über den Platz rennen und fangen spielen. Ein paar Ju-
gendliche sitzen auf dem Rand eines Brunnens. Dahinter ragen ein paar Palmen mit dünnen leicht gebogenen
Stämmen in den Himmel. Die Palmwedel tanzen im
Wind. Neugierig geworden biege ich in eine schmale
Seitenstraße ein. Das Stimmengewirr der vielen Menschen in den Cafés und Bars verblasst zu einem undeut-
lichen Gemurmel, das ich nur noch im Hintergrund
wahrnehme. Die Gassen werden schmäler und es ist
empfindlich kühl im Schatten der eng stehenden Häuser. Einige Haustüren sind mit bunten Kacheln verziert
und aus den geöffneten Fenstern wehen verlockende Es-
sensdüfte nach draußen. Irgendwo läuft ein Radio und
jemand pfeift ein wenig schief zur Melodie eines fröhlichen spanischen Liedes. Das zaubert mir ein Lächeln
aufs Gesicht. Die Menschen hier wirken immer so
glücklich und ausgelassen als wüssten sie nicht was Sorgen sind. Das ist mir gestern schon bei Carmen und
ihrer Familie aufgefallen und heute auch bei Javier.

Leichter Wind kommt auf. Am Himmel haben sich
vereinzelt ein paar Wolken gebildet. Wie lange bin ich
eigentlich schon unterwegs? Ein Blick auf mein Handy
sagt mir, dass es fast vier Uhr ist. Verdammt, schon so
spät! Inzwischen muss Carmen zu Hause sein und sich

fragen, wo ich bleibe. Ich sollte mich auf den Rückweg machen. Doch als ich mich umsehe, wird mir erst klar, dass ich mich weiter vom Platz entfernt hab als ich eigentlich vorhatte. Ich hab vollkommen die Zeit vergessen. Und hab keine Ahnung wo ich bin. Die Häuser hier scheinen nicht mal bewohnt zu sein. Zumindest sehen sie ziemlich schäbig aus. Das gelbe Haus neben mir ist mit hässlichen Graffitis besprüht. Auf der anderen Seite der Gasse ragt ein braunes Mehrfamilienhaus steil in den Himmel. Aus den Briefkästen quillen Zeitungen und Werbeprospekte. Sonst ist hier nichts. Nur unheimliche Stille. So ein Mist! Wie soll ich jetzt wieder zurückfinden? Hier ist nicht mal jemand, den ich nach dem Weg fragen kann. Aber ehrlich gesagt will ich in dieser gruseligen Gasse auch niemandem begegnen. Wer weiß was sich hier für Gestalten rumtreiben. Wenigstens ist es noch nicht dunkel. Aber bis dahin dauert es noch einige Stunden. Irgendwie werde ich schon zurückfinden.

Also keine Panik. Es ist alles nicht so schlimm. Ich gehe einfach in die Richtung, aus der ich gekommen bin. Zumindest glaube ich, dass ich aus dieser Richtung gekommen bin. Wenn ich nur nicht so einen beschissenen Orientierungssinn hätte. Doch schon nach kurzer Zeit glaube ich, eine Gasse wieder zu erkennen. Ich spüre ein aufgeregtes Kribbeln im Bauch. Wenn ich hier abbiege, stehe ich bestimmt gleich auf dem großen Platz mit den Palmen. Leider zu früh gefreut. Jetzt bin ich in einer Seitenstraße, die ich vorher noch nie gesehen hab.

Obwohl ich bei meinem wirren Rumgerenne in so ziemlich jeder Gasse gewesen sein muss. Außerdem sieht es hier nicht mehr ganz so heruntergekommen aus. Es gibt ein kleines Café, das noch geschlossen hat und daneben einen düsteren Antiquitätenladen. Ich biege um die Ecke und stehe vor einem Weinladen. Dahinter führt ein schmiedeeisernes Tor zu einem Innenhof voller Blumentöpfe. Eine Sackgasse. Verdammt! Mir wird klar, dass es keinen Sinn macht weiter herumzuirren. So entferne ich mich immer weiter von der Stadtmitte. Aber ich kann auch nicht einfach hierbleiben. Und nach dem Weg fragen kann ich auch nicht. Das ist nicht gerade ein belebtes Viertel. Und selbst, wenn hier jemand wäre. Ich weiß ja nicht mal, wie der Platz heißt, zu dem ich will.

Es ist zum Verzweifeln. Meine Augen brennen. Mühsam dränge ich die Tränen zurück. So komm ich nicht weiter. Ich drehe mich im Kreis und versuche irgendwas zu finden, woran ich mich orientieren kann. Vielleicht ein Kirchturm, aber alles was ich sehe, sind Balkone und Fenster und Wände, die mir die Sicht versperren. Nervös laufe ich auf und ab und versuche, mich zu erinnern woher ich gekommen bin. Wenn ich nur ungefähr wüsste in welche Richtung ich muss. Nur blöd, dass ich überhaupt nicht auf den Weg geachtet hab! Wie ein Tiger im Käfig laufe ich auf und ab. Vor meinen Augen verschwimmt alles. Jetzt bloß nicht heulen. Ich lege Gesicht und Handflächen an die Hauswand neben dem Weinladen und versuche ruhig zu atmen. Alles wird gut. Wenn es sein muss, frage ich eben den Weinverkäufer nach dem Weg. Wie eine blöde Touristin.

»Hey. Alles ok?«

Erschrocken zucke ich zusammen und drehe mich nur langsam um. Für einen Augenblick vergesse ich wie verzweifelt ich bin. Alles was ich sehe, sind große dunkelbraune Augen, die mich fragend anschauen. Wow!

»Hola? Kann ich dir irgendwie helfen?«

Endlich erwache ich aus meiner Starre. »Ja, ich … ich muss … Ich hab keine Ahnung wo ich bin.« Wie peinlich. Ich hab doch sonst keine Probleme ganze Sätze zu formulieren.

»Komm mit. Ich ruf dir ein Taxi.«

Wie ein dummes Kaninchen starre ich ihn an. »Ein Taxi? Nein, das ist nicht nötig. Ich muss nur zu … diesem Platz Von da aus finde ich den Weg allein.« Hoffe ich zumindest. Ein zentraler Ort ist immer gut.

Er lächelt. »Du meinst die Plaza de la Constitution. Das ist nicht weit von hier. Komm, ich zeig's dir.«

Meine Wangen werden heiß. Ich frage mich wie viele Frauen er mit diesem Lächeln schon um den Verstand gebracht hat.

»Das musst du nicht«, sage ich schnell, »Sag mir doch einfach wie … wo ich lang muss.«

»Kein Problem. Ich muss auch in die Richtung.«

Erst jetzt fällt mir auf, dass er eine Kiste Wein dabeihat. Er ist wahrscheinlich aus dem Weinladen gekommen. Ach du Scheiße! Dann hat er bestimmt gesehen, dass ich wie eine Irre im Kreis gelaufen bin.

Schweigend laufen wir nebeneinander her. Zu Hause wäre ich nie mit einem fremden Mann mitgegangen, aber was bleibt mir anderes übrig.

Inzwischen nieselt es. Ich setze die Kapuze auf. Er kann nicht, weil er die Weinkiste tragen muss. Aber es scheint ihm nichts auszumachen, dass er nass wird. Vorsichtig werfe ich ihm einen Blick zu und erröte als ich sehe, dass er mich auch anschaut.

»Was ist?« Die Frage rutscht mir einfach raus.

»Du bist nicht von hier.« Sein Lächeln treibt mir erneut die Röte ins Gesicht.

»Ist das so offensichtlich?« Hab ich was Blödes gesagt? Vielleicht sollte ich nochmal ein paar Vokabeln lernen.

»Da wo du herkommst, regnet es wahrscheinlich öfter. Sonst würde es dich nicht stören.« Wassertropfen hängen in seinen dunklen Locken. Schnell wende ich den Blick ab.

Endlich erreichen wir die Plaza de la Constitucion. Erleichtert atme ich auf. Geschafft!

»Danke fürs Herbringen«, sage ich zu meinem Begleiter, »Mich holt jemand ab.« Zumindest hoffe ich, dass Carmen spontan von zu Hause weg kann. Wer weiß, wann der nächste Bus kommt.

»Sicher. Kein Problem.«

Peinlich berührt wende ich mich ab und widerstehe dem Drang, mich nach ihm umzudrehen. Aber ich werde das Gefühl nicht los, dass er mir hinterherschaut. Schnell biege ich um die nächste Ecke. Weg von ihm.

Langsam wird es voller auf den Straßen und ich bekomme eine Ahnung davon, wie es in den späten Abendstunden hier sein muss. Sicher aufregend. Ich mache mich auf den Weg zum Park und krame mein Handy aus der Handtasche. Hoffentlich ist Carmen zu Hause.

»Luisa! Na endlich. Ich bin vor einer halben Stunde nach Hause gekommen und da warst noch nicht von der Schule zurück.«

»Ich war noch in der Stadt und hab die Zeit vergessen«, verteidige ich mich. Ich frage mich ob sie sauer oder nur besorgt ist, aber eigentlich klingt sie nicht gerade wütend.

»Mit Freunden aus der Schule?«

»Nein, ich …«

»Weißt du was, ich hol dich ab. Ausnahmsweise. Wo bist du denn?«

»Im Park. Hier muss irgendwo der Hafen sein. Aber ich kann auch mit dem Bus kommen.«

Kurz herrscht Stille. »Felipe müsste noch unterwegs sein. Vielleicht kann er dich mitnehmen. Ich ruf ihn schnell an. Bleib einfach dort, wo du bist. Entweder kommt er oder ich.«

»Danke Carmen.«

Es dauert nicht lange bis Carmens Wagen am Straßenrand hält. Auch, wenn ich gerne noch nach dem Hafen gesucht hätte, bin ich erleichtert, dass sie so schnell gekommen ist. Nachdem ich eine gefühlte Ewigkeit durch die Stadt geirrt bin und beinahe einen Nervenzusammenbruch gehabt hätte, fühle ich mich wie erschlagen und möchte mich einfach nur noch in meinem Zimmer verkriechen. Felipe werde ich dann wohl beim Abendessen kennen lernen.

»Wie war dein erster Tag?«, fragt Carmen.

Ich berichte ihr von Javier und den anderen Teilnehmern meiner Gruppe, erwähne aber nicht, dass ich die Pause allein verbracht hab und Josh offensichtlich nicht will, dass ich mich mit Anna und Matilda anfreunde. Carmen hat sich heute schon genug Sorgen um mich gemacht. Und jetzt muss sie mich schon zum zweiten Mal fahren. Ab morgen werde ich mit dem Bus zur Schule fahren, um sie zu entlasten.

»Du wirst dort bestimmt Freunde finden«, meint sie zuversichtlich lächelnd.

»Matilda ist sehr nett«, entgegne ich. Aber leider lässt sie sich von Josh kontrollieren.

»Das freut mich wirklich«, meint Carmen, »Heute lernst du Felipe kennen. Ich glaube ihr werdet euch gut verstehen.« Ich nicke nur. Momentan fühle ich mich überhaupt nicht in der Lage eine neue Bekanntschaft zu machen.

Nach kurzer Fahrt erreichen wir Carmens Haus. Ein blauer Seat, der etwas mitgenommen aussieht, steht schon auf der Straße gegenüber der Haustür.

»Ach, Felipe ist schon da. Ich hab vorhin versucht ihn anzurufen, aber er ist nicht hingegangen.« Ihr wissendes Lächeln lässt mich vermuten, dass so etwas öfter vorkommt.

Noch während ich mit dem Gurt kämpfe, sehe ich im Augenwinkel jemanden, der sich über den Beifahrersitz des blauen Wagens beugt.

»Ich hab den Wein besorgt«, ruft jemand. Hab ich diese Stimme nicht heute schonmal gehört? Neugierig geworden schnappe ich mir meinen Rucksack und steige aus. Und erstarre. Nein. Das gibt's doch nicht. Er hat mich auch erkannt. Beinahe fällt ihm die Weinkiste runter. Er kann sie gerade noch rechtzeitig auf seinem Knie abstützen.

»Das ist ja witzig. Hättest du nur was gesagt. Dann hätte ich dich mitgenommen.«

»Ich wusste ja nicht …«

»Ihr kennt euch schon?« Carmen ist sichtlich verwirrt.

»Ja wir … sind in der Stadt zusammengestoßen. Ich wusste nicht, dass wir jetzt Mitbewohner sind.« Er zwinkert mir heimlich zu als Carmen in meine Richtung schaut und ich bin ihm dankbar, dass er ihr nichts von meiner peinlichen Lage erzählt.

Carmen lacht über diesem Zufall. »Aber du bist wieder nicht an dein Handy gegangen«, tadelt sie ihn, aber wie bei ihr üblich hört es sich trotzdem nicht wirklich wütend an.

»Ich musste fahren.«

Sie sagt nichts dazu, sondern schüttelt nur lächelnd den Kopf und geht ins Haus. Felipe stellt die Weinkiste neben dem Auto ab und beugt sich über den Beifahrersitz. Unschlüssig stehe ich auf der Straße. Es fühlt sich komisch an hier mit ihm zu stehen, aber einfach abhauen erscheint mir unhöflich.

»Was wolltest du eigentlich dort?«, fragt Felipe und erlöst mich von meinem Dilemma.

»Ich hab mich wirklich nur verlaufen.«

»Ganz allein?«, wundert er sich.

»Du warst doch auch allein«, kontere ich. Wir wollen ja nicht nur über mich reden.

Er lacht. Es klingt ehrlich amüsiert. »Ich war bei Miguel, unserem Weinhändler.«

»Da hatte ich ja nochmal Glück.«

Er sieht mich an. Lächelt. »Wenn du willst, zeigen wir dir die Stadt. Oder hast du schon alles gesehen?«

»Sehr witzig.«

»Vielleicht nehme ich dich mal mit zu Miguel«, meint er mit einem Grinsen und als ich nichts darauf antworte: »Wir sehen uns beim Abendessen.«

***

Satt und zufrieden und auch ziemlich müde lasse ich mich rückwärts ins Bett fallen. Von unten höre ich noch die Stimmen der anderen. Alicia ist wieder da. Ein bisschen beneide ich sie um das gute Verhältnis, das sie zu ihrer Mutter hat. Sollte ich jemals ausziehen, wird es endgültig sein. Ich wünschte ich könnte auch behaupten, dass ich Mama regelmäßig besuchen würde. Aber das wird wohl nicht der Fall sein. Jetzt wo es ihr wieder besser geht, brauche ich endlich den Freiraum, der mir in den letzten Jahren gefehlt hat.

Es ist warm und stickig im Zimmer. Ich reiße das Fenster auf und trotte ins Bad. Während ich mir das Make-up abwische, geht mir wieder durch den Kopf was heute Nachmittag passiert ist. Hauptsächlich denke ich an Felipe. An seine großen braunen Augen, daran wie er die ganze Zeit versucht hat mich aufzuziehen. Ein warmes Gefühl breitet sich in meinem Bauch aus und es wäre dumm mir einzureden, dass es nur etwas mit dem Essen zu tun hat, das er gemacht hat. Obwohl Carmen kein bisschen übertrieben hat als sie gesagt hat, er wäre ein ausgezeichneter Koch. Das ist er.

In meinem Zimmer ist es jetzt angenehm warm. Nicht mehr so stickig wie vorhin. Trotzdem lasse ich das Fenster zumindest gekippt. Die Rollläden fahre ich heute nicht runter. Stattdessen ziehe ich nur die dicken weißen Vorhänge zu, sodass das warme gelbe Licht einer Straßenlaterne ins Zimmer scheint. Von der Straße dringt fröhliches Kinderlachen zu mir hoch. Ich muss lächeln. Bei uns wäre es undenkbar, dass abends um elf noch Kinder draußen spielen. Hier scheinen sie viel mehr Freiheiten zu haben. Auch Dulce wurde noch nie geschimpft oder zurechtgewiesen, seitdem ich hier bin. Alicia und Carmen lassen sie einfach spielen und stören sich nicht daran, wenn sie ein Buch aus dem Regal nimmt oder mit ihren Puppen unter dem Tisch durchkriecht. Bei uns ging es meistens eher ruhig zu. Zumindest bis es zwischen Mama und Papa und schwierig geworden ist. Die ständigen Streitereien und das darauf folgende unerträglich laute Schweigen.

Ich verbanne die trüben Gedanken aus meinem Kopf. All das ist zu Hause geblieben. Mama und ihre ständigen Sorgen sind weit weg. Für mich hat ein neuer Lebensabschnitt begonnen. Mit einem Lächeln auf den Lippen schlafe ich endlich ein.

4. KAPITEL

Der Einstufungstest ist *das* Thema überhaupt heute. Eine leichte Spannung liegt in der Luft. Niemand weiß so genau um was es in dem Test gehen wird, nur dass es einen schriftlichen und einen mündlichen Teil gibt. Die Zeit vor dem Unterricht nutzen wir, um in Zweier- oder Dreiergruppen nochmal zu üben. Zufrieden stelle ich fest, dass Josh mit einem anderen Kerl zusammensitzt. Anna und Matilda sitzen auf dem Fensterbrett. Ich schnappe mir einen Stuhl und setze mich zu ihnen.

»Guten Morgen. Seid ihr bereit für den großen Test?«

Sie unterbrechen ihr Gespräch, schauen einander an, dann mich. »So schwer kann es nicht sein«, meint Anna, »Außerdem kann man nicht durchfallen.«

Matilda sieht mich mit schuldbewusster Miene an. »Tut mir leid wegen gestern. Ich hätte dich nicht so stehen lassen dürfen. Aber vielleicht können wir an einem anderen Tag was zusammen machen.«

»Klar. Sag mir einfach Bescheid, wenn du Zeit hast.« Solange Josh nicht dabei ist. Wie es aussieht scheint er sowieso nicht viel Wert auf meine Gesellschaft zu legen. Wenn er nur nicht so wahnsinnig besitzergreifend gegenüber Matilda wäre.

Der schriftliche Test findet hier im Klassenzimmer statt. Währenddessen wird immer einer von uns ins Nebenzimmer geholt. Als Javier mich aufruft, schlägt mein Herz vor Aufregung Purzelbäume. Doch anders als erwartet läuft alles ganz locker ab. Javier erklärt mir nochmal, dass es tatsächlich nur darum geht uns einzuordnen, um jeden einzelnen ganz individuell unterstützen zu können.

»Stell dir vor, du triffst einen alten Bekannten auf der Straße. Was würdest du ihm erzählen?«

Am Anfang zögere ich ein bisschen, doch dann rede ich über Carmen, die definitiv kein Hausdrache ist, erzähle von Alicias Kochkünsten und dem hübschen blauen Haus. Javier macht sich Notizen und stellt nur wenige Fragen. Und dann hab ich's auch schon geschafft. Mein Bauchgefühl sagt mir, dass es ganz gut gelaufen ist. Da war es wohl eindeutig die richtige Entscheidung Spanisch damals als Wahlfach zu nehmen.

»Bin ich froh, dass wir das hinter uns haben«, verkündet Anna als es zur Pause klingelt. Gemeinsam mit Matilda verlassen wir das Klassenzimmer. Sie wirkt nervös und sieht sich immer wieder um. Wenn ich es nicht besser wüsste, würde ich sagen es liegt an dem Test, aber der ist ja vorbei.

Vor den Toiletten fängt Josh uns ab. Er lächelt Anna und Matilda zu. Als er mich sieht, verzieht er das Gesicht. Ich werfe ihm böse Blicke zu, die er offenbar komplett übersieht. Mit einem überheblichen Grinsen wendet er sich an mich. »Tut mir leid, aber ich muss Anna und Matilda kurz entführen. Ich hoffe das macht dir nichts aus.«

Genau wie gestern wandert Matildas Blick unentschlossen zwischen mir und Josh hin und her.

»Also eigentlich wollten wir …«, protestiere ich, doch Josh lässt mich nicht mal ausreden. »Es ist wichtig. Und du spielst dabei keine Rolle. Komm Matilda.« Besitzergreifend legt er ihr einen Arm um die Schulter. Sie wirft mir einen entschuldigenden Blick zu und lässt sich dann widerstandslos von ihm führen. »Bis später«, ruft Anna und dackelt ihnen hinterher. Es wäre aussichtslos ihnen nachzugehen. Schwungvoll reiße ich die Tür zum Waschraum auf, lasse sie mit aller Kraft zufallen und strecke der geschlossenen Tür den Mittelfinger entgegen. Schade, dass Josh es nicht sieht.

Langsam verraucht meine Wut. Seufzend stütze ich mich aufs Waschbecken. Mich hat noch nie jemand so eiskalt abblitzen lassen. Was will Josh mit seinem Verhalten bewirken? Will er Matilda für sich haben? Aber warum toleriert er Anna und mich nicht? Es ist einfach zum verrückt werden. Da bin ich gerade mal zwei Tage auf der Sprachakademie und schon hab ich einen Feind.

Die restliche Pause drücke ich mich auf dem Gang herum. Draußen würde ich womöglich den anderen begegnen. Aber die sehe ich früh genug wieder. Ich schlendere durch den leeren Flur und gebe vor, mir die Fotos von Lehrern und ehemaligen Kursen anzusehen. Als ich plötzlich Schritte hinter mir höre, fahre ich erschrocken zusammen. Erleichtert stelle ich fest, dass es nur irgendein Typ ist, der sich auch hier herumtreibt.

»Blöd, wenn man allein ist.« Er hat mich auf Deutsch angesprochen. Zielstrebig kommt er auf mich zu.

»Ich bin gerne allein«, behaupte ich und im Moment trifft das sogar zu.

»Das redet man sich doch ständig ein«, meint er kopfschüttelnd. Aus haselnussbraunen Augen sieht er mich an. »Ich weiß wie sowas ist.« Er stützt seinen Arm links von mir an der Wand ab. »Hi, ich bin Valentin.« Instinktiv weiche ich einen Schritt zurück.

»Schön, dass du dich mit meinen Problemen so gut auskennst«, entgegne ich abweisend. Ich hab jetzt wirklich keine Lust auf einen sinnlosen Flirt. Auch wenn er es sicher nett meint.

Ein Lächeln erscheint auf seinem attraktiven Gesicht. »Sei nicht so eine Kratzbürste. Komm mit. Ich zeig dir die Schule. Oder findest du diese alten Bilder wirklich so wahnsinnig spannend?«

Ich lächle. Er hat Recht. Es ist schwachsinnig alleine durch den Flur zu spazieren und Fotos von Leuten anzusehen, die ich garnicht kenne.

»Also gut«, willige ich ein, »Zeig mir etwas, das spannender ist.«

Bis zum Ende der Pause erkunden wir zusammen die Schule. Es gibt eine Bibliothek, einen Fitnessraum, ein kleines Internetcafé und noch einen großen Aufenthaltsraum mit ein paar bunt bezogenen Sofas, einem Schrank voller alter Bücher und Brettspiele und einem Kaffeeautomaten. Wir genehmigen uns einen Kaffee und setzen uns auf eins der Sofas. Außer uns ist niemand hier. Bei dem schönen Wetter halten sich alle draußen auf.

»Finde ich mies, dass deine Kollegen dich einfach allein gelassen haben.« Er rutscht näher an mich heran. Das geht mir jetzt doch etwas zu schnell. Eilig stelle ich meinen Kaffeebecher neben mich, um wenigstens etwas Abstand zwischen uns zu bringen. Valentin wirkt kurz irritiert. Dann lacht er leise. »Du bist wirklich eine Kratzbürste.«

»Vielleicht bin ich das.« Verdammt. Ich muss weg hier. Valentins Absichten sind eindeutig und ich hab momentan wirklich keinen Nerv für sowas. Ich stürze meinen Kaffee hinunter und springe auf. »Ich muss wieder zum Unterricht.«

»Sehen wir uns wieder?«

»Das werden wir wohl.« Mit großen Schritten verlasse ich das Zimmer und stürme die Treppen hinunter. Hoffentlich laufe ich Valentin so bald nicht mehr über den Weg. Klar, er ist nett und traurigerweise der Einzige, an der Akademie, der sich für mich zu interessieren scheint. Aber mir geht das alles zu schnell. Wie soll ich einem Kerl trauen, der mich schon angrapschen will, nachdem er mich gerade mal eine halbe Stunde kennt?

Eilig packe ich nach Unterrichtschluss meine Sachen zusammen und stürme aus dem Klassenzimmer. Mit großen Schritten durchquere ich den Hof und drücke mich an einer Gruppe Schüler vorbei, die halb das Tor blockiert. Als ich auf der Straße bin, biegt der Bus um die Ecke. Ich lege einen Sprint hin, um ihn noch zu erwischen. Es ist albern, aber aus irgendeinem Grund hab ich Angst, dass Valentin nach mir suchen könnte.

Schwer atmend lasse ich mich auf einen Sitz in der hintersten Reihe fallen. Kurz riskiere ich einen Blick aus dem Fenster und statt Valentin sehe ich Matilda auf dem Gehweg stehen. Zögernd hebt sie die Hand und winkt mir steif zu. Sie wirkt ein bisschen verloren wie sie da steht und dem Bus hinterherschaut. Mist. Das wäre jetzt der Moment gewesen, um alleine mit ihr zu reden. Ohne Josh. Er lässt sie ja kaum aus den Augen. Aber sie ist nun mal seine Freundin. Ich beschließe, ihn nicht zu verurteilen. Sicher gibt es einen Grund, warum er sie ständig beschützen will. Ob Dani dasselbe für mich tun würde? Das mit uns ist noch ziemlich frisch.

Ich öffne WhatsApp und lese seine letzte Nachricht. Seitdem hat er sich nicht mehr gemeldet. Ich überlege, ob ich ihm schreiben soll, als eine Nachricht eingeht. Lena hat geschrieben.

Hey 😊 *Wie ist die Schule?*
Schon heiße Männer kennen gelernt?

Ich lächle. Das ist so typisch Lena.

Es ist schön hier. Unser Lehrer ist super.
Ruf mich später an. Dann erzähl ich dir alles 😊

Gerade als ich das Handy wieder einstecken will, kommt eine weitere Nachricht.

Hast du deine Mutter vergessen? 🙁

Oh Mist. Mir rutscht das Herz in die Hose. Seit ich hier bin, hab ich mich noch kein einziges Mal bei Mama gemeldet. Sie muss krank vor Sorge sein. Ich antworte ihr, dass alles in Ordnung ist und nehme mir fest vor sie nachher anzurufen.

***

Fröhliches Gelächter empfängt mich als ich nach Hause komme. Ich bin noch nicht mal richtig drin als Dulce schon auf mich zu gerannt kommt. »Ich hab im Kindergarten Ketten gebastelt und ich hab auch eine für dich gemacht.« Mit leuchtenden Augen nimmt sie meine Hand und zieht in Richtung Wohnzimmer. »Komm, ich will sie dir zeigen.«

»Lass mich erstmal ankommen«, sage ich lachend und hänge meine Lederjacke an die Garderobe. Der ganze Flur duftet nach leckeren Gewürzen.

»Gut, dass du jetzt kommst«, ruft Carmen aus der Küche, »Das Essen ist gleich fertig.«

Im Vorbeigehen werfe ich kurz einen Blick in die Küche. Alicia steht am Herd und hantiert mit Pfannen und Töpfen. Einen Moment ertappe ich mich dabei wie ich nach Felipe Ausschau halte. Er ist nicht da. Auch im Wohnzimmer kann ich ihn nicht entdecken. Ich spüre leichtes Bedauern und frage mich warum. Doch ich hab keine Zeit darüber nachzudenken, da Dulce mich wieder in Beschlag nimmt. Sie hält mir eine lange Kette mit bunten runden Holzperlen hin.

»Die hab ich extra für dich gemacht. Meine Mama und meine Abuela haben auch eine.«

»Danke. Die ist wirklich schön.« Ich halte mir die Kette hin und drehe die Perlen zwischen den Fingern. »Und passt perfekt zu meiner Bluse.«

Dulce quiekt vergnügt. »Mach sie hin.« Unter dem erwartungsvollen Blick des kleinen Mädchens ziehe ich mir die Kette über den Kopf und hoffe, dass Alicia und Carmen ihre beim Essen auch tragen werden.

Wie immer sitzt die Familie nach dem ausgedehnten Mittagessen noch eine Weile zusammen. Nachdem Alicia sich entschuldigt, weil sie zur Arbeit muss, ziehe ich mich in mein Zimmer zurück. Um das unangenehme Gespräch mit Mama noch etwas aufzuschieben, rufe ich zuerst Lena an und erzähle ihr von der Akademie und von Carmen und ihrer Familie. Lena ist wahnsinnig neugierig und stellt gefühlt tausend Fragen. Die gefürchtete Frage nach irgendwelchen Männern umgehe ich so geschickt wie möglich. Von Felipe will ich ihr erstmal nichts sagen. Sonst folgen unweigerlich Fragen, die ich nicht beantworten will oder kann. Aber vor allem *will* ich nicht groß über ihn reden. Was spielt er schon für eine Rolle? Er ist Carmens Sohn. Sonst nichts.

Unschlüssig sitze ich auf dem ungemachten Bett und starre das Handy in meiner Hand an. Es fühlt sich schwer und kalt an. Am liebsten würde ich es einfach für den Rest des Tages in meinem Rucksack verschwinden lassen.

Seufzend wähle ich Mamas Nummer. Für einen Augenblick hoffe ich, dass sie nicht ans Telefon geht, doch natürlich geht sie hin.

»Na endlich, mein Schätzchen«, meldet sich ihre aufgebrachte Stimme, »Ich dachte dir ist was passiert.«

Mein schlechtes Gewissen meldet sich. »Tut mir leid. Ich wollte am Sonntag gleich anrufen, aber hier ist so viel passiert. Ich hab's einfach vergessen.«

»Was ist passiert Schätzchen? Ist alles ok?« Sie klingt sehr besorgt.

»Alles gut. Es ist schön bei Carmens Familie. Alle sind sehr nett.«

»Und die Schule? Hat dich dort jemand belästigt?«

Ja, Valentin hat versucht sich an mich ranzumachen. »Die Schule ist toll. Viel besser als ich's mir vorgestellt hab.« Das ist sogar die Wahrheit, aber sie muss nicht alles wissen.

»Was ist mit Carmens Söhnen? Sie … Sind sie anständig dir gegenüber? Ist es nicht schrecklich mit fremden Männern in einem Haus zu wohnen? Sperr nachts immer deine Zimmertür ab. Und geh nicht …«

»Mach dir keine Sorgen. Die interessieren sich nicht für mich. Benito ist erst fünfzehn.« Ich unterdrücke ein genervtes Stöhnen. Mama ist so weit weg, doch selbst ein Telefongespräch mit ihr verursacht in mir ein Gefühl der Enge.

»Aber Luisa, Schätzchen, wenn dir irgendwas komisch vorkommt, dann komm sofort nach Hause. Bring dich nicht in Gefahr.«

»Du musst dir wirklich keine Sorgen machen. Mir geht's hier gut.«

»Ach Schätzchen …« Ein verzweifeltes Schluchzen folgt. »Mir geht es garnicht gut. Ich bin hier ganz allein. Ich brauche dich.«

Verdammt. Das ist schwieriger als ich gedacht hab. »Mama, ich kann nicht heimkommen. Du musst allein klarkommen. Es wird Zeit, dass du endlich wieder selbstständig wirst.«

»Das kann ich nicht. Nicht ohne dich. Ich tu nachts kein Auge zu, wenn du so weit weg bist und ich nicht weiß was los ist.«

Ich weiß nicht, ob ich sie bemitleiden oder wütend sein soll. Mama hatte es nach der Trennung von Papa nicht leicht, aber anstatt sich ihren Problemen zu stellen, hat sie die ganze Verantwortung für einen kompletten Haushalt auf mich, ein achtjähriges Kind abgeschoben. Sie hat mir meine Kindheit geraubt und selbst zehn Jahre später will sie sich immer noch an mich klammern. Diese ganze Fürsorglichkeit und Angst um mich scheint eher ein Vorwand zu sein, um mir ihre eigene Verletzlichkeit und Hilfslosigkeit zu demonstrieren.

»Ich hab eine Entscheidung getroffen und ich werde nicht nach Hause kommen. Nicht bevor die drei Monate vorbei sind. Du musst endlich wieder auf die Beine kommen. Jetzt hast du Gelegenheit dazu.«

Ein weiterer Schluchzer folgt. »Wie soll ich das schaffen, wenn ich mich die ganze Zeit um dich sorgen muss?«

Am liebsten würde ich ihr sagen wie sehr ich all die Jahre unter ihrem egoistischen hysterischen Verhalten gelitten hab, doch das bringe ich nicht fertig. Ich erinnere mich daran, was ihre Therapeutin, Dr. Seifert gesagt hat. Mama leidet unter Depressionen. Sie ist krank und das darf ich ihr nicht vorwerfen. So schwer es mir manchmal fällt.

»Mir wird nichts passieren. Versprochen. In drei Monaten sehen wir uns wieder und alles wird gut.

»Ich kann nicht glauben, dass du das wirklich durchziehen willst. Wie kannst du nur? Bin ich dir wirklich so egal? Ich bin hier ganz allein. Krank vor Sorge und du lässt es dir dort gutgehen. Das ist … das ist egoistisch.«

»Mama, hör auf damit«, schreie ich ins Telefon. Bevor ich etwas sagen kann, dass ich später bereuen werde, lege ich auf. Ich weiß, dass das dumm und kindisch ist, aber ich ertrage das einfach nicht länger. Wie sie versucht mir ein schlechtes Gewissen einzureden und mein Mitleid zu erregen. Auch wenn es hart ist, darf ich ihr das nicht durchgehen lassen. Sie muss erkennen, dass sie mich nicht braucht, um ihren Alltag zu meistern.

Noch immer ziemlich aufgewühlt schnappe ich mir meinen Rucksack und verlasse mein Zimmer. Ein kurzer Spaziergang durch die Stadt wird mir helfen den Kopf freizubekommen. Auf Zehenspitzen schleiche in die Treppe hinunter. Es ist still im Haus. Carmen sitzt nicht im Wohnzimmer. Benito ist noch in der Schule und Felipe offensichtlich in der Arbeit. Gute Voraussetzungen, um sich aus dem Haus zu schleichen. Ich schlupfe ich meine Lederjacke, öffne die Haustür, stecke im Gehen den Hausschlüssel in meine Hosentasche und stoße mit jemandem zusammen. Erschrocken weiche ich einen Schritt zurück. Felipe steht auf der Straße, den Schlüssel in der Hand.

»Alles ok?«, fragt er. Ich muss wohl ziemlich dämlich aussehen.

»Äh, ja. Ich … muss nur noch schnell wohin.«

»Soll ich dich fahren?«

»Nicht nötig.« Möglichst ohne ihn zu berühren, zwänge ich mich an ihm vorbei und atme seinen Duft nach Kräutern und Sonne ein. Wahnsinn. Ich kenne keinen anderen Mann, der so gut riecht. Die Sonne blendet und bevor ich weiß, wie mir geschieht, falle ich über die kleine Stufe vor der Tür und liege auf der Straße. Leise fluchend betaste ich mein rechtes Knie. Verdammt. Das wird bestimmt ein riesengroßer blauer Fleck.

»Hast du dir wehgetan?«

»Nicht so schlimm.« Zögernd ergreife ich seine ausgestreckte Hand. Sie fühlt sich ein wenig rau an. Sein

Griff ist fest und kraftvoll. Ich muss mich kaum anstrengen, um auf die Beine zu kommen.

»Hier, deine Tasche.« Ich spüre noch immer die Wärme seiner Haut an meiner Hand als ich nach dem Rucksack greife und ihn mir über eine Schulter werfe. Er grinst breit.

»Was ist?«, frage ich leicht gereizt.

»Wenn du wüsstest, wie oft schon jemand über diese Stufe gefallen ist.«

»Da bin ich aber beruhigt, dass ich nicht die einzige bin«, entgegne ich trocken.

Sein Gesichtsausdruck wird ernst. Er sieht mich an und ich ihn. Dabei gebe ich mir große Mühe nicht auf seine vollen Lippen zu starren oder in seine großen dunklen Augen mit den dichten schwarzen Wimpern. Also entscheide ich mich für seine Nase, die auch bemerkenswert schön ist, aber das scheint mir noch das kleinste Risiko zu sein.

»Geht's dir wirklich gut?«

»Äh ja … ja natürlich. Ich muss jetzt gehen.«

Hastig drehe ich mich um und haste die Straße hinunter. Die winzigen Absätze meiner Ballerina klackern über den Asphalt. Ich stelle mir vor wie Felipe verwundert auf der Stufe steht und mir hinterherschaut und muss darüber selbst den Kopf schütteln. Ist es nicht vollkommen egal ob er mir hinterherschaut? Damit ich der Versuchung mich umzudrehen nicht nachgeben kann, biege ich schnell um die nächste Ecke und lehne mich an eine Hauswand. Langsam beruhigt sich mein

Puls. Warum bringt dieser Typ mich so sehr aus der Fassung? Er ist doch nur zufällig der Sohn meiner Gastmutter. Ich schaue hoch zum blauen Himmel und erinnere mich daran, dass ich eigentlich in die Stadt gehen wollte. Ich will weder an Mamas vorwurfsvolle Worte noch an Felipes besorgten Blick denken. Schließlich bin ich hier, um meine Sorgen hinter mir zu lassen.

5. Kapitel

»Luisa!« Matilda, Anna und ich schlendern gerade über den Schulhof als ich Valentins Stimme hinter mir höre. Ausgerechnet jetzt. Mal abgesehen davon, dass er neulich im Aufenthaltsraum nicht die Finger von mir lassen konnte, ist das der denkbar ungünstigste Zeitpunkt. Ich hab es tatsächlich geschafft Anna und Matilda abzufangen, bevor Josh auftaucht.

»Wer ist das?«, fragt Anna.

»Niemand.« Ich setze ein Lächeln auf. Wir laufen gemütlich weiter.

»Ok …« Matilda schaut verunsichert von mir zu Anna. »Hättest du Lust heute Nachmittag …?«

»Jetzt warte doch mal!« Schnelle Schritte kommen näher. »Luisa! Hey!« Außer Atem steht Valentin vor unserem Dreiergrüppchen, ein zugegebenermaßen charmantes Lächeln auf den Lippen. Anna zieht fragend eine Augenbraue nach oben.

»Was ist?«, frage ich betont gleichgültig.

»Hey Mädels.« Valentins Lächeln wird breiter. »Ich entführe eure Freundin mal ganz kurz.« Ich will widersprechen, doch er hält mir höflich den Arm hin und ich sehe mich gezwungen mich bei ihm einzuhaken. Matilda und Anna sehen sich erstaunt an.

»Dauert nicht lange«, flüstere ich ihnen zu.

Valentin führt mich in den Schatten einer Palme. Er steht vor mir und verkneift sich ein Grinsen. »Also.« Ich stemme die Hände in die Hüften. »Was ist?«

»Meine kleine Kratzbürste. Versteckst du dich vor mir?«

»Nein. Sollte ich?«

Er lacht. »Bestimmt nicht. Ich dachte nur wir würden uns hier vielleicht öfter über den Weg laufen.«

Mit einem leisen Seufzen drehe ich mich zu Anna und Matilda um. Sie stehen immer noch an derselben Stelle wie vorhin, nur dass jetzt Josh bei ihnen steht. Oh verdammt! Nicht der schon wieder.

»Ich hab jetzt keine Zeit. Meine Freundinnen warten.«

»Deine Freundinnen? Die zwei? Das meinst du doch nicht ernst. Komm her.« Valentin greift nach meinem Arm.

»Lass das. Ich hab keine Lust auf deine Späße.«

»Ich meine es ernst mit dir. Im Gegensatz zu den zwei Hühnern.«

Ich will mich losreißen, doch jetzt nimmt er meine Hände in seine. »Du bist süß. Ich mag dich. Aber die beiden können nicht mal fünf Minuten auf dich warten.«

»Valentin bitte, ich kann jetzt nicht.«

»Ok« Abwehrend hebt er die Hände. »Dann lauf ihnen doch nach, wenn's dir Spaß macht. Aber ich bin hier, wenn du mich brauchst.«

»Danke. Wie lieb von dir«, entgegne ich bissig und drehe ihm den Rücken zu. Für wen hält der Typ sich eigentlich? Zielstrebig marschiere ich über den Schulhof und sehe mich nach Matilda und Anna um, aber sie sind nicht mehr da. Natürlich nicht. Josh hat sie mitgenommen. Wieder haben sie mich stehenlassen. Niedergeschlagen setze ich mich auf die niedrige Mauer zwischen zwei Oleanderbüschen. Die warmen schmiedeeisernen Stäbe des Zauns bohren sich in meinen Rücken.

»Luisa warte!« Anna. Warum muss mir heute ständig jemand hinterherlaufen? Ich beschleunige meine Schritte. Für heute hab ich genug.

»Luisa.« Anna hat mich eingeholt und läuft jetzt neben mir. Stumm sehe ich sie an.

»Ich weiß, dass du sauer bist. Es tut mir leid. Wir hätten nicht einfach abhauen sollen.«

»Damit kennt ihr euch ja aus.«

»Du verstehst das nicht. Matilda hat es nicht leicht.«

»Redest du von Josh?« Das letzte Wort spucke ich förmlich aus.

Kurz zögert sie. »Ja. Es ist kompliziert.«

»Kompliziert?«

»Sie macht das nicht mit Absicht. Sie weiß einfach nicht, wie sie sich verhalten soll.«

»Du weißt es auch nicht«, entgegne ich trocken. Zum Streiten fehlt mir jetzt die Energie.

»Ja, ich … es tut mir leid.« Nervös streicht sie ihre Bluse glatt. »Sie wollte mit uns zum Strand gehen, aber das holen wir bald nach. Versprochen.« Sie lächelt versöhnlich.

»Klar. Machen wir.« Der Bus fährt um die Ecke. Erleichtert atme ich auf.

***

Spontan steige ich eine Station früher aus. Ich will endlich das Meer sehen. Zusammen mit einer Horde Schüler überquere ich die Straße. Autos hupen, die Menschen um mich herum unterhalten sich laut und lachen. Motoren heulen auf. Zwei Mädchen rennen noch knapp über die Straße. Die Schulkinder verteilen sich in alle Richtungen, aber die meisten zieht es zur Hafenpromenade. Genau da will ich auch hin. Es ist heiß geworden. Die Überdachung der Promenade erinnert mehr an moderne Kunst und bietet kaum Schatten. Zur linken Seite wachsen Palmen in die Höhe. Es gibt einen kleinen Spielplatz und einige Restaurants und Bars. Rechts hinter einer Glasscheibe glitzert das Meer in der Sonne. Ein riesiges Kreuzfahrschiff wartet mit laut brummendem Motor auf Passagiere.

Ich setze mich auf eine freie Bank und kremple mir die Jeans ein Stück hoch. Mit meinem Schulblock fächele ich mir Luft zu und binde mir die Jeansjacke um die Hüften. So ist es schon besser.

Hier am Hafen reiht sich ein Restaurant ans nächste. Abends sind sie bestimmt gut besucht. Ein paar kleine Yachten schaukeln in der Bucht leicht vor sich hin. Eine Festung – Die Alcazaba, wie ich aus meinem kleinen

Reiseführer weiß – thront über der Stadt. Von dort oben muss man einen tollen Blick über Malaga haben.

Das Sanfte Rauschen des Meeres vermischt sich mit fröhlichem Stimmengewirr und dem Lachen spielender Kinder. Der Wind bläst mir die Haare ins Gesicht. Ich mache mir einen lockeren Pferdeschwanz, binde meine Turnschuhe an den Schnürsenkeln zusammen und halte sie in einer Hand. Der Sand ist ganz anderes als erwartet. Nicht fein, sondern eher grob, eine Mischung aus feinen Steinchen, Sandkörnern und bunten Muschelschalen. Ich suche mir einen Platz vorne am Meer und setze mich in den warmen Sand. Fasziniert beobachte ich wie die Wellen an den Strand rollen. Zwei Kinder haben ein Loch gegraben und quieken vergnügt als es sich mit Meerwasser füllt. Auf den Felsen unterhalb der Mauer, die den Strand von der Hafenpromenade trennt, haben es sich ein paar Leute bequem gemacht. Ein kleines Mädchen, das auf den ersten Blick wie Dulce aussieht, klettert mit einem grünen Plastikeimer auf den Steinen herum. Ob Alicia oft mit ihr hierher kommt? Von Carmen weiß ich, dass sie viel arbeitet und die Miete für ihr Häuschen nur gerade so bezahlen kann. Aber sie will unabhängig sein und nicht wieder bei Carmen einziehen. Genau wie ich. Nur dass meine Mutter mehr oder weniger von mir abhängig ist. Seit dem Streit am Telefon vor ein paar Tagen hab ich nichts mehr von ihr gehört. Ein paar Mal war ich kurz davor, sie anzurufen und zu fragen, ob alles ok ist, aber dann sind mir wieder ihre Vorwürfe eingefallen, ihr

Gejammer. Mama ist eine erwachsene Frau. Sie muss allein klarkommen. Manchmal kann ich immer noch nicht glauben, dass sie sich zehn Jahre auf ein Kind gestützt hat. Zehn Jahre! Das ist mehr als die Hälfte meines Lebens. Aber jetzt ist es an der Zeit nach vorne zu schauen. Für uns beide.

Später laufe ich am Strand lang und suche nach Muscheln. Die schönsten will ich aufheben und für Mama und Lena mitnehmen. Ich setze mich in die Hocke und lasse Sand und Steinchen durch meine Finger rieseln. Dabei fällt mir etwas Glänzendes auf. Eine fast handtellergroße Muschel, die leicht rosa und violett schimmert und im Sonnenlicht funkelt. Die Schale fühlt sich glatt und warm an und ist innen rau vom Sand. Mit einem Lächeln betrachte ich sie. Zuerst komme ich mir kindisch vor, aber dann stecke ich sie in meine Hosentasche. Diese besondere Muschel ist für Dani. Als Zeichen, dass ich ihn nicht vergesse, während ich hier bin.

Ich verstaue die Muscheln sicher in meiner leeren Brotzeitbox und kühle mich ein bisschen im Meer ab. Der Boden ist weich und meine Füße versinken im nassen Sand. Angenehm kühles Wasser schwappt mir bis zum Knie hoch und durchnässt meine Hose. Lächelnd schaue ich hoch zum blauen wolkenlosen Himmel. Ich bin tatsächlich am Meer. Es fühlt sich immer noch an wie ein Traum.

Als ich mich umdrehen will, stoße ich gegen etwas Hartes und verliere den Boden unter den Füßen. Mit einem Platscher lande ich in den Wellen und schlucke Wasser.

Ich huste und spucke das eklige salzige Wasser aus, während mich jemand grob am Arm packt und hochzieht.

»Lass mich los«, protestiere ich, immer noch hustend. Ich wische mir notdürftig die nassen Strähnen aus dem Gesicht und sehe mich einem großen Kerl mit dunklen kurzgeschorenen Haaren gegenüber.

»Tut mir leid. Ich hab dich nicht gesehen. Du standest da plötzlich.« Er grinst entschuldigend.

»Ich stand hier schon die ganze Zeit.« Ich reiße mich los und fische meine Schuhe aus dem Wasser. Mein Rucksack ist natürlich auch nass. Hoffentlich funktioniert mein Handy jetzt noch.

»Ja ja, schon gut.« Abwehrend hebt er die Hände.

»Was ist jetzt Paco?!« Ich sehe mich nach der Stimme um, die mir irgendwie bekannt vorkommt. Und dann sehe ich ihn. Felipe, der ein paar Meter entfernt auf einem der Felsen steht. Er winkt Paco mit hoch erhobenen Armen zu. Paco zuckt nur mit den Schultern und deutet auf mich. Erst jetzt sehe ich, dass er eine Kamera in der Hand hat. Oh mein Gott! Hoffentlich ist die jetzt nicht kaputt.

»Luisa?!« Felipe klingt freudig überrascht. Oder nur überrascht? Ich bin mir nicht sicher.

Verunsichert schaue ich von ihm zu Paco, dann zur Promenade. Am liebsten würde ich jetzt weglaufen. Aber das ist unmöglich. Wir wohnen zusammen und spätestens beim Abendessen sitze ich ihm gegenüber.

»Ihr kennt euch?«, fragt Paco erstaunt, »Super. Dann kannst du ja gleich mitkommen.«

Hinter Paco wate ich durch das Wasser und den Sand. Muschelschalen pieken mir in die Fußsohlen. Felipe sitzt auf einem der Steine. »Hey.« Er lächelt und mein Herz rast. Zu allem Überfluss sieht er auch noch unverschämt gut aus in dem ärmellosen schwarzen Top, das ihm nass am Körper klebt und seine Muskeln betont. Meine Finger kribbeln bei dem Gedanken sie zu berühren. Die dunklen feuchten Locken sind zerzaust.

»Alles ok?« Felipe streckt mir eine Hand entgegen. Zögerlich ergreife ich sie und lasse zu, dass er mir auf seinen Felsen hilft. Das Ganze erinnert mich an meinen kleinen Unfall auf der Stufe. An meinem Knie hat sich tatsächlich ein fetter blauer Fleck gebildet, den jetzt zum Glück die Hose verdeckt.

Mein Gesicht fühlt sich heiß an, aber das kann auch an der Hitze liegen. Falls ich so rot bin, wie ich vermute, sieht es hoffentlich wie ein Sonnenbrand aus. Zur Sicherheit setze ich mich lieber neben Paco.

Ich fische mein Handy aus dem Rucksack und wische das Display mit dem Saum meines T-Shirts ab. Dabei leuchtet es auf. Ein Glück. Es funktioniert noch.

»Ist was kaputt gegangen?«, fragt Paco.

»Ich denke nicht und bei dir?«

Er dreht die Kamera in den Händen. »Das ist eine Unterwasserkamera. Nur das Foto ist nichts geworden.« Er lacht. »Aber man stößt eben nicht jeden Tag mit einer schönen Frau zusammen.«

Peinlich berührt wende ich den Blick ab. Das wird ja immer schlimmer.

»Was denn? Er hat doch Recht. Du musst dich nicht verstecken«, mischt Felipe sich mit sanfter Stimme ein und ich stelle mir vor, wie es wäre, mich in seine Arme zu werfen und seinen Herzschlag an meiner Wange zu spüren. Verdammt! Das geht doch nicht. Wir kennen uns kaum.

»Hast du heute frei?«, wechsle ich schnell das Thema. Das klingt plump, aber ich muss mich auf sicherem Terrain bewegen.

»Nein. Mein Chef braucht mich abends. Wenn viel los ist.«

»Dann kommst du heute garnicht zum Abendessen?«

»Meine Mutter kann auch kochen«, entgegnet er mit einem Grinsen.

»Das mein ich doch garnicht … ich …« Ja, was eigentlich? Und warum weiß ich in seiner Gegenwart immer nicht was ich sagen soll? Ich schließe meine Finger um die Muschelschale. Die Muschel für Dani.

»Läuft hier irgendwas?«, fragt Paco, der die ganze Zeit mit seiner Kamera gespielt hat. Kumpelhaft schlägt er Felipe auf die Schulter. »Mir kannst du's sagen.« Er schaut zu mir. »Wenn deine Freundin einverstanden ist.«

»Wir wohnen zusammen. Das ist alles. Zeig mal die Fotos her.« Felipe greift nach der Kamera, doch Paco zieht sie weg.

»Vergiss es. So leicht kannst du dich nicht rausreden. Hier liegt doch eindeutig was in der Luft.«

»Hör auf mit dem Scheiß. Sie sitzt doch direkt neben uns.«

»Schluss jetzt! Ich hab einen Freund«, platzt es aus mir heraus und plötzlich verstummen beide. Paco starrt mich erstaunt an. Mein Blick wandert zu Felipe. Er wirkt verunsichert. Irgendwie traurig. Meine Fingerspitzen kribbeln. Ich weiß nicht was ich jetzt machen würde, wenn Paco nicht da wäre. Andererseits hätte ich dann auch nicht so einen Blödsinn gesagt.

»Tut mir leid Luisa. Paco ist manchmal so.«

»Nein, nicht so schlimm. Jetzt ist ja alles geklärt.«

»Ok, dann hab ich mich halt getäuscht.« Unbeirrt zuckt Paco mit den Schultern.

Schließlich zeigt er uns doch die Fotos. Kleine Fische, Krebse und Muscheln am Meeresgrund, sogar einen Seeigel zwischen ein paar Steinen. Es sind gute Fotos. Wenn er wollte, könnte er damit garantiert Geld verdienen. Felipe unterhält sich ganz locker mit uns und macht ein paar Witze, so als wäre die peinliche Situation vorhin garnicht gewesen.

»Leute, ich muss los.« Paco packt gemütlich seine Sachen, doch statt aufzustehen, streckt er sich nochmal auf dem langen Felsen aus. Sein Handy vibriert aufdringlich.

»Willst du nicht hingehen?«, frage ich erstaunt.

Er zuckt nur mit den Schultern. »Meine Mama weiß, dass ich nicht hingehe. Sie ruft nur an damit ich schneller nach Hause komme«, erklärt er grinsend.

»Sie kann ungemütlich werden, wenn man sie zu lange warten lässt.« Felipe steht auf und klopft sich den Staub von seinem enganliegenden Shirt. »Und sie kann gut mit dem Besen umgehen.« Die beiden lachen. Muss wohl ein Insiderwitz sein.

Wir begleiten Paco vor zur Hafenpromenade. In seiner Hosentasche blinkt es verräterisch. »Jetzt muss ich aber gehen. Sonst kommt sie her und holt mich.«

Zum Abschied klopft Felipe ihm auf die Schulter. »Wir sehen uns dann morgen. Um drei mach ich Schluss.«

»Alles klar. Selbe Zeit wie immer.« Paco dreht sich um und rennt ein paar Schritte. Dann schlendert er gemütlich weiter. So eine Furie scheint seine Mutter dann wohl doch nicht zu sein.

Unschlüssig stehe ich neben Felipe. Meine Hände sind feucht und ich rede mir ein, dass es an der Hitze liegt. Am liebsten würde ich auch verschwinden. Aber irgendwie muss ich jetzt den Heimweg überstehen. Mit Felipe. Alles andere wäre unhöflich.

»Paco ist ein guter Freund«, erzählt Felipe, während wir die Promenade entlang spazieren, «Am Anfang waren wir Kollegen, bevor er das Restaurant gewechselt hat.» Er bleibt stehen und stützt sich mit einer Hand an der Scheibe ab. Das Kreuzfahrtschiff ist immer noch da. Ich gebe vor, es wahnsinnig interessant zu finden, nur um ihn nicht anzustarren.

»Du hast dir eine gute Zeit ausgesucht. Jetzt ist es noch ruhig. Im Sommer kommen haufenweise Touristen.« Ein Lächeln erscheint auf seinem Gesicht. »Jose freut sich. Die rennen uns die Bude ein.«

»Du hast einen stressigen Job«, stelle ich fest.

»Ich hatte Glück.« Wir gehen weiter. »Jose hat mir Arbeit gegeben.«

Mehr sagt er nicht dazu. Ich hab das Gefühl, dass da mehr dahinter steckt, aber es geht mich nichts an.

Unvermittelt bleibt er stehen und deutet auf die Festung. »Warst du schon oben?«

»Nein. Ist es weit bis dahin?«

»Überhaupt nicht. Wir gehen mal zusammen hin. Ich hab dir doch versprochen dir die Stadt zu zeigen.«

»Klar. Machen wir.« Bei dem Gedanken, allein mit Felipe die Alcazaba zu besichtigen, steigt mein Puls schlagartig in die Höhe. Hoffentlich herrscht da oben keine allzu romantische Stimmung. Und selbst wenn, zwischen mir und Felipe ist nichts. Wir könnten Freunde werden. Mehr nicht.

Den restlichen Weg reden wir über unwichtige Dinge. Felipe zählt Sehenswürdigkeiten auf, die ich mir unbedingt anschauen muss, ich erzähle ihm ein bisschen was über die Schule. Zu Hause ziehe ich mich sofort in mein Zimmer zurück und telefoniere über eine Stunde mit Lena. Obwohl sie versucht, mich über Carmens Söhne auszuquetschen, erzähle ich ihr kaum was. Ich weiß ja selbst nicht was das mit Felipe zu bedeuten hat. Es ist zum Verrücktwerden.

Beim Abendessen geht es so laut und fröhlich zu wie immer und irgendwie bin ich erleichtert, dass Felipe nicht da ist. Alicia und Dulce sind wieder da. Die Kleine unterhält uns mit witzigen Geschichten aus dem Kindergarten. Das lenkt mich für eine Weile ab.

Als ich später allein auf meinem Bett sitze, hole ich die schimmernde Muschelschale aus meiner Hosentasche und betrachte sie im dämmrigen Licht der Nachttischlampe. Ich schließe die Augen und versuche an Dani zu denken, sein freches Grinsen, mit dem er schon so viele Mädchen rumgekriegt hat. Aber alles was ich sehe, ist Felipe, der sich mit der Hand durch die dichten schwarzen Locken fährt und über Pacos Witze lacht. Seufzend lege ich die Muschel auf den Nachttisch und schalte die Lampe aus. Er ist eben wahnsinnig attraktiv. Das ist eine ganz normale Reaktion, rede ich mir ein.

Noch ziemlich lange spuken mir die beiden im Kopf herum. Irgendwann verstummen die letzten Schritte auf den knarzenden Holztreppen. Im Haus wird es still und endlich schlafe ich ein.

6. Kapitel

Als ich am nächsten Morgen durch das Schultor trete, kommt Anna auf mich zu, ein schüchternes Lächeln auf den Lippen. Meine Wut von gestern Nachmittag ist vergessen. Es scheint ihr wirklich leidzutun was gestern passiert ist und irgendwie tut es mir auch leid, dass ich so abweisend ihr gegenüber war.

Ich versuche mich an einem Lächeln. »Hi.«

»Hi.« Sie streicht sich über ihre fliederfarbene Bluse. »Ich hab nochmal mit Matilda gesprochen. Ihr ist das alles total peinlich.«

»Wo ist sie?«, frage ich. Warum schickt sie Anna vor?

Anna senkt verlegen den Blick. »Naja, sie kommt gleich. Sie ist …«

»Bei Josh?« Es fällt mir schwer einen genervten Seufzer zu unterdrücken.

»Ja. Es ist kompliziert.«

»Schon klar. Liebe ist kompliziert.«

Anna wirft mir nur einen verwirrten Blick zu als wüsste sie garnicht um was es geht. »Komm«, sagt sie nur und hakt sich bei mir unter.

Matilda sitzt an einem der Tische im Restaurant, das jetzt allerdings noch geschlossen hat. Ihr Blick irrt unsicher hin und her. Als sie uns sieht, setzt sie ein Lächeln auf, aber es ist nicht echt. Hier stimmt doch was nicht.

Wir klettern über die rote Absperrkordel. Niemand nimmt Notiz davon. Die anderen Schüler schlendern fröhlich schwatzend durch den Hof. Bis Unterrichtsbeginn sind es noch zehn Minuten.

Nach einer ziemlich zögerlichen Begrüßung herrscht erstmal Schweigen. Matilda starrt auf den Tisch und auch Anna wirkt ratlos. Dabei war es doch sie, die mich hierher geführt hat.

»Matilda, was ist los?« Das klingt unfreundlicher als ich geplant hatte, aber ich will mich jetzt nicht mehr hinhalten lassen.

»Ich weiß, dass du Josh hasst«, beginnt sie.

»Josh kann mich offensichtlich nicht leiden«, stelle ich klar.

»Das stimmt nicht.« Ihr Protest klingt lahm. Zusammengesunken kauert sie auf ihrem Stuhl. Nervös spielen ihre Finger mit dem Verschluss ihrer Tasche.

»Kannst du mir nicht einfach sagen was das Problem ist?«, dränge ich.

Anna legt eine Hand auf Matildas Arm. »Wie gesagt, es ist schwierig. Wir wollten dir nur sagen, dass es uns leidtut. Josh ist einfach ein schwieriger Mensch, aber das heißt ja nicht, dass wir nicht befreundet sein können.«

Gerade will ich sie darauf hinweisen, dass Josh alles dafür tut, um unsere aufkommende Freundschaft zu zerstören, als es zum Unterricht klingelt. Eilig springen Anna und Matilda auf und ich bin mal wieder diejenige, die ihnen hinterherdackelt. Enttäuscht stelle ich fest, dass wir kein Stück weiter sind als vorher. Anna hat Matilda offensichtlich zu diesem Gespräch gedrängt. Beide scheinen nicht ernsthaft an einer Lösung interessiert zu sein und so langsam zweifle ich daran, dass sie wirklich mit mir befreundet sein wollen.

***

Mit entschlossenen Schritten überquere ich den Hof. Ich kann Matildas schuldbewusste Blicke nicht mehr ertragen. Den ganzen Unterricht über hat sie mir diese Blicke zugeworfen. Während einer Partnerarbeit haben wir uns wie zwei Fremde auf Spanisch unterhalten. Es hätte genug Möglichkeiten gegeben über die Sache mit Josh zu reden, aber Matilda war so sehr in unsere Konversation vertieft, dass ich mich nicht getraut hab das Thema nochmal anzusprechen. Und ehrlich gesagt nervt es mich auch langsam. Jetzt will ich einfach nur noch nach Hause, mich am liebsten bis zum Mittagessen in meinem Zimmer einschließen und mit niemandem reden.

Vor dem Tor sitzt eine Gruppe junger Leute auf den Stufen. Ich schaue kurz in ihre Richtung und entdecke ein bekanntes Gesicht. Valentin lacht ausgelassen. Er wird von vier kichernden Mädchen umringt. Möglichst unauffällig laufe ich an der Gruppe vorbei, doch von einem Moment auf den anderen wird meine Hoffnung auf ein paar ruhige Stunden zerstört.

»Hey Luisa.« Valentin hebt kurz die Hand. Seine hellbraunen Augen leuchten. Wenigstens einer, der sich freut
mich zu sehen. Trotzdem ist meine Stimme im Keller.

»Was gibt's?«, frage ich lahm.

Er wirft mir einen mitleidigen Blick zu. »Haben die
anderen dich wieder sitzenlassen? Ich hab dir doch gesagt, dass die kein guter Umgang für dich sind.«

Verdammt. Er hat Recht. Matilda ist gleich nach dem
Unterricht zu Josh gelaufen, aber ich hab absolut keine
Lust jetzt darüber zu reden. Ich gebe ihm eine ausweich-
ende Antwort und drehe ihm den Rücken zu. Kaum
bin ich durch das Tor, ist Valentin schon aufgesprungen.
Er legt mir einen Arm um die Taille und drängt mich
in Richtung Gruppe.

»Spinnst du! Nimm die Finger weg!« Ich versuche
mich aus seinem Griff zu befreien, doch Valentin lässt
keinen Widerspruch gelten. Er ist nicht grob, aber es ist
mir unangenehm schon wieder von ihm angefasst zu
werden. Für wen hält er sich eigentlich? Seine vier
Freundinnen beobachten das Schauspiel nur kichernd
und tuscheln miteinander.

Widerwillig setze ich mich zu ihnen auf die Stufen.
Alle vier mustern mich grinsend. Auch Valentin kann
sich ein Lachen kaum verkneifen. »Du bist und bleibst
einfach eine Kratzbürste, stimmts?«

Ich antworte mit einem grimmigen Blick. Lange will
ich sowieso nicht hierbleiben. Valentin ist aufdringlich
und nervig. Aber trotzdem der einzige, der an meiner
Gesellschaft interessiert ist.

»Vergiss die beiden Hühner. Die dackeln nur diesem Kerl hinterher. Du machst dich nur lächerlich, wenn du ihnen nachläufst.« Er sagt das ganz beiläufig und zündet sich nebenbei eine Zigarette an. Der Ärger über sein Verhalten verfliegt als mir klar wird, dass er recht hat. Es ist lächerlich Anna und Matilda ständig hinterherzulaufen. Und zusätzlich mach ich mich vor Josh auch noch zum Affen. So unverschämt Valentin auch sein kann, er hat mich eingeladen sich zu seiner Clique zu setzen, was man von Anna und Matilda nicht behaupten kann.

Je länger ich bei der Gruppe sitze, desto dümmer kommt mir mein Aufstand von vorhin vor. Wir unterhalten uns ganz zwanglos, als würden wir uns schon ewig kennen. Valentin führt die meiste Zeit das Gespräch an, was mir ganz recht ist.

Erst als mein Handy vibriert und Carmen anruft, wird mir klar wie viel Zeit ich schon mit Valentins Clique verbracht hab. Mit Anna und Matilda kann ich mich nie so zwanglos unterhalten. Immer schwebt Joshs Schatten über uns. Ich frage mich, ob ich mich überhaupt noch um die beiden bemühen soll.

***

Zu Hause ist der Tisch schon gedeckt. Alle laufen geschäftig hin und her und bringen Pfannen und Töpfe ins Esszimmer. Felipe jagt Dulce um den Tisch. Er hebt sie hoch und dreht sich mit ihr im Kreis und die Kleine kreischt vergnügt. Ein breites Grinsen wandert auf mein Gesicht. Die Fröhlichkeit in diesem Haus überwältigt mich jeden Tag wieder. Lachend schaue ich ihnen bei ihrem Spiel zu. Felipe sieht mich und lächelt. Schlagartig schnellt mein Puls nach oben.

»Spiel mit, Luisa!«, fordert Dulce.

Ich laufe auf sie zu und sie schmeißt sich vorsorglich lachend auf den Teppich. »Warum bist du denn nicht im Kindergarten?«

»Ich hab meiner Mama beim Kochen geholfen.«

»Du hast hauptsächlich genascht«, mischt sich Alicia ein. Sie stellt eine große dampfende Pfanne auf den Tisch, aus der es köstlich duftet.

»Ja, ich muss probieren, ob es gut ist«, erklärt Dulce fachmännisch.

Alicia lächelt ihre Tochter liebevoll an. Kurz frage ich mich, wann Mama das letzte Mal so liebevoll mit mir umgegangen ist. Aber die trübe Stimmung hält nicht lange an. Das ist in diesem Haus nicht möglich.

Es ist nicht das erste Mal, dass ich mit Felipe am Tisch sitze, aber irgendwie ist es heute anders. Obwohl es so laut zugeht wie immer, spüre ich in dem allgemeinen Chaos seinen Blick auf mir. Ich gebe vor, mich voll und ganz auf mein Essen zu konzentrieren, aber als ich kurz den Kopf hebe, um nach dem Orangensaft zu greifen, schaut er tatsächlich in meine Richtung. Mein Gesicht läuft heiß an und wahrscheinlich bin ich knallrot. Carmen und Alicia werfen sich vielsagende Blicke zu. Na super! Sie haben bemerkt, wie ich mich hier zum Af-

75

fen mache. Seltsamerweise scheint Felipe das garnichts auszumachen. Er lächelt mir zu als wäre nichts gewesen und scherzt dann weiter mit Dulce.

Gezwungenermaßen beteilige ich mich an den Gesprächen. Mich sofort nach dem Essen in mein Zimmer zu verkriechen wäre mega auffällig. Lieber ertrage ich es noch eine Weile mit Felipe am Tisch zu sitzen. Obwohl er mich blamiert hat. Erst als Carmen aufsteht und beginnt den Tisch abzuräumen, trage ich mein Geschirr in die Küche und verschwinde dann endlich in meinem Zimmer. Ich schließe die Tür ab und schmeiße mich aufs Bett. Mit geballten Fäusten schlage ich auf das Kissen ein und mir wird klar, dass ich viel mehr auf mich selbst wütend bin als auf Felipe. Warum lasse ich mich so sehr verunsichern, nur weil er mich anschaut? Macht er das mit Absicht? Will er mich vor seiner Familie bloßstellen? Ich setze mich auf und streiche mir die zerzausten Haare aus dem Gesicht. Ist das nicht eigentlich egal? Was kümmert mich dieser Typ? Er ist nur ein arroganter Pfau, der sich auf sein gutes Aussehen etwas einbildet. Am besten gehe ich ihm so gut wie möglich aus dem Weg. Ein Glück, dass er sowieso nicht oft da ist.

Um mich von meinem Frust abzulenken, beschließe ich Dani anzurufen. Ich hab ewig nichts mehr von ihm gehört. Wahrscheinlich wartet er darauf, dass ich mich mal melde. Während es klingelt, frage ich mich warum ich das nicht schon früher gemacht hab. Dann geht die Mailbox ran. Schade. Aber er wird sehen, dass ich versucht hab ihn zu erreichen und mich zurückrufen.

Kurz überlege ich, auch Mama anzurufen, aber das wird meine Stimmung wieder verschlechtern. Stattdessen blättere ich ein bisschen in meinem Reiseführer. Dabei denke an Felipes wiederholtes Versprechen, mir die Stadt zu zeigen, aber ich brauche ihn nicht. Auf sein strahlendes Lächeln und die Blicke aus seinen dunklen Augen kann ich gut verzichten.

***

Die Wolken, die am frühen Morgen den Himmel bedeckt haben, sind verschwunden. Heiß brennt die Sonne auf den Schulhof. Anna und Matilda wollen nach dem Unterricht nach oben zum Pool gehen und danach vielleicht in die Bar. Zögerlich hat Anna gefragt, ob ich mitkommen will, aber diesmal hab ich sie stehenlassen. Stolz hab ich verkündet, dass ich schon mit jemand anders verabredet bin. Matilda stand die Enttäuschung ins Gesicht geschrieben. Ein bisschen tut sie mir leid, aber Valentin hat Recht. Es ist lächerlich ihnen weiter hinterherzulaufen. Außerdem wird es sicher nicht lange dauern, bis Josh auch oben am Pool auftaucht.

Valentin sitzt wieder mit ein paar Mädchen auf den Stufen vor dem Tor. Erstaunt stelle ich fest, dass es andere sind als gestern. Nur an Conny kann ich mich erinnern. Sie ist mit fünfundzwanzig die Älteste in der Gruppe. Heute wirkt sie ein bisschen abweisend und auch sonst ist die Stimmung nicht ganz so ausgelassen wie gestern.

»Wo sind deine Freundinnen?«, fragt Conny und mustert mich abschätzend.

»Sie sind nicht meine Freundinnen«, entgegne ich.

Sie nickt nur und wäre Valentin nicht hier, hätte ich fast das Gefühl bekommen können unerwünscht zu sein. Aber das ist natürlich völliger Blödsinn. Valentin will, dass ich hier bin. Er hat mich eingeladen. Mit seinen typischen lockeren Sprüchen schafft er es die Stimmung aufzulockern.

Nur einmal denke ich kurz an Anna und Matilda, die jetzt bestimmt mit Josh am Pool sitzen. Solange er da ist, kann ich nicht mit ihnen befreundet sein. Das ist die traurige Wahrheit. Und jetzt sitze ich hier mit Valentin und seiner Clique. Nie hätte ich gedacht, dass ich ihn irgendwann mal bevorzugen würde. So sehr kann der erste Eindruck täuschen.

***

»Luisa?«

Ich stehe gerade in der Küche und koche mir einen Kaffee. Im Haus ist es totenstill und alle Rollläden wurden heruntergelassen. Es ist Mitte Mai und brütend heiß draußen. Vollkommen verschwitzt bin ich von der Schule heimgekommen. Nach einer kalten Dusche will ich nur noch in Ruhe einen Kaffee trinken.

Seufzend drehe ich mich um. Felipe steht in der Tür. Er trägt nur eine kurze Jogginghose und ein ausgewaschenes schwarzes T-Shirt und trotzdem lässt sein Anblick mein Herz schneller schlagen.

Seit meiner Flucht vom Esstisch vor ein paar Tagen hab ich ihn nur noch selten gesehen. Das ganze Wochenende über war er entweder in der Arbeit oder mit Freunden in irgendwelchen Bars unterwegs. Ansonsten bin ich ihm so gut wie möglich aus dem Weg gegangen.

»Willst du auch Kaffee?«, frage ich und versuche möglichst gleichgültig zu klingen.

»Nein.« Er kommt auf mich zu und sein frischer sauberer Duft steigt mir in die Nase. Wahrscheinlich kommt er auch gerade aus der Dusche. Die feuchten Locken fallen ihm in die Stirn.

»Ich wollte mich nur entschuldigen. Ich weiß nicht, wieso du sauer bist, aber es tut mir leid.«

Fassungslos starre ich ihn an. Ich weiß garnicht, worüber ich mich mehr wundern soll. Dass er tatsächlich nicht weiß, was er falsch gemacht hat oder, dass er sich überhaupt entschuldigt? Aber so leicht will ich es ihm nicht machen.

»Wie kommst du darauf, dass ich sauer bin?«

Ein paar Sekunden sieht er mich ratlos an. Im Licht der schwachen Küchenlampe wirken seine Augen kohlrabenschwarz. »Wir wohnen zusammen und wenn du mich siehst, haust du ab.«

Fast verschlucke ich mich an meinem Kaffee. Hab ich mich wirklich so auffällig verhalten?

»Ich will nicht, dass du dich wegen mir schlecht fühlst.« Verdammt. Warum muss er so direkt sein?

»Ich fühl mich aber bedrängt, wenn mir jemand solche Fragen stellt«, fahre ich ihn an. Er verzieht keine Miene. »Du bist sauer«, beharrt er.

»Ja bin ich. Weil du hier plötzlich auftauchst und so komische Sachen sagst.«

»Wir wohnen zusammen. Willst du die nächsten drei Monate so weitermachen? Dich immer mit dem Gesicht zur Wand drehen, wenn ich an dir vorbeilaufe?«

Mein Gesicht läuft knallrot an. Das Blut pulsiert in meinen Schläfen. Warum kann er nicht einfach die Klappe halten? Irgendwie muss ich jetzt aus dieser Nummer rauskommen, ohne die Beherrschung zu verlieren.

Felipe kommt noch einen Schritt näher und die Temperatur scheint nochmal um zwei Grad zu steigen. »Du benimmst dich wie ein kleines Kind. Was ist dein Problem?«

»Garnichts. Es ist einfach … Du bist so … Ach, lass mich einfach in Ruhe!« Wütend knalle ich die Tasse auf die Küchenzeile. Kaffee schwappt über den Rand, aber das ist mir egal. Ich dränge mich an Felipe vorbei und flüchte in mein Zimmer. Alles ist so kompliziert. Jedes Zusammentreffen mit Felipe ist die reinste Katastrophe. Es ist einfach nur peinlich und verwirrend. Und das Schlimmste ist: Er hat Recht. Ich benehme mich wie ein kleines Kind. Ein dummes kleines Kind, das nicht weiß wie es sich verhalten soll und genau das bin ich auch. Dumm und kindisch. Am liebsten würde ich allein Felipe die Schuld dafür geben. Aber das kann ich nicht, weil ich wieder mal diejenige bin, die sich zum Affen gemacht hat.

Ich liege auf meinem Bett und starre zur Decke. Es dauert eine Weile, bis sich mein Herzschlag beruhigt hat. Ich warte noch ein paar Minuten. Dann schleiche ich hinunter in die Küche, um meinen Kaffee zu trinken und stelle erleichtert fest, dass niemand mehr da ist.

7. Kapitel

Ganz anders als gewohnt steht Felipe heute um kurz nach sieben in der Küche und trinkt einen Kaffee. Nach unserem peinlichen Gespräch gestern wollte ich ihm eigentlich aus dem Weg gehen. Also packe ich wortlos ein paar kalte Fleischtaschen und eine Flasche Eistee in meine Tasche und verlasse fast schon fluchtartig das Haus. Wenn er mich für verrückt hält, kann ich ihm das nicht mal verübeln.

Vor dem Unterricht unterhalte ich mich kurz mit Anna und Matilda. Heute wirkt Matilda ganz ungezwungen und fröhlich. Das ändert sich allerdings als Josh fünf Minuten später ins Klassenzimmer kommt. Mit einem siegessicherem Grinsen steuert er auf uns zu. Er glaubt wohl, dass ich mich sofort zurückziehe, wenn ich ihn sehe.

»Hi Mädels.«

Matilda neben mir versteift sich und senkt den Blick. Der Gedanke, dass sie und Josh ein Paar sind, erscheint mir plötzlich total absurd. Es ist offensichtlich, dass er sie in irgendeiner Weise unter Druck setzt und sie sich ihm deshalb fügt. Irgendwas läuft hier. Und Anna ist auch daran beteiligt.

»Geht das klar heute Abend?«, fragt sie.

»Sicher. Ihr wisst Bescheid.« Er wirft mir einen abschätzigen Blick zu. »Sorry Lisa. Meine Mädchen haben dieses Wochenende keine Zeit für dich.« Josh lacht überheblich. Er hat mich hundertpro absichtlich mit dem falschen Namen angesprochen.

»Ist klar.« Niedergeschlagen setze ich mich auf meinen Platz. Den restlichen Tag weicht Josh keine Sekunde von ihrer Seite. Wenn ich nur wüsste, was da los ist.

Nach der Schule fängt Valentin mich allein ab. Sein strahlendes Lächeln ist eine Erleichterung nach der Enttäuschung heute Morgen.

Ganz selbstverständlich legt er mir einen Arm um die Schulter. Inzwischen mag ich seine offene ungezwungene Art.

»Wir gehen Morgen Abend mit der ganzen Clique feiern. Du kommst doch mit, oder?«

Kurz zögere ich. Der Gedanke mit einer fremden Gruppe feiern zu gehen, fühlt sich merkwürdig an. Bisher war ich nicht mal mit meiner eigenen Clique feiern, da ich für Mama da sein musste.

»Was ist?« Valentin sieht mich prüfend an. »Sag bloß du hast keine Lust. Da würde dir aber was entgehen. Komm mit und ich zeig dir, was Spaß ist. Diese zwei willenlosen Hühner werden bestimmt nichts mir dir unternehmen. Die haben sicher schon was anderes vor am Wochenende.«

Wie Recht er hat. Als ob er wüsste, was Josh vorhin zu mir gesagt hat.

Valentin zieht mich enger an sich. »Vergiss die zwei. Komm morgen mit und hab ein bisschen Spaß.«

Für einen Moment beschleichen mich Zweifel. Es ist offensichtlich, was Valentin will. Ich sollte ihm keine falschen Hoffnungen machen. Aber tue ich das wirklich, wenn ich mit seiner Clique feiern gehe? Schließlich ist es ja kein Date. Das muss auch Valentin klar sein. Irgendwie werde ich ihm das schon klarmachen. Und alles ist besser als das ganze Wochenende zu Hause zu sitzen.

»Ok. Wo treffen wir uns?«

Auf den Straßen herrscht ausgelassene Stimmung. Aus den Bars und Restaurants dringt fröhliches Gelächter und das Klirren von Gläsern und Besteck. Auch die meisten Läden haben noch geöffnet. Ich stelle es mir cool vor so spät am Abend noch shoppen zu gehen. Vielleicht findet sich ja doch noch jemand, mit dem ich mich anfreunden kann. Bisher war ich nie eine Außenseiterin. Und das soll auch hier nicht anders sein. Vor allem nicht heute Abend.

Ich stoße Conny an, die vor mir läuft. »Was ist das für eine Bar, in die ihr gehen wollt?«

Hellbraune Augen mustern mich prüfend. »Eine Disco. Wir gehen feiern, schon vergessen?« Mit einem überheblichen Lachen wendet sie sich wieder ihrer Freundin zu. Die beiden beschleunigen ihr Tempo und ich falle zurück. Es ist offensichtlich, dass sie mich nicht leiden kann. Warum auch immer. Aber dann muss ich mich wohl an Valentin halten. Schließlich hat er mich eingeladen.

Wir steuern ein dunkles Gebäude mit zwei Eingängen an. Die offenstehende verglaste Holztür führt in eine vollbesetzte Bar. Daneben gibt es noch eine andere Tür. Davor hat sich eine lange Schlange gebildet. Ein großer muskulöser Typ mit ernster Miene kontrolliert die Ausweise. Als Letzte der Clique komme ich endlich in die Disco. Eine schmale Treppe führt in den Keller. Jede Stufe hat einen bunten leuchtenden Neonstreifen am Rand. Laute hektische Electromusik schallt mir entgegen. Der Bass ist so stark, dass ich die Vibration spüren kann. In einem Meer von tanzenden Menschen und bunten wild blinkenden Lichtern versuche ich jemanden von der Clique zu finden, der nicht Conny ist. Es fällt mir schwer überhaupt was zu erkennen, da es immer wieder für den Bruchteil einer Sekunde dunkel wird. Danach beleuchten die Scheinwerfer wieder andere Gesichter.

Halb so schlimm, sage ich mir, die werden schon wieder auftauchen. Ich bahne mir meinen Weg zur Bar und finde sogar noch einen freien Hocker. Ich bestelle mir einen alkoholfreien Fruchtcocktail und schaue mich um. Hier sitzt niemand, der mir bekannt vorkommt. Wo sind die bloß alle hin?

»Bist du allein hier?«, fragt der Typ hinter der Theke und schiebt mir mein Glas hin.

»Ich warte auf jemanden.« Auf wen auch immer …

»Oh. Ok.« Er mixt noch ein Getränk. Dann wendet er sich wieder mir zu. »Wenn du drei Getränke bestellst, kostet eins nur die Hälfte.« Er zwinkert mir zu.

»Danke. Vielleicht später.«

Während in meinen Cocktail schlürfe, beobachte ich die Menschen auf der Tanzfläche, die alle offensichtlich Spaß haben. Sie tanzen, unterhalten sich und lachen. Niemand ist allein. Es versetzt mir einen Stich, dass sich keiner von Valentins Freunden für mich zu interessieren scheint. Selbst Valentin ist nirgends zu sehen. Auch auf dem Weg hierher hat er kein Wort mit mir geredet, mich nicht mal angeschaut. Ich frage mich, warum er mich dann eingeladen hat, mitzukommen. Und was seine Annäherungsversuche sollten, wenn er mich jetzt einfach stehen lässt.

Noch eine gefühlte Ewigkeit sitze ich auf meinem Hocker und starre die tanzende Menge an. Die Musik dröhnt in meinen Ohren. Mit jeder Minute finde ich die Electrobeats nerviger. Inzwischen bin ich mir auch ziemlich sicher, dass Valentin mich einfach verarscht hat und es wahnsinnig lustig findet mich allein an der Bar sitzen zu sehen, wie ich verzweifelt nach jemandem Ausschau halte, mit dem ich reden kann. So ein blöder Mistkerl.

Ich knalle mein halbvolles Glas auf den Tresen und rutsche von meinem Hocker.

»Hey Luisa«, ruft jemand. Valentin. Er sitzt ein paar Meter entfernt an der Bar und winkt mir hektisch. Der ist ja doch da. Schwankend steht er auf und kommt auf mich zu. Oh nein! Er ist betrunken. Alles nur das nicht. Entschlossen dränge ich mich an den anderen Discobesuchern vorbei in Richtung Ausgang.

Als ich vor den Toiletten stehe, sehe ich mich nochmal um. Von Valentin ist nichts zu sehen. Anscheinend hab ich ihn abgehängt. Ich laufe den Gang nach hinten, als mich plötzlich eine Hand grob am Arm packt. Valentin starrt mich aus glasigen Augen an. Sein Alkoholatem streift mein Gesicht und ich muss ein Würgen unterdrücken.

»Freust du dich nicht mich zu sehen«, nuschelt er.

»Nein … Nein tu ich nicht. Hau ab!« Vergeblich versuche ich, mich loszureißen. Mit festem Griff umklammert er meine Arme und drückt mich gegen die Wand. Panik ergreift mich. Zitternd winde ich mich in seinen Armen.

»Den ganzen … den ganzen Abend hast du mich gesucht mit … mit deinen Blicken. Ich weiß … du stehst auf mich. Gib's zu.« Valentin schwankt und stützt sich schwer auf mich. Sein Gesicht ist nur wenige Zentimeter von meinem entfernt. Angewidert drehe ich den Kopf zur Seite.

»Du sollst mich in Ruhe lassen. Ich steh nicht auf dich. Ich hab einen Freund.« Wenn es doch nur so wäre. Dani ist nicht mein Freund, doch das weiß Valentin nicht. Er glaubt ich wäre mitgekommen, weil ich etwas von ihm will. Wie konnte ich so blöd sein und das nicht früher durchschauen? Nie hätte ich meine Bedenken, was Valentins aufdringliches Verhalten angeht, über Bord werden dürfen.

»Nein. Du bist sowas von … scharf auf mich. Du bist scharf auf mich!«, brüllt er. Doch sein Geschrei geht im

Discolärm unter. Mir wird niemand helfen. Verzweifelt, wie ein in die Enge getriebenes Tier schlage ich um mich. »Hau ab! Ich will nichts von dir!«

Valentin ist sichtlich verwirrt. Für einen kurzen Moment lässt er von mir ab. Dabei verliert er das Gleichgewicht und macht ein paar unsichere Schritte rückwärts. Die Gelegenheit nutze ich, ziehe ihm meine Handtasche über den Kopf und kämpfe mich vor zum Ausgang. Wie eine Betrunkene stolpere ich die dunkle Treppe hoch und trete hinaus auf die Straße. Erleichtert atme ich die kühle Nachtluft ein. Der Druck auf meinen Ohren lässt nur langsam nach. Mein Herz pocht wild. Mühsam halte ich die Tränen zurück. Er ist es nicht wert, dass ich heule wie ein kleines Mädchen. Ohne mich umzudrehen, entferne mich von der Disco. Mein Gefühl sagt mir, dass Valentin mir nicht gefolgt ist. Daran, dass ich ihn am Montag in der Schule sehen muss, will ich garnicht denken.

Es ist kurz nach Mitternacht und auf den Straßen ist es brechend voll. Hier reiht sich eine Kneipe an die andere und es herrscht ein unglaublicher Lärm. Aus den Bars und Restaurants dröhnt Musik und ausgelassenes Geschrei. Auf der Straße wird gelacht, geredet und geraucht. Die Menschen stehen in großen Gruppen zusammen. Kinder laufen zwischen den Gruppen und Stühlen vor den Bars hin und her oder haben sich mit ihren Spielsachen unter die Tische verkrochen. Ich bahne mir meinen Weg durch die enge Straße und ignoriere die Pfiffe und Anmachsprüche einiger Männer. Meine Tasche trage ich eng am Körper. Normalerweise hätte ich mich gerne treiben und von der Stimmung der Feiernden anstecken lassen, aber nach der Katastrophe mit Valentin will ich einfach nur noch nach Hause.

Erleichtert lasse ich das Kneipenviertel hinter mir, schreite entschlossen, mich nicht aufhalten zu lassen über die Plaza de la Constitution und schlängele mich durch die überfüllte Marques de Larios. Weil ich keine Lust hab jetzt auch noch mit dem vollen Bus zu fahren, laufe ich nach Hause. Auch am Hafen herrscht reges Treiben. Ich werde langsamer, aber ich bleibe nicht stehen. Langsam kann ich wieder einen klaren Gedanken fassen. Die wütende Entschlossenheit, mit der ich mich durch das Gewimmel gedrängt hab, ist weg. Stattdessen fühle ich mich einfach nur wie erschlagen. Mein seltsames Gefühl von heute Nachmittag hat mich nicht getäuscht. Ich hab nie zu Valentins Clique gehört. Von Anfang an war es nur er, der mich unbedingt dabei haben wollte, um sich an mich ranzumachen. Ich denke an die abschätzigen Blicke der anderen Mädchen, insbesondere Conny. Es war Eifersucht. Das ist mir jetzt klar. Ein Wunder, dass sie mich bei sich toleriert haben.

Enttäuschung macht sich in mir breit. Wie konnte ich mich so in Valentin täuschen? Ich hab ernsthaft gedacht er würde mit mir befreundet sein wollen und das, obwohl er mich bei unserer ersten Begegnung gleich angrapschen wollte und auch sonst kaum eine Gelegenheit ausgelassen hat mich zu berühren.

Die Straße liegt still und verlassen da als ich zu Hause ankomme. Bunte Wäsche flattert in der leichten Brise. Eine graue Katze huscht an mir vorbei und verschwindet hinter ein paar Mülltonnen.

Leise hole ich den Schlüssel aus meiner Hosentasche und lausche. Von drinnen sind keine Stimmen zu hören. Alle Fenster sind dunkel. Nur aus Felipes Fenster dringt ein schwacher gelber Lichtschein.

Langsam drehe ich den Schlüssel im Schloss um, betrete geräuschlos das Haus und schleiche durch den Flur. Weil ich mich nicht traue Licht anzumachen, taste ich mich an der Wand entlang zur Treppe. Und stoße mit jemandem zusammen. Ich stoße einen unterdrückten Schrei aus und springe zwei Schritte zurück.

»Hey.« Es ist Benito. »Sag nichts meiner Mutter«, verlangt er mit schleppender Stimme. Eine nach Billigschnaps stinkende Wolke trifft mich. Schon wieder dieser Geruch, Das ist zu viel für einen Abend. Plötzlich bin ich wieder zu Hause. In unserer schönen großen Wohnung, in der wir früher alle zusammen gewohnt haben. Ich sitze unter dem Couchtisch und beobachte wie mein Vater durchs Wohnzimmer torkelt und wirres Zeug vor sich hinmurmelt. Er dreht sich im Kreis und stößt gegen eine Vase, die laut klirrend auf den Boden fällt und in viele kleine Stücke zerbricht. Er flucht laut. Mama reißt die Tür auf und sie fangen an, sich lautstark zu streiten. Mama deutet auf die Vase. »Warum hast du das gemacht?«, ruft sie schluchzend, »Warum tust du das?« Ich weiß, dass sie nicht die Vase meint. Papa schreit. Mama weint. Der Streit wird immer heftiger. Sie brüllen sich an. Papa hebt die Arme und stolpert auf sie zu. Ich zittere vor Angst und will am liebsten aus dem Zimmer rennen. Jemand packt mich am Arm. Ich will schreien, aber eine Hand legt sich auf meinen Mund.

»Sei still. Die … die hört uns sonst noch. Sie soll nicht wissen, was … dass ich …«, lallt Benito. Ich stoße ihn von mir weg. Er stolpert rückwärts. »Hey, du … musst doch vor mir keine … Angst haben. Ich bin n' guter Junge.«

»Schon gut. Tut mir leid.« Ich reiche ihm die Hand und helfe ihm die Treppe hoch. Es gestaltet sich schwierig, weil Benito immer wieder stolpert und sich an mir festhält, doch wir kommen heil oben an. Meine Knie zittern. Aber das liegt nicht allein an der Anstrengung. Ich lege mich angezogen ins Bett. Zu mehr bin ich jetzt nicht mehr fähig. Ich versuche irgendwie einzuordnen was gerade passiert ist. Was ist nur in mich gefahren? Angestrengt versuche ich das Bild heraufzubeschwören, wie Papa mit erhobenen Armen auf Mama zustürmt, doch die Szene verschwimmt vor meinen Augen. Ist es wirklich so passiert? Nein. Papa war oft aggressiv, aber nie gewalttätig. Ich bin gerade einfach nur am Durchdrehen. Das war heute Abend einfach zu viel.

Meine Gedanken geben einfach keine Ruhe. Was hat Benito mit diesen seltsamen beängstigenden Erinnerungen zu tun? War es wirklich der Geruch nach Schnaps, der mich zurückgeworfen hat? Valentin hat genauso gerochen, doch er hat mich bedrängt. Belästigt. Das hat

Papa nie getan. Wahrscheinlich sitzt mir einfach noch
der Schock in den Knochen. Dass ein fünfzehnjähriger
mitten in der Nacht sturzbetrunken durchs Haus stolpert, hat das Fass einfach zum Überlaufen gebracht.

Unruhig wälze ich mich hin und her. Erst als es
draußen schon hell wird, schlafe ich doch noch ein.

***

Grell scheint die Sonne durch die halb geöffneten Rollläden in mein Zimmer. Ich kneife die Augen zusammen
und setze mich auf. Komisch. Warum hab ich denn
noch Jeans und Turnschuhe an? Mein Blick fällt auf
den Wecker. Halb elf. Verdammt! So spät bin ich noch
nie aufgestanden! In den Klamotten von gestern renne
ich ins Bad und richte mich einigermaßen akzeptabel
her. Dann poltere ich die Holztreppe hinunter. Hoffentlich ist noch Kaffee da.

Als ich in die Küche gestürmt komme, begrüßt Carmen mich mit einem herzlichen Lächeln. »Hattest du
Spaß gestern?«

Spaß? Wenn die wüsste. »Ja klar. Es war schön.«

»Das freut mich, dass du Freunde gefunden hast.«

Felipe kommt in die Küche, eine blaue Kühltasche
über der Schulter und Carmens Lächeln erlischt. »Ist er
aufgestanden?«

»Lass ihn. Er kommt schon zu dir, wenn er so weit ist.«

»Er zieht sich immer mehr zurück.«

Felipe umarmt sie locker von hinten. »Er braucht eben Zeit. Mach dir nicht zu viele Sorgen. Ich bin mit Paco am Strand und dann in der Arbeit. Wir sehen uns am Abend.«

»Ich koch was Leckeres.« Ihr Lächeln ist wieder da. Dank Felipe. Nur bei mir bewirkt er immer das Gegenteil. Ich muss mir eingestehen, dass es mich ein wenig enttäuscht, dass er mich vollkommen ignoriert hat. Dabei kann ich es ihm nicht mal übelnehmen, nachdem ich am Donnerstagnachmittag vor ihm geflüchtet bin und ihn seitdem kaum beachtet hab. Keine Ahnung was das zwischen uns sein soll, aber es ist auf jeden Fall kompliziert.

Carmen wirkt ein wenig bedrückt nachdem Felipe gegangen ist. Sie versucht, es mit einem Lächeln zu überspielen und fragt mich über die Schule und die Leute dort aus. Ich gebe mir Mühe mich auf das Positive zu beschränken. Über Valentin will ich jetzt nicht reden. So wie Carmen nicht ständig über ihre Sorgen um Benito reden will. Den sehen wir übrigens den ganzen Tag nicht. Irgendwann am späten Nachmittag sind unten im Flur Schritte zu hören. Dann fällt die Haustür ins Schloss. Wahrscheinlich hat er sich aus dem Haus geschlichen, aus Angst seiner Mutter zu begegnen. Obwohl er ihr offensichtlich viel Ärger macht, tut er mir leid. Er ist erst fünfzehn und kommt mitten in der Nacht sturzbetrunken nach Hause. Seine Probleme müssen größer sein als ich erst dachte. Ich denke noch lange darüber nach und komme zu dem traurigen Entschluss, dass keine Familie perfekt ist. Auch diese nicht.

8. Kapitel

Ich biege um die Ecke und steuere zielstrebig auf die Toiletten zu, doch Valentin hat mich schon entdeckt. Betont langsam und mit einem siegessicheren Grinsen im Gesicht kommt er auf mich zu. Für einen Moment bin ich wie erstarrt. Ich spüre wieder seine schwitzigen Hände auf meinen Hüften.

»Was ist? Magst du mich plötzlich nicht mehr?«, ruft er. Auf dem Flur ist fast niemand unterwegs. Die wenigen, die uns sehen, gehen einfach weiter. Sie halten das hier wohl für eine kleine Beziehungskrise.

Ohne eine Antwort reiße ich die Tür zum Waschraum auf und knalle sie hinter mir zu. Es ist totenstill. Nur das leise Surren der Deckenleuchten ist zu hören. Offensichtlich bin ich die Einzige, die ihre Pause auf der Toilette verbringt.

Valentin klopft an die Tür. »Warum versteckst du dich, kleine Kratzbürste?«

»Hau ab. Sonst kratz ich dir schon noch die Augen aus.«

Er lacht schallend. »Ich weiß, dass es dir gefallen hat. Na gut, vielleicht war ich ein bisschen voreilig, aber wir könnten ja nochmal von vorne anfangen.«

Ich antworte nicht, sondern zwänge mich in eine Kabine und schließe die Tür extra laut. Wie ein Häufchen Elend hocke ich auf dem Klodeckel und lausche angestrengt. Jemand kommt rein. Alles in mir verkrampft sich. Als sich die Kabine neben mir schließt, bin ich erleichtert, dass es nicht Valentin ist. Weil ich nicht riskieren will ihm doch noch über den Weg zu laufen, bleibe ich hier, bis es zum Unterricht klingelt. Matilda schaut mich fragend an als ich mich neben sie setze. »Sorry«, murmle ich und komme mir dabei echt blöd vor. Vielleicht hätten wir diese Pause zusammen verbringen können, aber Valentin musste mir ja ausgerechnet jetzt auflauern.

Javiers lockere Art lenkt mich von meinen Sorgen ab. Er gibt einem das Gefühl, dass alles ganz leicht ist. Doch meine gute Laune hält nicht lange an. Schon während ich über den Schulhof laufe, höre ich Valentins lautes Lachen und das Gekicher seiner Freundinnen. Sie sitzen wieder vor dem Tor. Seufzend drehe ich um und verlasse das Gelände über den Eingang auf der anderen Seite. Ich nehme einen Umweg zur Haltestelle in Kauf nur um diesem Ekel nicht zu begegnen. Der Gedanke an seinen stinkenden Atem und seine grapschenden Hände lässt mich immer noch erschaudern.

***

Das ganze Haus duftet nach gebratenem Fisch und Gemüse als ich heimkomme. Carmen steht alleine am

Herd und kocht. Benito wühlt konzentriert im Kühlschrank. Ein Zischen ist zu hören.

»Was machst du da Benito? Es gibt gleich Essen.«

»Nur ne Coca-Cola.« Er knallt den Kühlschrank zu und setzt die Dose an, trinkt sie in einem Zug leer und stellt sie auf die Arbeitsplatte.

»Schmeiß das weg und verteil das Geschirr auf dem Tisch.«

Benito verzieht das Gesicht. »Ich bleib nicht zum Essen.«

»Benito.« Carmen sieht ihn streng an. »Wir sind eine Familie. Wir essen zusammen. Setz dich zu uns.« Dann eilt sie mit den Töpfen ins Esszimmer. »Benito!«, ruft sie, »Bring das Geschirr rüber!«

Lustlos sucht er Teller, Tassen und Besteck zusammen. »Hast du was gesagt wegen …« Er sieht mich fragend an, »Samstag?«

»Nein. Ich bin als Letzte aufgestanden.« Ich senke die Stimme. »Mütter haben einen sechsten Sinn. Und sie macht sich Sorgen.«

»Ich weiß.« Er zuckt die Schultern und trägt das Geschirr ins Esszimmer.

Zum ersten Mal seit ich da bin, ist die Stimmung am Esstisch bedrückt. Lustlos stochert Benito in seinem Reis herum. Hundert unausgesprochene Fragen hängen in der Luft. Fragen, die Carmen nicht stellen kann, weil ich hier bin. Es geht mich nichts an welche Probleme sie miteinander haben oder besser gesagt welche Probleme Benito hat. Ich traue mich nicht zu fragen warum er nicht in der Schule ist, auch wenn es mich brennend interessiert. Und noch viel mehr interessiert mich, warum Carmen das duldet. Aber das würde nur einen Streit provozieren. So essen wir die meiste Zeit schweigend. In dem lahmen Versuch, ein Gespräch in Gang zu bringen, frage ich Carmen über die Zitrone auf ihrem Balkon aus. Sie scheint froh über die Ablenkung zu sein. Trotzdem lässt sich die Spannung im Raum nicht leugnen. Ich bin froh als Benito aufsteht und geht. Zusammen mit Carmen räume ich die Küche auf. Danach verkrieche ich mich in meinem Zimmer.

Weil es draußen unerträglich heiß ist, verbringe ich den Nachmittag vor dem Fernseher. Ganz am Rande bekomme ich mit, dass jemand nach Hause kommt und dann die knarzenden Holzstufen hinaufpoltert. Kurz erfüllt das Rauschen der Dusche das Haus. Dann ist es wieder still. Ich hab den Fernseher extra leise gestellt, um niemanden bei der Siesta zu stören. Die Vorhänge sind zugezogen. Es ist dunkel und stickig im Zimmer und mir fallen immer wieder die Augen zu. Vielleicht kann ich ja ein bisschen schlafen.

Ein schrilles Klingeln lässt mich erschrocken hochfahren. Verwirrt sehe ich mich im Zimmer um. Wind bauscht die Vorhänge auf. Bunte Bilder flackern über den Fernsehbildschirm. Das Handy neben mir blinkt. Dani ruft an! Plötzlich bin ich hellwach. Das wurde ja auch Zeit. Eilig greife ich nach meinem Handy.

»Hallo? Dani?«

»Hallo Süße.« Eine angenehme Wärme breitet sich in mir aus. Es ist so schön seine Stimme zu hören. »Wie läufts in … Da wo du bist?«

Das warme Gefühl verschwindet und ich unterdrücke ein genervtes Seufzen. »In Malaga. Ich bin in Malaga. Hat dir Lena nichts erzählt?«

»Doch sicher. Ich hab's nur vergessen«, meint er verlegen.

»Klar, das kann passieren.«

Am anderen Ende herrscht Schweigen. Es knackt in der Leitung. »Dani? Bist du noch dran?«

»Äh ja ,ja natürlich. Ich hab aber garnicht so viel Zeit. Ich wollte nur kurz wissen wie es dir geht.«

»Es ist schön hier. Ich hab eine tolle Gastfamilie und …«

»Das ist ja echt super. Du hast bestimmt viel zu erzählen. Also lass uns doch mal reden, wenn ich mehr Zeit hab. Ich wollte wirklich nur sichergehen, dass bei dir alles ok ist.«

»Wie du meinst.«

Dani legt auf und lässt mich mit einem Gefühl der Leere zurück. Was sollte das jetzt? Warum ruft er mich an nur um mir zu sagen, dass er eigentlich keine Zeit hat? Fast kommt es mir so vor, als wäre das gerade nur ein Pflichtanruf gewesen, um seine Gewissen zu beruhigen, weil er sich nicht früher gemeldet hat. Seltsamerweise hatte auch ich nicht das Bedürfnis ihm zu schreiben, obwohl ich oft darüber nachgedacht hab, aber immer war etwas anderes wichtiger. Liegt es nur an der

Entfernung und daran, dass ich hier so beschäftigt bin oder war zwischen mir und Dani nie etwas?

Valentin lässt mich die restliche Woche in Ruhe. In der Überzeugung ihn los zu sein, schlendere ich am Freitag über den Campus. Schon von weitem sehe ich, dass er am Tor lehnt und raucht, aber diesmal verstecke ich mich nicht vor ihm wie ein ängstliches Mäuschen. Ohne in seine Richtung zu schauen, laufe ich an ihm vorbei. Er pfeift mir auffällig hinterher. Ich ignoriere ihn und gehe weiter.

»Hey Kratzbürste!«, ruft er, doch ich ignoriere ihn immer noch.

»Du kannst dich nicht ewig verstecken. Ich werde dir schon noch zeigen wie sehr du mich willst.«

Ein bitterer Geschmack steigt mir im Hals auf. Dieser Typ ist so widerlich. Außerdem sind wir nicht allein hier. Ein paar Leute schauen belustigt. Zwei Typen brechen in johlendes Gelächter aus. Zum Glück fährt in diesem Moment der Bus um die Ecke. Ich steige ein und zeige Valentin durch die Scheibe den Stinkefinger. Er grinst nur unverschämt. Beim nächsten Mal knall ich ihm eine. Das schwör ich mir.

***

Der Samstag beginnt vielversprechend. In der Früh weht ein leichter Wind durch das geöffnete Fenster.

Ohne zu wissen was der Tag bringt, ziehe ich mir eine ärmellose weiße Bluse an und entscheide mich, meine Haare heute offen zu tragen. Unten herrscht geschäftiges Treiben. Carmen kontrolliert alle Küchenschränke und schreibt eine Liste.

»Nimm dir Kaffee«, fordert sie mich lächelnd auf.

»Danke. Der Kaffee bei euch ist einfach besser als bei mir zu Hause.«

Carmen kritzelt noch etwas auf ihren Zettel und wendet sich dann an mich. »Wir brauchen noch ein paar Sachen fürs Abendessen. Ich muss nachher in die Arbeit. Deshalb wirst du heute mit Felipe auf den Markt gehen. Er zeigt dir alles.«

»Äh, ja …« Irgendwie fühle ich mich überrumpelt. Ich soll mit Felipe auf den Markt gehen? Wir haben die gesamte Woche kaum miteinander geredet und jetzt sollen wir den halben Tag zusammen verbringen. Nur wir zwei. Bestimmt ist es auf dem Markt voll und wir müssen ganz nah nebeneinander laufen. Vielleicht berühren sich unsere Hände. Mir wird heiß bei dem Gedanken. Am liebsten würde ich wieder hochgehen und mich unter meiner Decke verkriechen.

Carmen legt ihre Hände auf meine Schultern und sieht mich besorgt an. »Geht es dir nicht gut. Ich kann ihn auch alleine schicken. Das ist …«

»Nein, nein. Schon ok. Wir kriegen das hin. Er kennt sich ja dort aus«, beeile ich mich zu sagen. Trotzdem wirkt Carmen noch leicht verwirrt. »Ich verlange doch nicht zu viel von dir.«

»Nein, garnicht. Ich war noch nie auf dem Markt. Das wird bestimmt super.«

Felipe lehnt am Esstisch und leert seine Kaffeetasse. »Hi.« Sein Blick fällt auf die Liste. Er lächelt. »Sie hat dich also schon abgefangen.«

»Ja, wir sollen zusammen auf den Markt gehen.«

»Ok. Dann lass uns fahren. Der Mercado gefällt mir bestimmt.« Er verschwindet kurz in der Küche. Zögerlich folge ich ihm in den Flur. »Ich bin gleich da«, ruft er mir zu und hastet die Treppen hoch. Und ich stehe verloren im Flur wie ein kleines Kind und bin maximal verwirrt. Wie schafft er es plötzlich wieder so wahnsinnig freundlich zu sein, nachdem er die restliche Woche nur wenige Sätze mit mir gewechselt hat? Ich komme zu dem Schluss, dass er sich wahrscheinlich zusammenreißt, damit dieser Tag keine Katastrophe wird und das sollte ich auch machen.

Wir parken in der Nähe des Hafens und gehen das restliche Stück zu Fuß. Der kurze Weg führt uns durch ein paar schmale unbelebte Straßen und dann taucht sie vor uns auf. Die Markthalle. Riesengroß und beeindruckend mit einem gigantischen orientalisch anmutenden Eingangstor. Davor drängen sich Menschen. Ich bleibe dicht hinter Felipe, der sich einen Weg in die Halle bahnt. Wir tauchen ein in ein Gewirr aus Stimmen und Gerüchen. Über den Ständen auf der anderen Seite der Halle befindet sich ein großes Buntglasfenster, auf dem der Hafen, die Alcazaba und die über der Stadt thronende Festung abgebildet sind. Es ist faszinierend.

»Du kannst dich glücklich schätzen. Ich werde nie wissen, wie es ist den Mercado zum ersten Mal zu sehen. Ich war hier schon als ich noch nicht mal laufen konnte.« Er lacht. »Meine Mutter musste immer aufpassen, dass ich die Hände im Wagen lasse. Ich war scharf auf die ganzen bunten Früchte.«

Ich stelle mir einen schwarzlockigen Knirps vor, der kichernd im Kinderwagen sitzt und die kleinen Händchen nach Bananen und Kiwis ausstreckt und muss auch lächeln.

Als erstes will Felipe Brot, Gemüse und ein paar Kleinigkeiten wie Datteln und Mandeln kaufen. Mit dem Fleisch warten wir bis zum Schluss. Bei der Hitze wird es zu schnell schlecht.

Felipe scheint es nicht eilig zu haben. Wir lassen uns durch die Halle treiben und ich sehe mir in Ruhe die Stände an. Gemüse und Früchte in rot, gelb, orange, grün, lila und sogar rosa stapeln sich überall. Die Menschen nehmen das ein oder andere in die Hand und unterhalten sich angeregt mit den Verkäufern. An vielen Ständen werden Häppchen zum Probieren angeboten. Mir fällt eine knallpinke unförmige Frucht ins Auge. Sie hat breite Schuppen, die an den Spitzen grün werden.

»Das ist eine Drachenfrucht«, klärt mich der freundliche Mann am Stand auf, »Wollen Sie eine kaufen?«

»Wie viel kostet die?«

»Wir nehmen zwei von denen«, sagt Felipe und kauft kurz entschlossen zwei halbe in Folie verpackte Früchte mit kleinen Plastiklöffeln. Eine Frucht ist innen weiß, die andere von einem kräftigen Lila. Im Fruchtfleisch sind schwarze Kerne. Felipe gibt mir die lila Frucht. »Das ist deine.«

»Danke.« Ich wühle in meiner Tasche nach dem Geldbeutel. »Ich gib dir gleich …«

»Nein.« Seine warme Hand legt sich auf meine und mein Herz droht mir aus der Brust zu springen. »Du musst mir garnichts geben.«

»Aber …«

»Kein Aber. Das ist doch nichts.« Er streicht mir leicht über den Handrücken und sieht mich mit einem liebevollen Ausdruck in den Augen an.

»Bist du noch sauer?«

Die Frage überrascht mich. »Hast du mir deshalb die Drachenfrucht gekauft.«

»Nein.«

Jemand zwängt sich an mir vorbei. Ich stolpere und stütze mich auf Felipes Brust. Ich spüre seinen kräftigen Herzschlag unter meinen Fingern.

»Alles ok?« Er zieht mich zu sich heran. Wie von selbst legen sich meine Hände um seinen Nacken. Ich versinke in seinen schönen Augen. Felipe sieht mich an als wären nur wir beide hier. Ein warmer Schauer fährt durch meinen Körper als er sanft meine Wange berührt. *Verdammt. Das geht doch nicht. Hör auf,* schreit eine Stimme in meinem Kopf, doch aus meinem Mund kommt nur ein leiser Seufzer. »Felipe …«

Zögerlich berühren meine Fingerspitzen seine dicken Locken. Am liebsten würde ich ihm mit beiden Hän-

103

den durch die Haare fahren, seine Lippen berühren, sie küssen.

»Du bist wunderschön.« Sein warmer Atmen streift mein Kinn. Er zieht mich noch näher an seinen Körper. Ich spüre seine Muskeln unter dem engen weißen T-Shirt …

Das schrille Klingeln in meiner Handtasche befördert uns zurück in die Wirklichkeit. Wir stehen wieder in der lauten Markthalle. Ein paar Leute starren uns an und tuscheln. Ach du Scheiße! Fast hätten wir hier vor hundert fremden Menschen rumgeknutscht.

Nervös und etwas zittrig wühle ich in meiner Tasche nach dem nervigen Handy. Es klingelt immer noch. Oh nein. Mama ruft an. Nicht jetzt! Ohne groß darüber nachzudenken, drücke ich auf den roten Hörer und werfe das Handy achtlos zurück in die Tasche.

»Geht's dir gut?«, fragt Felipe.

Ich nicke bloß. Wir lassen die Obst- und Gemüsestände hinter uns und schauen uns nach einigen Gewürzen und Mandeln um. Was vorhin passiert ist, erwähnen wir mit keinem Wort mehr. Der Beinahe-Kuss steht zwischen uns und wir wissen beide nicht wie wir damit umgehen sollen. Ich weiß nicht was in mich gefahren ist, dass ich Felipe plötzlich so nah sein will. Wenn ich ehrlich bin, fühle ich mich schon seit unserer ersten Begegnung zu ihm hingezogen, aber noch heute Morgen hat mich die Vorstellung den halben Tag allein mit ihm unterwegs zu sein, ziemlich nervös gemacht. Deswegen?

Noch viel schlimmer ist, dass ich Mama weggedrückt hab, nachdem ich seit über einer Woche nicht mit ihr geredet hab. Wahrscheinlich kommt sie fast um vor Sorge. Für sie war es nicht einfach mich gehen zu lassen. Spätestens morgen werde ich sie anrufen und ihr sagen, dass alles ok ist. Viel mehr schockiert mich aber, dass ich zugelassen hätte von Felipe geküsst zu werden. Ich hab nicht das Geringste getan, um es zu verhindern. Was passiert da nur?

9. Kapitel

Ich weiß nicht, was das zwischen mir und Felipe ist. Es macht mich verrückt. Schon die zweite Nacht in Folge hab ich von ihm geträumt und unseren Beinahe-Kuss in der Markthalle durchlebt. Immer, wenn seine Lippen ganz nah waren, bin aufgewacht.

Es ist Montag, kurz vor halb acht. Langsam schleiche ich in den Flur und stecke den Kopf zur Küche herein. Niemand da. Auch im Esszimmer ist niemand. Ich spüre ein leichtes Ziehen in der Brust. Bin ich enttäuscht? Hab ich gehofft Felipe zu sehen? Gestern ist er spät aufgestanden und noch vor dem Mittagessen zur Arbeit gefahren.

Eigentlich müsste ich mich beeilen, um den Bus zur Schule noch zu erwischen, aber aus irgendeinem Grund ist mir das vollkommen egal. Ich sitze auf dem Tisch, nippe an meinem heißen Kaffee und schaue hinaus in den kleinen Hinterhof, der zum Haus gehört. Seit ich hier bin, saßen wir noch nie draußen. Wahrscheinlich wurde der Hof schon länger nicht mehr benutzt. Vor der Terassentür stapeln sich ein paar alte Plastikstühle neben einem verdreckten Tisch. Auf dem kleinen vertrockneten Stück Wiese liegt eine blaue Plastikplane, ein buntes Planschbecken und noch anderer unbrauchbarer Schrott. Ich stehe auf und entdecke ein schmales leeres Blumenbeet, das sich an der sandfarbenen Mauer entlang erstreckt. Es wäre ein hübscher Garten, wenn man ihn pflegen würde und ich frage mich warum Carmen ihn so verkümmern lässt. Im Vergleich dazu ist der Balkon ein richtiges Schmuckstück mit dem hübschen Zitronenbaum, den mosaikverzierten Gartenmöbeln und den blau-weiß gemusterten Fliesen an der Wand. Bei Gelegenheit werde ich Carmen mal fragen was es mit ihrem Garten auf sich hat.

Viel zu spät verlasse ich das Haus und weiß garnicht was ich vorhabe. Der Bus ist längst weg und mit dem nächsten würde ich über eine halbe Stunde zu spät kommen. Eine Weile stehe ich unschlüssig auf der Straße. Zurück ins Haus gehen, kommt nicht in Frage. Wenn ich Carmen über den Weg laufe, stellt sie bloß unbequeme Fragen.

Kurzentschlossen mache ich mich auf den Weg in die Stadt. Ein Spaziergang durch die schönen Gassen Malagas wird mir helfen meine Gedanken zu ordnen. In der Schule vermisst mich sowieso keiner. Außer Valentin und auf den kann ich wirklich gut verzichten.

Meine Schritte führen mich in schmale schattige Gassen. Langsam erwacht die Stadt zum Leben. Aus einem geöffneten Fenster dringt die fröhliche Stimme eines Radiomoderators, der sein Lieblingslied ankündigt. Irgendwo singt jemand laut und schief. Hoch oben sitzt ein Vogel auf einem Fensterbrett und pfeift sein morgendliches Lied.

Meine Gedanken wandern zu Dani. Seit unserem kurzen Gespräch hat er sich nicht mehr gemeldet. Kurz überlege ich, ob ich ihn nochmal anrufen soll. Aber was ist, wenn er wieder keine Zeit hat und nicht reden will? Vielleicht sollte ich warten, bis er sich meldet. Wenn er mich wirklich mag, wird er das tun. Wenn …

Vor meinem inneren Auge sehe ich sein unbeschwertes Lachen. In mir regt sich nichts. Das warme Gefühl, das ich bis vor Kurzem noch beim Gedanken an Dani empfunden hab, ist weg. Ich schüttle den Kopf und lehne mich mit dem Rücken an eine kühle Hauswand. Das kann nicht sein. Nach einem Monat müsste ich ihn wie verrückt vermissen, aber das tue ich nicht. Nicht richtig. Und der Funkstille nach zu urteilen, vermisst er mich auch nicht. Es ist seltsam, aber ich will nicht weiter darüber nachdenken.

Ich gehe weiter. Zwischen zwei Häusern erkenne ich die geschlossenen Rollläden der Markthalle. Die Erinnerung an Samstag überwältigt mich. Felipe, der mir mit leuchtenden Augen die halbe Drachenfrucht überreicht. Felipe, der mich in den Armen hält. Felipe. Fast glaube ich seinen Kräuterduft in der Nase zu haben. Der Geruch ist so intensiv. Ich öffne die Augen und bemerke, dass ich neben einem Feinkostladen stehe. Im Schaufenster sind verschiedene Öle und Essige ausgestellt und einige Bücher über Kräuter.

Berauscht von den aufregenden Gerüchen betrete ich den Laden. Ein Glöckchen klingelt und der Besitzer, ein grauhaariger Mann, lächelt mir zu und sieht mich erwartungsvoll an. Ein wenig unschlüssig stehe ich im Laden und linse verstohlen auf die Preisschilder. Die Sachen hier sind ganz schön teuer.

»Kann ich Ihnen helfen Senorita?« Er kommt hinter seinem Ladentisch hervor. Mist. Jetzt einfach abhauen, wäre peinlich. Na, dann wird das jetzt eben ein spontaner Einkauf.

»Ja, ich suche ein Geschenk für meine Mutter und eine gute Freundin.«

»Dann schauen Sie mal hier.« Der Ladenbesitzer zeigt mir verschiedene Flaschen mit Olivenöl.

»Olivenöl aus der Region ist das perfekte Geschenk. Was Besseres finden Sie in ganz Malaga nicht«, versichert er mir. Er ist so sympathisch und bemüht mir etwas zu verkaufen, dass ich schließlich für Mama eine kleine Flasche Olivenöl kaufe und für Lena ein Döschen mit einer getrockneten Kräutermischung zum Würzen und Kochen. Der freundliche Ladenbesitzer packt mir beides in schönes braunes Packpapier ein und bindet eine kleine gelbliche Papierschleife um die Päckchen.

Zufrieden und fast pleite verlasse ich den Laden. Mama wird sich über dieses kleine Versöhnungsgeschenk freuen, wenn ich wieder heimkomme und Lena wird ebenfalls begeistert sein. Sie liebt es zu kochen. Mit einem Anflug von schlechtem Gewissen stelle ich fest, dass ich für Dani nichts hab. Nur die bunte Muschel, die immer noch auf dem Nachtkästchen liegt. Ob er sich überhaupt darüber freut?

Seit fast zwei Stunden bin ich schon unterwegs und langsam bekomme ich Hunger. Auf dem Rückweg zur Plaza komme ich an einem kleinen Supermarkt vorbei. Für ein kleines Brot, ein paar Würstchen und etwas zu trinken wird mein Geld sicher noch reichen.

Der Laden ist ziemlich beengt. Zwischen den fast deckenhohen Regalen stehen Paletten mit Saft – und Mehltüten. Ich entscheide mich für ein kleines in Folie verpacktes Weißbrot und quetsche mich an zwei Saftpaletten durch, um zur Wurst- und Käseabteilung zu gelangen. Dort steht schon jemand. Mir steigt wieder dieser Kräuterduft in die Nase und als ich die schwarzen Locken erkenne, macht mein Herz einen Salto. Er ist hier.

Zögerlich nähere ich mich dem Kühlregal. Noch hat er mich nicht gesehen. Ich beiße mir auf die Lippe, um ein Lachen zu unterdrücken und greife nach einer Packung Mortadella. Dann dreht er sich um und wir stoßen fast zusammen.

»Hast du dich mit Absicht angeschlichen?«, fragt er und lacht.

Röte schießt mir ins Gesicht und ich verfluche meine blasse Haut. Felipe scheint garnicht überrascht zu sein mich hier zu sehen.

»Ich wusste nicht, dass du auch hier bist.«

»Ich wollte mich mit Paco treffen bevor ich in die Arbeit fahre, aber er hat kurzfristig abgesagt. Seine Mutter braucht ihn zu Hause.« Er zuckt nur mit den Schultern und sieht mich an. »Ich dachte du bist heute in der Schule.«

»Ja, ich … eigentlich schon.« Verlegen blicke ich auf den Boden und komme mir total dumm vor. Was geht das ihn überhaupt an?

»Ist das nicht egal?«, frage ich provozierend.

Felipe lacht nur amüsiert, nimmt mir Brot und Wurst aus der Hand und schmeißt beides in seinen Korb. »Komm, wir essen zusammen.«

»Äh … ok.« Vollkommen überrumpelt folge ich ihm zur Kasse. Ohne zu fragen, bezahlt er meine Sachen mit. Ich weiß nicht, ob ich sauer sein oder mich freuen soll. Es ist nett von ihm, dass er mein Essen bezahlt, aber ich hab es so satt, dass immer andere über mich bestimmen.

»Ich hätte genug Geld dabeigehabt«, merke ich an als wir den Supermarkt durch eine Drehschranke verlassen.

»Ich zahl dir das zurück«, dränge ich als er nicht antwortet.

»Lass gut sein. Ich will nichts.«

»Aber …«

»Nichts aber. Das hatten wir doch schon.« Sein warmer Blick streift mich. *Ja, das hatten wir schon. Als du mich küssen wolltest.*

Notgedrungen folge ich ihm. Was bleibt mir anderes übrig? Mein Essen ist in seinem Rucksack.

»Wo gehen wir hin?«

»Wir setzen uns in den Paseo. Da ist es schattig.«

Paseo del Parque. Das ist der Park, in dem ich bei meinem ersten Streifzug war. Seitdem scheint eine Ewigkeit vergangen zu sein.

Kleine grüne Papageien hüpfen über den Weg und picken nach Krümeln. Wir suchen uns eine Bank im Schatten, von der aus wir sie beobachten können. Felipe holt ein schmales Weißbrot, eine Packung mit geschnittenen Chorizos, Cocktailtomaten und zwei Flaschen Cola aus seinem Rucksack.

»Ich bin dir was schuldig.« Das klingt ein bisschen blöd, aber es scheint mir ein sicheres Gesprächsthema zu sein.

»Du bist mir nichts schuldig. Du bist unser Gast.« Er steckt sich eine Tomate in den Mund.

»Ich komm mir vor wie ein Schmarotzer. Wenn du schon kein Geld willst, gib ich dir wenigstens einen Kaffee aus.«

Felipe grinst. »Du bist ganz schön einfallslos. Ich hätte da eher an was anderes gedacht.« Wieder wirft er mir diesen intensiven Blick zu wie am Samstag in der Markthalle. Als wolle er direkt in meine Seele schauen. *Bitte sag nicht, dass du mich küssen willst.*

Er muss meinen entsetzten Blick bemerkt haben. »Keine Angst. Ich will keine Niere von dir.« Mit dieser Bemerkung bringt er mich zum Lachen.

»Wir gehen nächsten Sonntag in die Alcazaba. Sonst reist du in zwei Monaten ab, ohne die schönsten Plätze gesehen zu haben.«

»Ich hatte das schon so lange vor«, gestehe ich, »aber …« Ich hab niemanden, den ich mitnehmen kann und allein wäre es nur halb schon schön.

»Ich zeig dir alles was du willst. Du musst nirgends mehr allein hingehen«, sagt Felipe als könnte er meine Gedanken lesen.

»Wieso denkst du, dass ich allein bin?«

»Ich weiß, wie Menschen aussehen, die sich einsam fühlen.«

Bei seinen Worten zucke ich zusammen. Einsam? Meint er das ernst? Hängt er nur mit mir ab, weil er glaubt er müsste sich um mich kümmern? So jemand bin ich nicht. Ich komme sehr gut allein zurecht. Ich brauche ihn nicht.

»Du hast doch keine Ahnung!« Wutentbrannt springe ich auf. »Wenn du glaubst, dass ich *dich* als Reiseführer brauche, hast du dich geschnitten. Die Alcazaba kann ich auch sehr gut allein besichtigen. Ich brauche niemanden, der mir aus Pflichtgefühl irgendwelche alten Steine zeigt.«

»Du weißt auch nicht wie ich bin und trotzdem sagst du solche Sachen«, entgegnet er vollkommen ruhig mit einem unbestimmten Ausdruck in den Augen. Mitleid? Was bildet er sich eigentlich ein? Warum kann er nicht zugeben, dass er nur den Reiseführer spielen will? Warum sitzt er da und tut so als hätte er überhaupt nichts kapiert?

Ohne ihn nochmal anzusehen, schnappe ich mir meine Tasche und stapfe durch den Park. Soll Felipe doch mein Brot und meine Wurst essen.

Rücksichtslos dränge ich mich an Menschen vorbei, die mitten auf der Straße stehen. Ich will nur noch nach Hause und keinen mehr sehen. Vor allem will ich Felipe nicht mehr sehen. Die Erinnerung an unseren Beinahe-Kuss treibt mir die Tränen in die Augen. War ich wirklich so blöd zu glauben, dass er etwas für mich empfindet? Felipe, der perfekte Sohn, der für seine Mutter einkaufen geht und sich um alles und jeden kümmert.

Als ich in unsere Straße einbiege, wische ich mir die Tränen aus dem Gesicht. Mit zitternden Fingern sperre ich die Haustür auf. In der Küche brutzelt etwas vor sich hin. Carmens und Alicias fröhliche Stimmen schallen durchs Haus. Kinderlachen. Dulce. Sie soll mich so nicht sehen. Eilig ziehe ich die Schuhe aus und sprinte die Treppe hoch.

»Luisa, bist du da?«, ruft Carmen, »Willst du nicht mit uns essen?«

Ich knalle die Zimmertür zu und schmeiße meine Handtasche in die Ecke. Mein Blick fällt auf die schimmernde Muschel auf dem Nachttisch und plötzlich fällt meine Wut in sich zusammen. Jetzt ist mir alles klar. Felipe, dieser Mistkerl, hat nur versucht mich zu küssen, weil er mich für ein einsames bemitleidenswertes Mädchen hält. Und deshalb werde ich auf keinen Fall mit ihm die Alcazaba besichtigen.

Nur wie soll ich weiter mit ihm unter einem Dach leben? Ich lege die Muschel unter mein Kopfkissen und rolle mich auf dem Bett zusammen. Bestimmt wird alles wieder gut. Die zwei Monate werden schnell vergehen und dann wird wieder alles so wie früher. Oder einfacher.

10. Kapitel

Seit fast drei Tagen hab ich nicht mit Felipe geredet und je mehr Zeit vergeht, desto schlechter fühle ich mich. Meine Gedanken drehen sich im Kreis. Verzweifelt suche ich nach Gründen, wütend auf ihn zu sein, aber je mehr ich darüber nachdenke, desto lächerlicher erscheint mir mein Auftritt am Montag. Ich könnte im Boden versinken. Wahrscheinlich lacht er sich tot über mein trotziges kindisches Verhalten. Wie konnte ich nur so die Kontrolle verlieren?

Felipe hat gesagt, ich weiß nichts über ihn und er hat Recht. Ich hab keine Ahnung, ob er sich nur als Reiseführer aufspielen will oder ob er mich aus Mitleid küssen wollte. Inzwischen denke ich, dass ich einfach nur überreagiert hab, weil ich mit der ganzen Situation total überfordert bin. Vielleicht will Felipe einfach nur nett sein. Es fühlt sich einfach nur so verdammt komisch an, dass mal nicht ich diejenige bin, die sich um jemanden kümmern muss.

Kurzentschlossen hole ich mein Handy aus der Hosentasche und rufe Lena an. Ich muss ihr endlich von Felipe erzählen. Sie meldet sich schon nach dem zweiten Klingeln.

»Hey, was gibt's Neues?«

»Mir wird gerade alles zu viel«, gestehe ich seufzend, »Ich weiß nicht was ich denken soll.«

Im Hintergrund raschelt etwas. »Lass mich raten. Es geht um einen Mann. Sonst wärst du nicht so verzweifelt.«

»Nein, ich bin nicht verzweifelt«, entgegne ich halbherzig. Natürlich bin ich das und Lena weiß es. Ihr kann man nichts vorspielen.

»Das ist normal. Meine Mutter sagt immer, wir müssen unseren Platz in der Welt noch finden und dazu gehört es, sich mit verschiedenen Männern einzulassen. Der erste Typ, der dir über den Weg läuft, ist nicht deine ewige große Liebe.«

»Das denke ich auch garnicht.« Wirklich nicht? Ein kleiner Teil von mir hofft immer noch, dass ich das mit Dani noch irgendwie hinbiegen kann, sobald ich wieder zu Hause bin. Ich will das, was sich zwischen uns zu entwickeln begonnen hat, nicht einfach aufgeben. Andererseits ist da Felipe, der sich offen gestanden in dieser kurzen Zeit viel mehr um mich bemüht als Dani das im letzten halben Jahr getan hat.

Einen Moment schweigen wir. Es raschelt. Wahrscheinlich sucht Lena etwas in ihrer Handtasche. »Warst du …?« Ich schlucke. Die Frage kommt mir dämlich vor bevor ich sie ausgesprochen hab. »Warst du schonmal in zwei Jungs gleichzeitig verliebt?«

»Oh wow. Du hast dich also tatsächlich verliebt? Das ist ja toll.« Bei Lena hört sich alles so leicht an.

»Aber ich weiß nicht, ob das richtig ist. Du weißt schon. Wegen Dani.«

»Jetzt hör mir mal zu. Du hast Dani noch nicht mal geküsst. Sortiere erstmal in Ruhe deine Gedanken. Ihr seht euch jetzt lange nicht. Durch die Entfernung merkst du erst wie viel du wirklich für ihn empfindest. Das hört sich kitschig an, aber die Liebe zwischen meiner Mutter und ihrem letzten Freund war nicht stark genug für eine Fernbeziehung.«

Mit leerem Blick starre ich auf die weiße Bettdecke.

»Hier ist ein Typ. Er ist Carmens Sohn. Ich weiß nicht was das zwischen uns ist.«

»Weiß Carmen davon?«

»Natürlich nicht. Aber es ist so kompliziert. Ich weiß nicht, ob er es ernst meint. Manchmal sagt er komische Sachen, die mich richtig wütend machen und das bringt mich nur noch mehr durcheinander. Dann denke ich wieder an Dani und …«

Ich kann Lenas Lächeln förmlich spüren. »Du bist verliebt. Das ist doch eindeutig.«

»Wer weiß? Vielleicht komm ich einfach mit der ganzen Situation nicht klar. Hier ist nicht alles so schön wie ich am Anfang dachte.«

»Sei einfach ehrlich zu dir. Und sei ehrlich zu ihm. Sag ihm, warum du wütend bist und frag ihn wie er die Dinge meint, die er sagt. Bei Männern hilft nur eins. Sprich direkt aus was du willst.«

Ich stoße einen unbestimmten Laut aus, der wie ein Stöhnen klingt. »Das ist doch lächerlich. Er wird sich totlachen. Und dann muss ich trotzdem noch zwei Monate mit ihm unter einem Dach leben.«

117

»Aber wenn du nicht mit ihm redest, machst du dich nur verrückt.«

Stille. »Rede mit ihm. Ok?«

»Ok. Das bringt bestimmt viel«, entgegne ich wenig überzeugt.

»Du schaffst das schon. Sag mir dann wie es gelaufen ist.«

»Klar.«

Ich lege auf und starre auf das Handy in meiner Hand. Lena hat Recht. Wir müssen reden. Wenn ich nur wüsste, wie ich das schaffen soll. Mir fällt auf, dass wir noch nie richtig miteinander geredet haben. Die Situation war immer irgendwie komisch. Meistens bin ich davongelaufen. Wenn ich jetzt nochmal kneife, war's das endgültig. Beschämend stelle ich fest, dass Felipe immer nett zu mir war. Jeder Versuch zur Kontaktaufnahme ging von ihm aus. Ich hab mich entweder versteckt oder ihn mit Vorwürfen überschüttet. Wie blöd kann man eigentlich sein?

Unruhig laufe ich im Zimmer auf und ab, öffne die Vorhänge und schaue hinaus auf die leere Straße. Alles sieht aus wie immer. Bunte Wäsche flattert im Wind. Ein paar Häuser weiter spielt leise klassische Musik. Unten fällt die Haustür ins Schloss. Benito schleicht unter meinem Fenster vorbei. Wo will er denn um die Zeit hin? Carmen arbeitet mehrere Tage die Woche in einem großen Supermarkt. Auch heute. Das heißt, nur Felipe ist zu Hause. Wenn ich mich nicht täusche, fährt er in einer Stunde in die Arbeit.

Mein Hals schnürt sich zu, wenn ich nur daran denke mit ihm zu reden. Ganz allein. Lenas Worte schießen mir wieder durch den Kopf. Dieses Versteckspiel muss ein Ende nehmen. Jetzt oder nie.

An seiner Tür zu klopfen, kommt nicht in Frage. Ich war noch nie in seinem Zimmer. Es kommt mir vor wie etwas Verbotenes, sein Zimmer zu betreten. Seine Privatsphäre. Das wäre zu intim. Genau aus dem Grund war ich auch noch nie auf dem Balkon. Er gehört zu Carmens Schlafzimmer.

Um Zeit zu gewinnen, gehe ich ins Bad. Vielleicht begegne ich ihm nachher auf dem Flur. Vielleicht aber auch nicht. Er könnte jeden Moment das Haus verlassen und dann ist meine Chance die Dinge zwischen uns in Ordnung zu bringen, vertan. Ich muss endlich aufhören Ausreden zu erfinden.

Meine Kehle schnürt sich zu. Ich weiß nicht, was ich ihm sagen soll. Ich kann das nicht. Ich … Die Tür schiebt sich langsam auf, als würde sie jemand vorsichtig anstupsen. Oder es ist der Wind. Ich schaue vom Spiegel auf und sehe Felipe in der Tür stehen. Meine Hand umklammert immer noch den Zopf. Er starrt mich an. Schockiert. Und irgendwie traurig.

»Tut mir leid. Ich wusste nicht, dass du hier bist.«

»Ach, das macht doch nichts.«

Schnell verschränke ich meine Finger hinter dem Rücken, um nicht wieder mit dem Zopf zu spielen.

»Geht's dir gut?«

119

Ich könnte einfach ja sagen und mich an ihm vorbei-
quetschen, aber das wäre gelogen. Und dumm.

»Wars so schlimm für dich, was ich gesagt hab?«

»Nein, es …« Warum ist er so nett nachdem ich ihm
so gemeine Dinge vorgeworfen hab? Das hab ich garnicht verdient. Am liebsten würde ich im Boden versinken. Es wäre so viel einfacher, wenn er mich anschreien
und mir sagen würde, dass er mich wirklich für ein
dummes bemitleidenswertes Mädchen hält. Aber so ist
es nicht. Das wird mir jetzt klar. Vor lauter Scham und
Verzweiflung steigen mir Tränen in die Augen. Mit
einem unterdrückten Schluchzen schlage ich mir die
Hände vors Gesicht. Als könnte er mich so nicht sehen.
Seine starken Arme schließen sich um meinen Körper.
Wie ein nasser Sack sinke ich gegen seine Brust und
kralle die Finger in seine Schultern. Tränen durchnäs-
sen sein weißes Hemd.

»Es tut mir so leid. Ich war so dumm.«

Sanft spielen seine Finger mit meinem Zopf. »Dir
muss nichts leidtun. Ich bin nicht sauer.«

»Du bist nie sauer«, stelle ich erstaunt fest.

»Nein. Nie.« Er lächelt und wischt mir die Tränen aus
dem Gesicht. Ein warmer Schauer läuft durch meinen
Körper. Im Moment kann ich mir nichts Schöneres vorstellen als in seinen Armen zu liegen.

»Es macht mir nichts aus, dass du mein Reiseführer
sein willst.«

»Wir gehen am Sonntag in die Alcazaba. Einfach so.
Ich erzähl dir nichts, was du nicht wissen willst.«

»Erzähl mir was du willst.« *Hauptsache du bist da.* Ich lehne den Kopf an seine Schulter und genieße die Nähe. Wenn es doch nur immer so einfach sein könnte.

***

Am Sonntag wache ich mit einem mulmigen Gefühl auf. Unten sind Stimmen und Schritte zu hören. Ich atme tief durch und nehme mir vor, den heutigen Tag mit Felipe zu genießen.

Carmen steht in der Küche und kocht Kaffee. Mit einem breiten Lächeln begrüßt sie mich und deutet auf einen große blaue Plastikbox. »Ich hab euch ein bisschen was zu essen eingepackt. Damit ihr nicht verhungert, bis ihr oben auf dem Gibralfaro seid. Dort gibt es ein kleines Restaurant.«

Gibralfaro? Davon hat Felipe garnichts gesagt.

»Dir geht's doch gut, oder?«

»Ja natürlich, ich …«

»Oh.« Carmen legt sich zwei Finger an die Lippen. »Er wollte dich damit überraschen.«

Ein Lächeln huscht über mein Gesicht. Er will doch den Reiseführer spielen.

»Ich weiß von nichts.«

»Viel Spaß.« Sie legt mir eine Hand auf die Schulter. Es ist unübersehbar, dass sie sich für Felipe freut. Hoffentlich macht sie sich keine allzu großen Hoffnungen.

121

Die Haustür springt auf und kleine schnelle Schritte trappeln durch den Flur. »Abuela!« Dulce rennt in die Küche und springt in Carmens ausgebreitete Arme.

»Hallo mein Engelchen. Wo hast du denn deine Mutter gelassen?«

Sie drückt ihrer Großmutter einen schmatzenden Kuss auf die Wange. »Da.«

Alicia steckt den Kopf zur Tür herein. Ihr Blick fällt auf die große blaue Box. »Habt ihr heute was vor?«

»Felipe und Luisa gehen in die Alcazaba.«

Dulce befreit sich aus Carmens Umarmung. »Ich will auch. Ich will ganz hoch auf die Burg.«

Felipe drängt sich zu uns in die überfüllte Küche und wirft mir ein warmes Lächeln zu. In dem Chaos sieht niemand wie ich erröte.

»Ich will mit«, bettelt Dulce und drückt den Kopf an seinen Bauch.

»Ich nimm dich mit, wenn du so ein Stückchen gewachsen bist.« Mit Daumen und Zeigefinger zeigt er ungefähr fünf Zentimeter an. Dulce stellt sich auf die Zehenspitzen und streckt die Ärmchen in die Luft. »Ich bin doch schon so groß.«

Alicia lacht liebevoll. »Wir gehen zusammen auf den Markt und dann kochen wir was Leckeres. Und wenn du willst, gehen wir heute Abend mit deinen Puppen auf den Spielplatz.« Dadurch ist Dulce schnell abgelenkt und Felipe und ich können unbemerkt aus der Küche verschwinden.

»Ich muss dir was gestehen«, sage ich als wir durch die Altstadt in Richtung Alcazaba laufen.

»Du magst es, wenn ich den Reiseführer spiele?«

Wir lachen beide über unseren kleinen Insiderwitz.

»Nein. Ich liebe deine Familie. Ihr seid fast immer fröhlich. Wenn es ein Problem gibt, fallt ihr trotzdem nicht gleich in Depressionen.«

»Depressionen?« Felipe versucht sich an einem Lächeln. »Wieso sollten wir in Depressionen fallen? So löst man doch keine Probleme.«

Wir erreichen gerade das römische Theater. Ein Halbkreis aus Steinstufen und ein paar Säulen und Felsbrocken.

»Ich meine keine richtigen Depressionen, sondern einfach … Bei mir zu Hause ist es eben anders.« Wenn er wüsste wie richtig er mit den Depressionen liegt.

»Bist du deshalb weg von zu Hause?«

»Ich musste einfach mal weg und was anderes sehen.«

Er sieht mich nachdenklich an. Mir wird klar, wie persönlich unser Gespräch gerade wird, aber es gefällt mir, so mit ihm zu reden.

»Kennst du das auch, dass dir die Decke auf den Kopf fällt und du einfach nur noch wegwillst?«

»Manchmal nervt die Familie, aber ich würde nie so weit weg gehen, dass ich nicht jeder Zeit zurückkommen kann. Ich war immer hier. Ich könnte nicht woanders leben. Es würde mich verrückt machen zu wissen, dass ich irgendwo nicht hingehöre.«

Wir gehen weiter, betreten die Gärten der Alcazaba mit ihren schmalen Wegen. Ich komme mir vor wie im

Paradies zwischen den vielen Palmen, bunten Blumen und Orangenbäumen. Es duftet verführerisch nach den süßen Orangenblüten. Felipes Worte gehen mir durch den Kopf. Es muss ein tolles Gefühl sein, zu wissen wo man zu Hause ist. Da wo die Familie ist. Familie. Das Wort hat einen bitteren Nachgeschmack. Wer ist meine Familie? Mama, die seitdem ich sie weggedrückt hab, nicht mehr ans Telefon geht? Papa, der in seiner zuge-müllten Wohnung sitzt und Schnapsflaschen leert? Wa-ren wir überhaupt jemals eine richtige Familie? Oder war das alles nicht echt?

»Luisa.« Felipes sanfte Stimme reißt mich aus meinen trüben Gedanken. »Willst du weitergehen?«

Ich nicke anwesend.

»Alles ok?« Er streicht mir eine Strähne aus der Stirn. »Denk an was Schönes.«

Am liebsten würde ich ihm sagen, dass das garnicht schwer ist, wenn ich sein Gesicht sehe. Wer könnte bei so einem Lächeln etwas Schlechtes denken?

Wir suchen uns eine Bank im Schatten mit Blick auf einen kleinen Springbrunnen, der inmitten von niedri-gen eckig geschnittenen Buchsbüschen leise vor sich hinplätschert. Hinter den hohen Mauern bekommt man fast das Gefühl in einer anderen Welt zu sein, in der alle Probleme nicht von Bedeutung sind.

Während wir belegte Brote und Tomaten essen, be-obachte ich die Menschen, die an uns vorbeigehen und frage mich, warum sie hier sind. Wollen sie auch die Welt, das reale Leben hinter den Mauern zurücklassen?

Wartet zu Hause jemand auf sie oder flüchten sie vor der Einsamkeit einer kleinen leeren Wohnung?

»Weißt du, ich …« *Hab gar keine richtige Familie,* will ich ihm sagen, überlege es mir aber im nächsten Moment anders. Das klingt zu traurig für einen Ausflug, der Spaß machen soll.

Felipe öffnet den Mund, aber ich will nicht, dass er etwas sagt. »Ich war auch nie woanders. Immer nur zu Hause. Ich dachte, das ist mein Leben, aber in Wirklichkeit hatte ich keins.«

Lange schaut er mich einfach nur an. »Unser Leben macht erst dann Sinn, wenn wir wissen, was wir wollen. Manche Menschen brauchen ihr ganzes Leben, um das rauszufinden. Und dann sterben sie, ohne gelebt zu haben.«

Ich lege die Tomate, die ich gerade essen wollte, zurück in die Box. Nie hätte ich erwartet, dass er so etwas tiefgründiges sagt. Es ist spannend diese Seite von ihm zu sehen.

»Hast du deinen Sinn gefunden?«, frage ich.

Ratlos zuckt er mit den Schultern. »Wer weiß? Vielleicht denk ich nur, ich hätte ihn gefunden und irgendwann stellt sich heraus, dass ich nur meine Zeit verschwendet hab.« Etwas Trauriges schwingt in seinen Worten mit. Wie bei jemandem, der sich davor fürchtet, dass ein lang ersehnter Traum sich in Luft auflöst. Ich denke an meinen Plan später mal in der Tourismusbranche zu arbeiten. Ich könnte es ihm erzählen und einen Witz darüber machen, dass er immer den Reiseführer spielen will, aber irgendwie erscheint mir das unpassend. Während ich noch überlege, was ich sagen soll, steckt er sich die letzte Tomate in den Mund und packt die Box in seinen Rucksack.

»Ich zeig dir die Anlage. Du hast noch längst nicht alles gesehen.«

Ein wenig überrumpelt stehe ich auf und folge ihm. Es ist als hätte sich bei ihm plötzlich ein Schalter umgelegt. Als hätten wir gerade nicht über den Sinn des Lebens philosophiert, führt er mich zu einer schmalen Treppe. Hintereinander steigen wir hoch auf einen Teil der Mauer. Zwischen den kleinen Zinnen bietet sich ein toller Blick auf die Stadt, bunte unterschiedlich große Häuser und schmale Straßen voller Menschen, die von hier oben wie Ameisen aussehen. Es duftet nach süßen Blüten und im Stimmengewirr der Einheimischen und Touristen vergesse ich fast, dass ich nicht allein hier bin. Felipe berührt mich am Arm, was ein leichtes Kribbeln auf meiner nackten Haut verursacht. Mit der anderen Hand deutet er auf einen hohen Kirchturm.

»Das ist unsere Kathedrale. La Manquita.«

»Die Einarmige? Was heißt das?«

»Sie hat nur einen Turm. Für den zweiten war kein Geld mehr da.« Er lächelt, sichtlich stolz, dass er mir doch noch etwas über seine Stadt erzählen kann.

Ich stoße ein kleines Lachen aus. »Ich liebe diese Stadt. Wo gibt es schon einarmige Kirchen außer hier?«

Felipe lächelt und seine Augen leuchten. »Du kommst wieder.«

»Was?«

»Die meisten Menschen, die hier waren, kommen wieder. Du kannst garnicht anders.«

»Ach ja? Was macht dich da so sicher?« Mit einem Grinsen stütze ich mich auf seiner Schulter ab.

»Du hast gesagt, du liebst meine Stadt. Dann ist die Sache doch klar.«

Wir sehen uns an und lachen und es fühlt sich wie das Normalste der Welt an. Plötzlich sind seine Lippen ganz nah. Ich spüre seinen warmen Atem. Es ist wie in der Markthalle, doch dann wendet er sich ab. Die Magie des Moments ist wie weggeblasen.

Er berührt mich leicht am Arm und ich wünschte er würde mich an sich ziehen und festhalten. »Komm, ich hab noch eine Überraschung für dich.« Sein Lächeln löst ein warmes Gefühl in meinem Bauch aus.

Der Aufstieg zum Castillo de Gibralfaro ist steiler und anstrengender als erwartet. Die Sonne steigt höher und es wird langsam heiß. Das T-Shirt klebt mir am Rücken. Immer wieder bleiben wir stehen und genießen die wunderschöne Aussicht. Auf den Hafen, die Parks und mittendrin die Stiefkampfarena. Über der Stadt erstreckt sich der endlos blaue Himmel.

Als wir oben sind, bin ich vollkommen verschwitzt und sehe wahrscheinlich schrecklich aus. Ich werfe einen Blick auf Felipe, der überhaupt nicht aussieht als hätte er einen dreißigminütigen Aufstieg in der prallen Sonne hinter sich. Er führt mich zu einem Aussichtspunkt in der Mitte der Festung. Der Ausblick über die Stadt und die Berge dahinter ist atemberaubend. Links von uns erstreckt sich das Meer bis zum Horizont. Ich könnte ewig hier stehen.

Felipe stützt sich neben mir auf der Mauer ab. »Gefällts dir hier?«

Unauffällig lege ich meine Hand neben seine und hoffe irgendwie doch, dass er es bemerkt. »Danke, dass du mit mir hergekommen bist.«

»Ich hab dir doch gesagt, du musst nirgends allein hingehen.«

Nur schwer widerstehe ich dem Drang seine Hand zu nehmen, doch er kommt mir zuvor und legt seine Hand auf meine. Eine Weile stehen wir schweigend nebeneinander und genießen die Aussicht. Nur im Hintergrund nehme ich die Stimmen der anderen Besucher wahr.

»Nächsten Freitag ziehen wir mit Paco und ein paar Freunden durch die Bars. Komm doch mit«, schlägt Felipe ganz beiläufig vor. Ein bisschen ärgere ich mich darüber. Er hat wirklich ein Talent dafür schöne Momente mit ein paar Worten zu zerstören.

»Wer kommt sonst noch?« Ich gebe mich gelassen.

»Paco mit seiner Freundin und vielleicht noch ein paar Freunde. Du magst sie bestimmt.«

»Bin ich da überhaupt erwünscht?«

Felipe lacht kurz auf. »Was für eine Frage. Natürlich. Du bist doch eine Freundin.«

Erst als ich sehe, dass er seine begeisterte Rede mit Gesten unterstreicht, registriere ich, dass meine Hand allein auf der warmen Mauer liegt. Unwillkürlich muss ich daran denken wie Valentin mich zum Feiern mit seiner Clique eingeladen hat und es läuft mir kalt den Rücken runter.

Besorgt sieht er mich an. »Geht's dir gut?«

»Klar. Ich denk darüber nach.«

»Äh ok.« Kurz stutzt er. Dann fängt er an mir von seinen Lieblingsbars zu erzählen und von dem Restaurant, in dem er arbeitet. Seine Fähigkeit peinliche Situationen zu überspielen ist wirklich bewundernswert. Es ist fast unheimlich, wie schnell er manchmal das Thema wechseln kann als wäre nichts gewesen.

Bis zu den frühen Morgenstunden liege ich wach und versuche mir zu erklären, was sein seltsames Verhalten zu bedeuten hat. Ich muss daran denken wie er mir von seinen Theorien über den Sinn des Lebens erzählt hat und dann plötzlich aufgesprungen ist um mir ganz begeistert die verwinkelten Wege und versteckten Gärten der Alcazaba zu zeigen. Und wie wir dastanden und uns die Kathedrale angeschaut haben. Er wollte mich küssen. Mein Herz schlägt schneller als ich daran denke, wie nah seine Lippen meinen waren. Doch dann ist irgendwas passiert, das ihn davon abgehalten hat. Zum ersten Mal frage ich mich, was sich hinter dieser fröhlichen Fassade und dem strahlenden Lächeln verbirgt. Vielleicht hat er auch eine große Last mit sich herumzutragen und die demonstrative gute Laune ist seine Art damit umzugehen. Vielleicht hab ich ihn auch schon zu oft vor den Kopf gestoßen und er hat Angst verletzt zu werden, denke ich beschämt. Felipe ist ein netter hilfsbereiter Mensch, der mir nie einen Grund gegeben hat, ihn nicht zu mögen. Ich hab ihm Unrecht getan mit meinem kindischen Verhalten. Damit muss jetzt Schluss sein. Es ist an der Zeit ihn kennen zu lernen. Ihn richtig kennen zu lernen.

11. Kapitel

Am Montag stürze ich mich eifrig in Javiers Unterricht, um aufkommende Grübeleien über Felipe sofort im Keim zu ersticken. Diese ewig kreisenden Gedanken führen zu nichts.

Als es zur Pause klingelt, springt Matilda auf, ohne mich anzusehen. Inzwischen hab ich mich daran gewöhnt. Seufzend schlendere ich allein aus dem Klassenzimmer. Die Gänge sind leer. Niemand hält sich bei dem schönen Wetter drin auf. Ich bin gerade auf dem Weg nach draußen als ich in einem der Nebenflure Stimmen höre. Ein Mann und eine Frau streiten sich leise. Irgendwie kommen mir die Stimmen bekannt vor. Vorsichtig stecke ich den Kopf um die Ecke und sehe Josh und Matilda, die halb hinter einer Palme verborgen stehen. Er hat ihr beide Hände auf die Schultern gelegt und sieht sie eindringlich an.

»Du brauchst mich. Vergiss das nicht«, sagt Josh.

»Aber …«, wispert Matilda. Sie spricht so leise, dass ich nicht verstehe, was sie sagt.

»Du darfst niemandem etwas davon sagen und damit du dich nicht verplapperst, wirst du dich von den anderen fernhalten.«

Vage erkenne ich wie Matilda nickt. Mit hängenden Schultern trottet sie davon, den Flur weiter hinter. Josh

sieht sich um und kommt dann genau in meine Richtung. Mein Herz setzt einen Schlag aus. Hat er mich bemerkt? Zum Nachdenken bleibt keine Zeit. Eilig laufe
ich zurück in Richtung Klassenzimmer und verstecke
mich in einem anderen Flur. Seine Schritte entfernen
sich in Richtung Ausgang. Erleichtert atme ich auf.
Josh hat nichts gemerkt.

Mein Verdacht hat sich also bestätigt. Josh hat Matilda mit irgendwas in der Hand und damit niemand
von diesem Geheimnis – Was auch immer es ist – erfährt, sorgt Josh dafür, dass ich keine Freundschaft zu
ihr aufbauen kann. Er erpresst sie. So viel ist klar.
Aber wie hängt Anna da mit drin? Möglicherweise ist
sie die Einzige, die auch von dieser geheimen Sache
weiß. Auch sie benimmt sich seltsam, wenn Josh in
der Nähe ist. Wenn ich nur irgendwie an die beiden
rankommen könnte ohne, dass Josh es mitbekommt.
Aber seine Ansage war klar. Das wird er nicht zulassen. Dieser Scheißkerl! Wenigstens weiß ich jetzt,
dass Anna und Matilda nicht aus Bosheit so abweisend sind.

***

Schon als ich in unsere Straße einbiege, höre ich Carmens wütende Stimme. Meine Laune sinkt in den Keller. Heute scheine ich irgendwie nur von deprimierten
und wütenden Menschen umgeben zu sein.

Möglichst leise und unauffällig betrete ich das Haus und stelle meine Ballerina in den Flur. Ich schleiche zur Treppe, doch als ich den Fuß auf der ersten Stufe hab, wandert mein Kopf wie von selbst zum Esszimmer. Die Tür ist halb offen und ich sehe nur Benitos Rücken, der in einem ausgewaschenen blauen T-Shirt steckt. Carmens Silhouette ist hinter dem gelblichen Milchglas der Türeinfassung zu erkennen. *Du darfst nicht lauschen. Das geht dich nichts an,* ermahne ich mich. Und trotzdem schaffe ich es nicht einfach weiterzugehen.

»Ich hab das jetzt lange genug mitangesehen. Ab morgen gehst du wieder regelmäßig in die Schule.«

»Was soll ich da?«, entgegnet Benito trotzig, »Wir lernen nur Müll. Nichts, was man brauchen kann.«

»Das spielt keine Rolle. Geh hin und mach deinen Abschluss. Danach kannst du lernen, was du willst.«

Durch das Milchglas sieht man, wie sie wild mit den Armen gestikuliert.

»Das kann ich nicht. Rafi sagt, dass es sowieso keine Arbeit gibt. Da kann man auch Gras verkaufen.«

»Benito!« Ich kann förmlich sehen wie Carmen entsetzt die Hände vors Gesicht schlägt. »Das ist keine Zukunft. Was soll denn aus dir werden?«

»In diesem Scheißland kann aus niemandem was werden. Ich geh nach Amerika zum Studieren während ihr hier versauert.«

»Wenn du so weiter machst, wirst du nirgends studieren und auch nicht arbeiten.«

Benito schlägt gegen die Tür. Sie schwingt ganz auf und jetzt sehe ich auch Carmen. Ich hocke mich auf die Stufen und drücke mich ganz nah ans Geländer.

»Wenn ich hierbleibe, kann ich nur Kellner oder Burgerbrater werden. Rafis Mutter hat keine Arbeit, obwohl sie in der Schule war.«

»Jetzt sei doch mal vernünftig. Schau dir Felipe an. Er hat eine Arbeit gefunden und wenn du dich bemühst …«

»Felipe! Immer nur Felipe. Ich will nicht so werden wie er. Ich will nicht mein restliches Leben Leute bedienen und Tische abräumen.«

»Dann hör auf ständig mit diesen Junkies rumzuhängen und mach deine Schule fertig. Danach sehen wir weiter.«

Frustriert kickt er mit dem Fuß nach einem unsichtbaren Stein. »Du kapierst überhaupt nichts. Wie auch? Du sitzt ja schon dein ganzes Leben in diesem blöden Nest.«

»Du gehst morgen in die Schule. Ohne Abschluss kannst du auch in Amerika nicht studieren.« Carmens Ton duldet keinen Widerspruch.

»Das werden wir ja sehen.« Benito stürmt aus dem Esszimmer. Ich sprinte die Treppen hoch. Die Stufen knarzen verräterisch.

»Hey!«, ruft Benito, »Was soll das?«

Bevor er oben ist, bin ich in meinem Zimmer. Erst jetzt fällt mir auf, dass ich meinen Rucksack unten vergessen hab, aber ich hab keine Lust jetzt Carmen zu begegnen. Nicht, nachdem ich den Streit zwischen ihr und ihrem Sohn belauscht hab.

Lange sitze ich nur auf dem Bett und lausche auf Geräusche im Haus, aber es bleibt still. Mittagessen scheint es heute auch nicht zu geben. Oder Carmen sitzt allein am Tisch und gibt sich ihren Sorgen um Benito hin. Eine traurige Vorstellung.

Mein Magen knurrt unüberhörbar. Fluchend suche ich nach meinem Rucksack, bis mir einfällt, dass er noch unten im Flur liegt. Ob Carmen noch unten ist? Ich schleiche zur Tür und öffne sie einen Spalt. Hier ist niemand. Auch als ich die knarzenden Stufen hinuntergehe, regt sich im Haus nichts.

Ich schnappe mir den Rucksack und sehe im Vorbeigehen, dass Carmen in der Küche hantiert. Das schlechte Gewissen meldet sich. Den Rucksack über einer Schulter betrete ich die Küche.

Carmen staubt sehr akribisch mit einem blauen Lappen die Küchenschränke ab.

»Carmen?« Sie dreht sich um und lächelt, aber in ihren Augen liegt ein trauriger Ausdruck.

»Hast du Hunger? Es sind noch Tortillas da.«

»Nein. Ich … Es tut mir leid. Ich hätte nicht lauschen dürfen. Das geht mich nichts an.«

Seufzend legt sie den Lappen hin. »Luisa, du wohnst bei uns. Wie hätten wir es vor dir verheimlichen sollen?«

»Es ist nicht schön sowas zu wissen«, gestehe ich.

»Benito macht gerade eine schwierige Phase durch. Das geht wieder vorbei. Komm, ich mach dir das Essen warm.«

Zu zweit sitzen wir am Tisch. Carmen trinkt einen Kaffee und ich stochere in meinem Essen rum. Die Szene erinnert mich an zu Hause, wenn ich mit Mama allein am Küchentisch saß und sie sich geweigert hat etwas zu essen. Und jetzt ist es hier genauso trostlos, denke ich deprimiert.

»Bitte Luisa, mach dir keine Gedanken darüber«, fordert Carmen mich auf, »Genieß deine Zeit hier.«

»Da tu ich doch.« Wieder schaue ich in den Garten. Die Rollläden sind halb unten. Deshalb ist nur der alte Tisch zu sehen.

»Was ist mit dem Garten? Benutzt ihr ihn?«, frage ich, in dem Versuch sie abzulenken.

»Früher haben die Kinder dort gespielt, aber seit ein paar Jahren machen wir nur noch das Nötigste damit er nicht komplett verwildert.«

»Es wäre bestimmt schön da draußen zu sitzen. Ich hab mir immer einen Garten gewünscht.«

Sie lächelt. »Man könnte ihn sich schön machen. Vielleicht finde ich irgendwann die Zeit dazu. Dulce würde sich über das Planschbecken freuen.«

Die Haustür fällt ins Schloss und jemand poltert durch den Flur. »Hallo Mama«, ruft Felipe und kommt in die Küche. Ich drehe mich in meinem Stuhl um. Er trägt noch sein weißes Hemd und eine dunkle Jeans und sieht unverschämt gut aus.

»Hi.«

»Hey. Habt ihr für mich auch was zum Essen?«

»Natürlich. Wärm es dir auf«, entgegnet Carmen mit einem halbherzigen Lächeln.

Felipe merkt sofort, dass etwas nicht stimmt. »Was ist? Stimmt was nicht?«

»Ach, es ist nichts. Du weißt ja, Benito …«

Kurz schaut er zu mir, doch Carmen signalisiert ihm, dass ich bereits alles weiß. »Er kriegt sich schon wieder ein. Jeder macht mal so eine Phase durch.«

»Du auch? Das kann ich mir bei dir garnicht vorstellen«, mische ich mich ein. Es erscheint mir wie das Natürlichste der Welt.

Er lacht nur. »Ich war nicht immer so lieb wie jetzt.«

Ich springe auf und folge ihm in die Küche. »Hauptsache du bist es jetzt.« Die Vertrautheit zwischen uns ist etwas ganz Neues, aber es fühlt sich gut an. Felipe umfasst meine Taille und jagt warme Schauer wie Stromstöße durch meinen Körper. Was Carmen wohl dazu sagen würde, wenn sie uns jetzt sehen könnte?

»Das bin ich. Ich hab dich für Freitag eingeladen. Hast du das vergessen?« Die Art wie er es sagt und sein intensiver Blick machen es mir unmöglich abzulehnen. Wie von selbst streichen meine Finger über seinen Rücken. »Ich bin gespannt auf deine Freunde.«

»Das ist gut. Ich hab ihnen nämlich schon erzählt, dass ich dich mitbringe.«

»Oh.« Wie peinlich wäre es dann bitte gewesen jetzt noch abzusagen? Wenn ich ehrlich bin, will ich das auch garnicht. Nach der Katastrophe mit Valentin brauche ich jemanden, der wirklich nett zu mir ist und mich nicht nur zu einem Treffen einlädt, um mir nachzustellen. Felipe würde sowas niemals tun. Instinktiv weiß ich das. Ich vertraue ihm einfach, auch wenn es mich selbst überrascht. Deshalb sage ich zu.

»Das wird toll«, meint Felipe, »Du hattest noch nie so viel Spaß.« Er schiebt sich die Tortillas in den Ofen und ich starre währenddessen auf seine breiten Schultern. Oje. Auf was hab ich mich da nur eingelassen?

Nervös laufe ich in meinem Zimmer auf und ab und streiche über meine Bluse. Ob ich zu schick bin für eine Bar? Felipe hat mir nicht gesagt, wo wir hingehen.

Es klopft an der Tür. »Bist du fertig?«

Ich atme tief durch und öffne die Tür. »Hi.«

»Hey. Mach dir keine Sorgen. Du siehst toll aus«, meint er mit einem Lächeln.

Er trägt ein lässiges hellblaues Hemd, die Ärmel hochgekrempelt, die oberen beiden Knöpfe stehen offen. Dazu eine Jeans im Used-Look und Turnschuhe. Ich gebe vor etwas in meiner Tasche zu suchen, um ihn nicht anzustarren.

Wir gehen zu Fuß. Felipe zeigt mir einen Weg, auf dem man schneller in die Stadt kommt. Auf den Straßen herrscht ausgelassene Stimmung. Die Menschen stehen in großen Gruppen zusammen und unterhalten sich in einer Lautstärke, die man in Deutschland wohl als schreien bezeichnen würde. Überall wird gelacht und sogar gesungen. In einigen Bars hängen riesige flimmernde Flachbildfernseher über der Theke. Das alles erinnert mich an den Abend, an dem ich vor Valentin aus der Disco geflüchtet bin. Nur, dass ich heute mittendrin bin. Mit Felipe. Und meine Stimmung ist um einiges besser.

»Wo gehen wir denn jetzt hin?«, schreie ich, um den Lärm zu übertönen.

»Tapas essen und was Trinken. Wir zeigen dir ein paar tolle Bars. Komm hier lang.« Geschickt schlängelt er sich zwischen den Leuten durch und ich hab Mühe ihm zu folgen. Wenn ich wütend und aggressiv bin, hab ich eindeutig weniger Hemmungen mich durch eine Menschenmenge zu boxen. Er greift nach meiner Hand und zieht mich in die erste Bar, mitten durch eine stinkende Rauchwolke. Drinnen raucht zum Glück niemand. Fast alle Tische sind besetzt. An der Theke drängen sich die Menschen. Überall wird wild durcheinandergeredet. Mitten in dem Gedränge spielen kleine Kinder fangen. Sie jagen sich um die Tische und quetschen sich zwischen den eng stehenden Stühlen durch.

»Luisa, Felipe, hey!« Paco kommt auf uns zu und haut Felipe kumpelhaft auf die Schulter. »Du hast deine Freundin mitgebracht. Ich hab's doch gewusst.«

»Nein, wir sind nicht …«

»Hola Luisa. Ich bin Pili.« Ein hübsches dunkelhaariges Mädchen umarmt mich stürmisch und haucht mir zwei Lutfküsschen auf die Wangen.

»Das ist meine Freundin.« Paco legt ihr besitzergreifend den Arm um die Schulter. »Und das ist Felipes Freundin«, verkündet er lachend.

»So in der Art«, sagt Felipe, »Lass uns erstmal was essen.«

»Das ist ja süß Felipe. Ich wusste garnicht, dass du eine Freundin hast«, schwärmt Pili.

»Wieso? Du bist doch auch eine Freundin.«

»Er muss sich erst noch daran gewöhnen.« Typisch Paco. Ich versuche garnicht erst, ihn zu verbessern.

An der Theke stürzt noch ein Mädchen auf uns zu. Sie hat leichte Hasenzähne, ist aber ansonsten sehr hübsch mit den hellbraunen Locken und den großen Rehaugen. Es folgen weitere Umarmungen und Küsschen.

»Das ist meine Freundin Laura«, sagt Pili.

»Du kommst aus Deutschland? Mein Onkel lebt da. In Berlin.«

»Ich war noch nie in Berlin«, gestehe ich. »Ich bin aus München.«

Wie durch ein Wunder finden wir alle Platz an der Theke. Es ist sehr eng. Körperkontakt ist hier unvermeidbar. Ich stehe eingequetscht zwischen Pili und Laura, die mich beide gleichzeitig ausfragen. Hauptsächlich über die deutsche Küche, die kalten Winter und unsere weltberühmte Pünktlichkeit. Während wir verschiedene Tapas essen, komme ich kaum dazu mit Felipe zu reden. Er unterhält sich mit Paco und ruft immer wieder dazwischen, um uns zu fragen, was wir als nächstes essen oder trinken wollen. Manchmal treffen sich unsere Blicke und ich erkenne so etwas wie Sehnsucht in seinen Augen.

»Wir gehen weiter«, bestimmt Paco.

»Die nächste Runde geht auf mich«, ruft Felipe. Pili und Laura beobachten kichernd wie er mich am Arm nimmt und aus der Bar führt.

Die nächste Bar ist nur eine Straße weiter. Fröhliche spanische Musik dröhnt aus Lautsprechern an den Wänden. An der Decke hängen riesige Schinkenkeulen.

Außer mir scheint sich niemand darüber zu wundern. Auch hier ist es brechend voll. Ganz Malaga muss heute Abend auf den Beinen sein.

»Was wollt ihr trinken?«, fragt Felipe, »Ich gebe euch allen was aus.«

Ich entscheide mich für eine Cola. Felipe und die Mädchen bestellen je eine cana, Bier, das in kleinen Gläsern serviert wird. Dazu gibt es jeweils eine kleine Tonschale mit Oliven.

»Wie? Willst du keinen Sherry trinken?«, wundert sich Paco. Er hat zu seinem Getränk ein Stück Weißbrot bekommen.

»Nein danke. Den mag ich nicht.«

»Aber das weißt du doch garnicht. Du kannst doch nicht nach Andalusien kommen und unseren Sherry nicht probieren.«

»Vielleicht ein andermal.«

»Hä?« Verblüfft schaut er mich an. Dann zuckt er die Schultern und nimmt einen Schluck aus seinem Glas.

Ich umklammere mein Colaglas und versuche die düsteren Gedanken zu verdrängen. Die anderen müssen nicht wissen warum ich keinen Alkohol trinke.

»Lass sie doch.« Felipe schiebt mir seine Olivenschale hin und lächelt mir aufmunternd zu. Ich bin ihm dankbar dafür. Pili und Laura werfen sich einen vielsagenden Blick zu, aber das kümmert mich nicht.

Gegen Mitternacht landen wir in der dritten Bar. Je später es wird, desto fröhlicher scheinen die Menschen zu werden. Müde ist hier offensichtlich niemand.

»Ich will tanzen gehen«, verkündet Pili, »Nach der Runde gehen wir tanzen.« Laura und Paco stimmen ihr begeistert zu. Felipe setzt sich zwischen mich und die anderen und beugt sich zu mir vor. »Willst du reden?«

Wie gebannt starre ich auf seine Lippen, die ein bisschen glänzen von den öligen Oliven. Ich nicke. »Später.«

Nach der ersten Runde Getränke stehe ich auf und nicke Felipe zu, bevor ich in Richtung Toiletten verschwinde. Es geht einmal um die Ecke und dann führt ein kurzer schwach beleuchteter Flur zu den Waschräumen. Eine Weile drücke ich mich vor den Toiletten herum und gebe vor etwas auf meinem Handy zu suchen, wenn jemand vorbeikommt. Was mache ich hier eigentlich? Was soll ich Felipe sagen, wenn er kommt? Vielleicht sollte ich einfach zurück zum Tisch gehen.

Schritte nähern sich bevor ich den Entschluss fassen kann. Felipe hat die Lampe im Rücken, weshalb sein Gesicht sehr dunkel wirkt. Kurz flackert das Bild vor mir auf wie Valentin mich vor den Toiletten abgefangen und begrapscht hat. Diesmal wird es nicht so sein.

Langsam kommt er auf mich zu. »Geht's dir gut?«

Ich starre auf den Boden. Was soll ich ihm sagen?

Jetzt steht er direkt vor mir und seine Wärme umfängt mich wie eine schützende Blase. »Paco meint es nicht böse. Er liebt einfach Sherry und …«

»Ich hab kein Problem mit Paco. Oder mit Sherry«, erzählte ich dem dreckigen Boden.

»Hey.« Er hebt sanft mein Kinn an, sodass ich keine

andere Möglichkeit hab als ihn anzusehen. »Du hast doch was.«

»Ihr haltet mich bestimmt für eine Spielverderberin.«

»Niemand tut das. Die sind glücklich hier.«

»Du auch?«

»Ja sicher.« Er sieht mich lange einfach nur an. Ich versinke in seinen dunklen Augen. Es fühlt sich an als würde ich fallen. Bis nur noch wir beide da sind.

»Felipe, ich …«

Bevor ich weiß, was ich eigentlich sagen wollte, spüre ich seinen Mund auf meinem. Seine Lippen sind weich und schmecken nach Oliven. Ein Feuerwerk aus tausend Gefühlen explodiert in meiner Brust. Meine Finger versenken sich in den dichten schwarzen Locken während seine Hände warm und zärtlich über meine Hüften streichen. Ja, endlich. Wie lange hab ich darauf gewartet? Wie oft hab ich auf diese wundervollen Lippen gestarrt und mir gewünscht sie auf meinen zu spüren?

Schwer atmend lösen wir uns voneinander. «Ich wollte das schon ewig tun.« Felipe drängt mich an die Wand und streicht mir die zerzausten Haare aus dem Gesicht. »Du bist wunderschön.«

Ich ziehe seinen Kopf zu mir herunter und lege meine Stirn an seine. Unser Atem vermischt sich. »Ich will nicht zurück zu den anderen. Lass uns irgendwo hingehen, wo wir allein sind.«

Ganz allein ist man um diese Zeit natürlich nirgends, aber die fremden Menschen stören mich nicht. Hauptsache Felipe ist bei mir. Schweigend laufen wir nebeneinander her die Hafenpromenade entlang und ich genieße das Gefühl von meiner Hand in seiner. Die Stimmen der anderen Menschen nehme ich nur als Gemurmel im Hintergrund wahr. Auch hier sind alle Restaurants gut besucht.

Wir setzen uns auf eine Bank mit Blick auf den Hafen und die Alcazaba, die von hellen Scheinwerfern angestrahlt wird. Die Kulisse wirkt wie im Märchen.

»Es ist wunderschön hier«, sage ich und lehne mich an Felipe. Er vergräbt das Kinn in meinen Haaren. Ich spüre, wie seine Lippen sich zu einem Lächeln verziehen. »Ich weiß, du liebst meine Stadt. Und du kommst wieder.«

»Aber nur um dich zu sehen.«

Felipe streichelt meine Schulter. »Geht's dir jetzt besser?«

Ich vergrabe mein Gesicht in seiner Halsbeuge. Seine kurzen Bartstoppeln kratzen an meiner Wange. »Natürlich. Ich hab doch den besten Reiseführer der Welt.«

Er lacht. »Hattest du Spaß heute Abend?«

»Ja, ich mag deine Freunde. Sie sind nett, aber ein bisschen aufgedreht.«

»Das ist normal. Wir sind alle so. Andalusier gehen gerne essen. Und feiern.«

Meine Finger spielen mit den weichen Locken in seinem Nacken. »Das hab ich mir schon gedacht, aber ich bin gerne mit fröhlichen Menschen zusammen. Das brauch ich jetzt nachdem …« Seufzend versuche ich, mich von ihm zu lösen, doch dann flüchte ich mich wieder in seine Umarmung. Warum musste ich das jetzt ansprechen?

»Schon ok. Du musst nichts sagen.«

»Es ist auch nichts. Ich versteh mich nur mit meiner Mutter nicht besonders gut. Deshalb musste ich weg.«

»Ich bin froh, dass du hier bist. Mein Leben ist auch nicht so perfekt wie es aussieht.«

Wenn ich nur wüsste, was das bedeutet. Aber ich frage ihn nicht. Die Nacht ist viel zu schön, um über traurige Dinge zu reden. Noch lange sitzen wir eng umschlungen da, bewundern die Alcazaba und das Meer und reden. Zum ersten Mal seit ich hier bin fühle ich mich richtig wohl und beschützt. Vielleicht sogar das erste Mal seit Mama und Papa sich getrennt haben.

12. Kapitel

Am Horizont zeigt sich schon ein heller Streifen als wir uns auf den Heimweg machen. Trotzdem deutet nichts darauf hin, dass sich die Straßen bald leeren werden. Weiterhin wird ausgelassen gefeiert.

Erst als wir zu Hause ankommen, merke ich wie müde ich bin. Meine Augen brennen und meine Beine fühlen sich schwer an als wir die Treppen hinaufgehen. Oben im Flur zieht Felipe mich nochmal an sich. »Wenn ich könnte, würde ich jeden Tag mit dir ausgehen.«

»Ohne deine Freunde?«

»Nur mit dir.«

Er küsst mich und verschwindet dann in seinem Zimmer.

Ein paar Sekunden starre ich noch die geschlossene Tür an. Dann beschließe ich, auch endlich ins Bett zu gehen. Obwohl ich hundemüde bin, kann ich nicht schlafen. Immer wieder erlebe ich in Gedanken unseren Kuss und glaube fast, seine Hände auf meinen Hüften und seinen Atem in meinem Gesicht zu spüren. Mit der Hand streiche ich über die Matratze neben mir. Nachdem wir den ganzen Abend und die ganze Nacht zusammen waren, fühlt es sich falsch an jetzt allein hier zu liegen. Am liebsten würde ich mich einfach in seine starken Arme kuscheln und für immer dort liegen bleiben. Ich versuche, mir vorzustellen wie er wohl unter seinem Hemd aussieht und nehme mir vor das möglichst bald herauszufinden.

Ein Piepton in meiner Handtasche holt mich auf den Boden der Tatsachen zurück. Ich wühle nach dem Handy und überlege mir schon, wie ich Lena von meinem wunderschönen Abend mit Felipe erzählen soll. Stattdessen springen mir lauter wütende Nachrichten von Mama ins Gesicht.

Ich bin deine Mutter und du lässt mich hier allein.
Warum tust du mir das an?
Komm nach Hause, sei nicht so egoistisch.
Wenn diese Leute dir etwas antun, musst du es
mir sofort sagen.

Ich warte auf die altbekannte Wut, doch sie kommt nicht. Mama ist enttäuscht und versucht weiterhin mit ein schlechtes Gewissen zu machen, doch das ändert nichts daran, dass ich heute die schönste Nacht meines Lebens hatte.

Froh, dass Mama es nicht geschafft hat mir die Stimmung zu verderben, werfe ich das Handy zurück in die Tasche und strecke mich auf dem Bett aus. Überall sehe ich nur Felipe. Wie er mir lächelnd die Olivenschale hinschiebt. Unsere ineinander verschlungenen Finger. Sein fröhliches Lachen, das seine schönen braunen Augen zum Leuchten bringt. Wenn ich morgen Früh aufwache und feststelle, dass das alles kein Traum ist, kann ich mich wirklich als glückliches Mädchen bezeichnen.

Auch am nächsten Morgen kann ich nicht aufhören zu lächeln. Mit einem Dauergrinsen im Gesicht koche ich Kaffee und schenke mir und Felipe eine Tasse ein. Ich summe irgendein Lied, das ich gestern Abend gehört hab vor mich hin und genieße die warmen Sonnenstrahlen, die durchs Fenster fallen.

»Du siehst aus als hättest du eine schöne Nacht gehabt«, bemerkt Carmen, die mit einer Tasse in der Hand im Türrahmen steht.

»Ja es war toll. Ich hab Felipes Freunde kennen gelernt.«

»Ich freue mich wirklich, dass du dich hier so wohlfühlst und dass du dich mit Felipe so gut verstehst.« Sie wirft mir ein verschmitztes Lächeln zu. Natürlich weiß sie, dass da zwischen uns mehr ist, aber wahrscheinlich hält sie das Ganze nur für eine Sommerromanze. Anders kann ich mir ihre entspannte Haltung nicht erklären. Mama würde ausflippen, wenn sie wüsste, dass ich gestern Nacht allein mit einem Mann in der Stadt unterwegs war. Und dann ist es auch noch der Mann, mit dem ich unter einem Dach wohne. Oje, Mama. Da ist auch noch ein Anruf fällig.

Carmen spült ihre Kaffeetasse ab und lässt mich allein in der Küche stehen. Wenige Minuten später sind Schritte auf der knarzenden Treppe zu hören. Ich rühre noch einmal den Kaffee um als sich schon starke

Arme von hinten um meine Taille legen. Lachend halte ich seine Hände fest und lehne mich an ihn.

»Hast du mich so sehr vermisst?«

»Ich hab die ganze Nacht von dir geträumt.« Sein warmer Atem streift meinen Nacken.

»War es wenigstens ein schöner Traum?«

»Natürlich. Schade, dass es nur ein Traum war.«

»Das lässt sich ganz leicht ändern.«

Ich umfasse sein Gesicht mit beiden Händen und küsse ihn. Felipe zieht mich an sich und schiebt mich in Richtung Küchenzeile. Seine Hände streichen über meine Hüften. Ich dränge mich ihm entgegen. »Ich hab Kaffee für dich gemacht«, hauche ich an seinen Lippen.

»Kaffee …«, murmelt er abwesend. Schwer atmend löst er sich von mir und sieht mich an als hätte er mich noch nie zuvor gesehen. Nicht richtig. So wie ich wirklich bin. Fasziniert betrachte ich seine dichten dunklen Wimpern und die leicht golden schimmernden Sprenkel in seinen wunderschönen Augen. Das Handy in meiner Hosentasche vibriert aufdringlich, aber ich ignoriere es. So wichtig kann das garnicht sein. Nichts ist in diesem Moment wichtig. Nichts außer Felipe.

***

»Was?!« Meine Knöchel sind weiß, so fest umklammere ich das Handy. Das darf doch alles nicht wahr sein.

»Es tut mir so leid.« Lena wirkt ehrlich betroffen, doch ihr Mitleid ändert nichts an der harten Wahrheit. Dani hat mich verarscht. Betrogen. Er hat mit Aileen rumgemacht, von der ich dachte sie wäre eine Freundin. Und das schon bevor ich nach Spanien gegangen bin. So ein verdammter Heuchler.

Ein dicker Kloß bildet sich in meinem Hals. Ich fühle mich schäbig, benutzt und weggeworfen. Nicht nur von Dani. Auch von Aileen und allen anderen. Plötzlich frage ich mich ob sie nur darauf gewartet haben, dass ich verschwinde?

»Warum tut er sowas?« Obwohl ich in den letzten Tagen keinen Gedanken mehr an Dani verschwendet hab, schmerzt der Verrat. Selbst wenn wir nie zusammen gekommen wären, er war ein Freund. Dachte ich zumindest.

»Glaub mir, ich hab diesem Schwein die Meinung gesagt. Er hat sich tausend billige Ausreden einfallen lassen. Und dann vor meinen Augen Aileen die Zunge in den Hals gesteckt.« Lena stößt einen unterdrückten Schrei aus, gefolgt von einem dumpfen Knall »Sei froh, dass du den los bist. Er hat es nie ernst mit dir gemeint.«

»Ja, ich … wahrscheinlich hast du recht.« Mein Hals fühlt sich plötzlich an wie zugeschnürt.

»Vergiss ihn. Er ist keine Träne wert.«

Das Handy in meiner Hand fühlt sich an wie ein glühender Stein. Am liebsten würde ich es wegwerfen. Es hat mir nur Unglück gebracht. Nur schlechte Nachrichten.

»Es tut mir wirklich leid. Ich hab gehofft, dass er dich wirklich mag.«

»Ich komm schon klar«, entgegne ich trocken und lege dann einfach auf. Wie erstarrt sitze ich auf dem Bett. Ein Gefühl der Leere breitet sich in mir aus. Die Wut, auf die ich gewartet hab, bleibt aus. Ich kann garnicht zählen wie oft ich Felipe hab abblitzen lassen nur um Dani nicht in den Rücken zu fallen. Wie oft hatte ich ihm gegenüber ein schlechtes Gewissen, wenn ich an Felipe gedacht hab? Dabei war Felipe von Anfang an derjenige, der es wirklich ernst mit mir gemeint hat. Derjenige, der sich aufrichtig für mich interessiert. Nicht wie Dani, der mich nur angerufen hat um seinen Verrat zu vertuschen. Nicht wie Papa, der uns einfach im Stich gelassen hat. Oder wie Mama, die mehr als mein halbes Leben lang nur mit ihren eigenen Problemen beschäftigt war. Sie alle haben mich verlassen. Nur Felipe nicht. Ich brauche ihn. Jetzt.

Blind vor Tränen stehe ich vom Bett auf und stoße dabei gegen das Nachtkästchen. Die Vase mit den Kunstblumen fällt laut klirrend auf den Holzboden. Meine Beine geben unter mir nach. Gerade rechtzeitig kann ich den Sturz abfangen. Ein stechender Schmerz fährt durch meine linke Hand. »Verdammt.«

»Luisa?«

Felipe! Durch meinen Tränenschleier sehe ich seine Gestalt auf mich zukommen. Er kniet sich auf den Boden und zieht mich in seine Arme. »Was ist passiert? Sag mir was los ist.«

Schluchzend klammere ich mich an ihn. »Bitte versprich mir, dass du bei mir bleibst.«

»Natürlich. Ich geh nicht weg. Ich bin da.« Liebevoll streichelt er meine Haare, mein Gesicht.

»Bleib bei mir. Ich liebe dich.« Die Worte kommen aus meinen Mund, ohne dass ich darüber nachdenke. *Ich liebe dich.*

»Liebst du mich auch?«

»Sí querida.« Er wickelt sich eine Haarsträhne von mir um den Finger. Seine Stimme klingt unendlich sanft. »Ich bin bei dir.«

***

Abwesend starre ich auf meine verbundene Hand. Nachdem ich mich etwas beruhigt hatte, hat Felipe meine Wunde versorgt und die Scherben weggeräumt. Später hat er nichts mehr zu meinem Zusammenbruch gesagt und ich bin ihm unendlich dankbar dafür. Mit jeder Stunde, die vergeht, frage ich mich mehr ob ich nicht vielleicht überreagiert hab. Er muss mich für eine dumme labile Heulsuse halten. Und wahrscheinlich bin ich das auch.

Ich frage mich wie ich es geschafft hab heute Morgen in die Schule zu fahren. Die Busfahrt hat sich ewig hingezogen und fast hätte ich die Haltestelle verpasst. Heute fängt der Kochkurs an, für den ich mich spontan angemeldet hab, um einen Ausgleich zum restlichen Unterricht zu haben. Aber ich kann dem Unterricht überhaupt nicht folgen. Ich weiß nicht mal wie unsere Lehrerin heißt und erst recht nicht was sie erzählt.

Stühle scharren über den Boden. Wir verlassen das Klassenzimmer und gehen in die Küche. Teilnahmslos trotte ich der Gruppe hinterher. Matilda, Anna und Josh haben sich glücklicherweise nicht für den Kochkurs angemeldet.

Warum fühle ich mich so schlecht? Es heißt doch immer, es wäre schön verliebt zu sein. Stattdessen fühle ich mich verloren. Oder eher überfordert. Seit ich mir eingestanden hab, dass ich Felipe liebe, verwirren meine Gefühle mich noch mehr als zuvor. Es vergeht kaum eine Minute, in der ich nicht daran denke, wie ich in seinen Armen lag, mitten in einem Scherbenhaufen, und ihn gefragt hab ob er mich liebt. Das war lächerlich. Peinlich. Wird man so, wenn man verliebt ist? Denn das war ich bisher nie. Das weiß ich jetzt.

»Luisa, geht es dir gut?« Erschrocken schaue ich auf. Unsere Kochlehrerin, eine junge Frau mit ausladenden dunkelbraunen Locken sieht mich besorgt an.

»Achso, die Hand. Klar, das geht schon.« Ihr aufmunterndes Lächeln versetzt mir einen Stich. Es tut mir leid, dass ich ihre Begeisterung nicht teilen kann.

»Wir kochen heute eine Paella«, verkündete unsere Lehrerin euphorisch, »Das heißt wir werden als erstes auf den Mercado gehen und die Zutaten dafür einkaufen.«

Der Mercado. Noch ein Ort, der mit Erinnerungen an Felipe verbunden ist. Damals hat es angefangen. Eigentlich schon viel früher. Ich war so blind. Ich hab an Dani festgehalten und konnte nicht sehen was direkt vor meiner Nase war.

Unsere kleine Gruppe schlendert gemütlich durch die Stadt. Mercedes – ich hab ihren Namen zufällig aufgeschnappt – erzählt uns etwas über die Markthalle und ihre Geschichte und den Fischstand ihres Onkels. Durch ihre positive Art und ihre offensichtliche Freude fühlt es sich kein bisschen an wie ein Schulausflug. Sie mischt sich in unsere Gruppe als wäre sie auch eine Schülerin. Auch die anderen Teilnehmer sind nett und aufgeschlossen und es ist nicht schwer jemanden in ein Gespräch zu verwickeln.

Umgeben von einem Gemisch aus Gerüchen und lauten Stimmen gehen wir die Einkaufsliste durch. Mercedes unterteilt uns in drei Gruppen. Also mache ich mich zusammen mit Mandy und Silvana auf die Suche nach Garnelen und Muscheln. Silvana geht voran und bahnt sich selbstsicher ihren Weg durch die Menschenmenge. Ihr hellblonder Pferdeschwanz baumelt hin und her. »Ich hasse Fisch«, verkündet sie.

»Wir suchen ja auch keinen Fisch, sondern Muscheln«, entgegnet Mandy mit einem Lachen.

»Noch schlimmer.«

»Wir sind hier am Meer. Was erwartest du?«

»Lass uns Mercedes Onkel fragen«, schlage ich scherzhaft vor.

Mandys Blick fällt auf meine verbundene Hand. »Was hast du da gemacht.«

»Ein Glas fallen lassen.«

»Dann lass mich nachher die Einkäufe nehmen.«

»Ich komm schon klar.«

Vor dem ersten Fischstand bleiben wir stehen. In einem Wasserbecken schwimmen lebende Krebse und Hummer. Nichtsahnend krabbeln sie über den sandigen Boden. Sie wissen nicht, dass sie früher oder später im Kochtopf landen. Das muss ein schönes Gefühl sein. Einfach leben und zufrieden sein und an nichts Schlechtes denken. Warum fällt das uns Menschen so schwer? Warum machen wir uns ständig Sorgen, anstatt einfach unser Leben zu genießen? Unwillkürlich muss ich an Felipes unbeschwertes Lachen denken als wir die Hafenpromenade langgelaufen sind, die Ruhe und positive Energie, die er immer ausstrahlt. Er hat es geschafft glücklich zu sein. Er genießt jeden einzelnen Moment. Vielleicht ist das das Geheimnis glücklicher Menschen. Einfach leben.

»Wollen wir die Muscheln hier kaufen?« Mandys Frage reißt mich aus meinen Gedanken. Verwirrt starre ich sie an. »Ja, klar.«

»Lass es uns hinter uns bringen.« Silvana hält sich die Nase zu.

Ich betrachte die Meeresfrüchte in der Auslage und schiele auch zu dem Stand nebenan als mir ein bekanntes Gesicht ins Auge fällt. Er stellt seinen Rucksack ab und sucht etwas darin. Dann geht er zu einem der Stände gegenüber und schwätzt mit dem Verkäufer.

»Luisa? Alles klar?« Mandy sieht mich verwirrt an.

»Sicher. Ich bin gleich wieder da.«

»Hä, aber …«

Ich weiche einem Mann mit mehreren Plastiktüten aus und dränge mich vor zum Stand. Eine Schlange gibt es hier sowieso nicht.

»Felipe?« Vorsichtig berühre ich ihn an der Schulter. Er fährt herum und ein strahlendes Lächeln erhellt sein Gesicht als er mich sieht.

»Hey. Was machst du hier?«

»Einkaufen. Für den Kochkurs.«

»Du machst einen Kochkurs? Wieso kommst du nicht zu mir? Ich kann dir auch kochen beibringen.« Er wendet sich an den Verkäufer, der sich ein Grinsen nicht verkneifen kann. »Ich hol den Fisch später. Mir ist was dazwischengekommen.« Sein liebevoller Blick streift mich.

»Na geh schon. Der Fisch ist auch später noch hier.« Er zwinkert uns zu.

Ohne weiter darüber nachzudenken, verlasse ich mit ihm die volle Markthalle. Wahrscheinlich ist es dumm einfach abzuhauen, aber ich will bei ihm sein. Es ist wie eine Sucht. Oder Liebe, flüstert eine Stimme in meinem Kopf.

Draußen schlägt uns heiße Luft entgegen. Und das obwohl wir noch nicht mal Mittag haben. Je weiter wir uns vom Mercado entfernen, desto weniger Menschen sind auf den Straßen unterwegs. Dank der unerträglichen Hitze spielt sich das Leben in Malaga tatsächlich hauptsächlich nachts ab.

»Wird dich in der Schule jemand vermissen?«

»Keine Sorge. Die geben schon keine Vermisstenanzeige auf«, entgegne ich lachend.

»Ich bring dich auch wieder zurück.« Felipe legt einen Arm um meine Taille. »Irgendwann.«

Während wir durch die Stadt schlendern, verschwindet die Unsicherheit von heute Morgen. Das fühlt sich alles so richtig an. Ganz anders als mit Dani. Bei ihm hab ich mich immer gefragt, ob er dasselbe für mich empfindet. Ich hätte mich nie getraut ihn einfach so zu umarmen oder zu küssen. Es war nichts weiter als eine dumme kindische Schwärmerei. Und genau das ist Dani. Ein Kind. Mit Felipe ist alles so viel einfacher. Er war von Anfang an für mich da. Ich konnte es nur nicht sehen.

»Lass uns zum Strand gehen«, schlägt Felipe vor. Ich balanciere über eine Bank und lasse mich in seine ausgebreitete Arme fallen.

»Ich geh mit dir überall hin.«

Wir passieren den Hafen und den kleinen Leuchtturm. Der Wind trägt Lachen zu uns herüber. Felipe sieht mich mit einem schelmischen Grinsen im Gesicht an. »Mal sehen wie schnell du im Wasser bist.«

»Was? Aber ich hab gar keine Bade … Hey!«

Ehe ich mich versehe, ist er schon losgelaufen. Auf einem Bein hüpfend zieht er sich die Turnschuhe aus und schmeißt sie in den Sand. Lachend schieße ich an ihm vorbei. Ohne die Sandalen auszuziehen, renne ich in die Brandung, dass das Wasser nur so spritzt.

»Wo bleibst du?«, rufe ich.

Er stürmt auf mich zu und wirbelt mich herum.

»Na warte!«, rufe ich, hole mit beiden Händen aus und spritze ihm eine Ladung Salzwasser ins Gesicht.

Felipe streicht sich die wirren nassen Locken aus dem Gesicht. »Auf was hast du dich da nur eingelassen.« Er watet auf mich zu. Lachend versuche ich davonzulaufen, doch der sandige Boden gibt unter meinen Füßen nach. Kurz ist mein Kopf unter Wasser. Hustend spucke ich das Wasser aus. Hinter mir höre ich Felipe lachen. »Das hast du verdient.«

Ich stürme auf ihn zu und will ihn umschmeißen, doch er zieht mich in seine Arme und lässt sich mit mir in die flache Brandung fallen. »Das ist gegen die Regeln.«

»Es gibt keine Regeln.« Er setzt sich auf und vergräbt das Gesicht in meinen nassen Haaren. »Nur dich und mich.«

Nass und voller Sand sitzen wir am Strand und sehen den Wellen zu, die unsere Füße umspülen. Das Wasser glitzert in der Sonne.

»Ich glaub du hast Recht. Es gibt keinen schöneren Ort auf der Welt.«

»Ich liebe das Meer. Ich kann mir nicht vorstellen irgendwo zu leben, wo es kein Meer gibt.«

Meine Finger malen kleine Herzen in den feuchten Sand. Die verletzte Hand liegt in meinem Schoß. Ich ignoriere das Brennen, das das Salzwasser verursacht.

»Ich hab es nie vermisst, aber ich glaube jetzt würde ich es vermissen.«

Felipe zieht mich enger an sich. »Du kommst wieder.«

»Ja, ich weiß. Wer einmal hier war …«

Mit einem Kuss schneidet er mir das Wort ab. Seine Lippen schmecken nach Salz. Nach Meer. Es fühlt sich an als wäre ich endlich zu Hause. Ich versuche, nicht daran zu denken, dass ich nur noch sechs Wochen hier sein werde.

»Ich werde dich auch vermissen«, gestehe ich als wir uns voneinander lösen.

Sanft streichelt er meine Wange. Der Sand an seiner Handfläche fühlt sich ein wenig rau an. »Denk nicht daran. Wir haben noch viel Zeit.«

»Hast du keine Angst, dass es irgendwann vorbei ist? Alles endet doch.«

»Genau deshalb sollten wir unsere Zeit nicht damit verschwenden über Schlechtes nachzudenken. Damit macht man sich die schönen Momente kaputt.«

Ein warmer Wind kommt auf und streift mein Gesicht. »Ich würde auch gerne so denken, aber mein Leben hat das bisher nie zugelassen.«

Fragend sieht er mich an. Ich weiß, dass er nicht nachhaken wird. Das liebe ich an ihm. Es macht es mir leichter über meine Vergangenheit zu sprechen.

»Meine Mutter hat Depressionen. Ich musste mich schon früh um alles kümmern. Ich hatte keine andere Wahl als ständig über alles nachzudenken und mich jeden Tag mit Problemen zu beschäftigen. Ohne mich hätte sie es nicht geschafft.«

Felipe drückt meine Hand. »Du hast bestimmt viel für sie getan.«

»Das hab ich. Ich war gezwungen Verantwortung zu übernehmen. Sie hat sich um nichts mehr gekümmert. Vor zwei Jahren hat sie eine Therapie angefangen. Es ist besser geworden. Sonst wäre ich nicht hier.«

Lange sieht er mich einfach nur an, ohne meine Hand loszulassen. »Es geht immer irgendwie weiter. Selbst wenn alles schlimm aussieht. Alles endet irgendwann. Auch schlechte Zeiten.«

Dass er meine Worte von vorhin wiederholt, lässt mich lächeln. Zum ersten Mal hab ich das Gefühl, dass es garnicht so schwer sein könnte etwas aus meinem Leben zu machen. Felipe hat Recht. Alles geht vorbei. Mama befindet sich auf dem Weg der Besserung und ich bin hier in Spanien. Weit weg von all den Problemen, die ich hinter mir gelassen hab. Ich will daran glauben, dass alles gut wird. Ab sofort werde ich in die Zukunft schauen und nicht mehr in die Vergangenheit.

13. Kapitel

Die restliche Woche vergeht erstaunlich schnell. Was wahrscheinlich daran liegt, dass ich die schönen Momente genossen hab, wie Felipe mir geraten hat. Es fühlt sich so viel besser an nicht über Probleme nachzudenken, die noch garnicht da sind.

»Ich bin so froh, dass endlich alles fertig ist.« Silvana bindet sich die weiße Schürze ab und hängt sie an einen Haken. Wir nehmen die restlichen Töpfe und Teller und bringen sie nach draußen. Im Hof ist alles vorbereitet für unser Sommerfest. Ein großes Buffet ist aufgebaut. Es gibt verschiedene Gericht und warme und kalte Tapas. Zusammen mit Mercedes haben wir den ganzen Nachmittag Gemüse geschnippelt, gekocht und Datteln und Melonen mit Speck umwickelt. Mir läuft das Wasser im Mund zusammen als ich das ganze Essen sehe. Es wird höchste Zeit endlich zu essen, was wir so mühevoll zubereitet haben. Zwar haben wir mit viel Spaß und Lachen immer wieder etwas genascht, aber satt bin ich deswegen noch lange nicht.

»Am liebsten würde ich alles aufessen«, verkünde ich mit einem sehnsuchtsvollen Blick auf die Fleischhäppchen.

»Lass uns erstmal was zu trinken organisieren«, schlägt Silvana vor. Es gibt einige Stände mit Cocktails und alkoholfreien Getränken. Irgendwo auf dem Schulgelände spielt eine regionale Band. Gitarrenklänge und fröhlicher Gesang wehen zu uns herüber.

»Wo ist Mandy? Sollen wir ihr auch was mitbringen?«

»Sie ist bei ihrer Schwester.« Silvana läuft voraus und steuert die erste Bar an. »Wir nehmen drei Cocktails.«

Gerade will ich ihr sagen, dass ich nur eine Cola trinken möchte, aber ich weiß nicht, wie ich ihr erklären soll, dass ich keinen Alkohol trinke. Weder sie noch Mandy wissen von Papas Alkoholproblem und meinen immer wieder kehrenden Ängsten.

Während Silvana mit dem Barkeeper flirtet, schaue ich mich auf dem Schulhof um. Die Bäume und Palmen sind mit Girlanden und kleinen bunten Fähnchen geschmückt. Das wird sicher wunderschön aussehen, wenn es dunkel ist. Das Gelände füllt sich mit Menschen. Jeder ist zum Sommerfest eingeladen. Die meisten hier haben ein paar Freunde mitgebracht. Viele der Lehrer sind mit ihren Familien da. Kinder balancieren auf der niedrigen Mauer und spielen Verstecken hinter den großen Töpfen. Ich hab Felipe eingeladen. Es kam mir selbstverständlich vor mit ihm auf die Party zu gehen. Deshalb war ich enttäuscht als er abgesagt hat. Er arbeitet heute bis Mitternacht und länger wollte ich sowieso nicht bleiben. Wenn ich jetzt aber an die vielen neugierigen Fragen denke, die es gegeben hätte, bin ich erleichtert, dass er nicht da ist. Nicht jeder muss wissen, dass ich mit dem Sohn meiner Gastmutter zusammen bin.

»Hier für dich.« Mit einem breiten Lächeln hält Silvana mir einen Plastikbecher mit einer gelben Flüssigkeit hin. Sieht aus wie etwas, das ich sicher niemals trinken würde.

Sie lacht. »Ich weiß was du denkst. Aber es schmeckt wirklich gut. Trau dich.«

Mit einem tapferen Lächeln nehme ich den Becher entgegen.

»Mandy ist bestimmt oben beim Pool.«

Ich folge ihr die Treppe hoch aufs Dach des Restaurants. Ein DJ legt Tanzmusik auf und sorgt für Partystimmung. Ein paar Leute tanzen und singen laut. Fast alle Liegen sind besetzt. Wir ergattern noch eine Liege und ich ziehe sie vor an den Pool. Mandy kann ich immer noch nirgends entdecken.

»Ich schreib ihr.« Silvana holt ihr Handy aus ihrer Handtasche. »Die Eiswürfel in ihrem Cocktail schmelzen.«

Vorsichtig nippe ich an dem gelben Zeug. Es schmeckt süßlich und fruchtig, aber mit einem bitteren alkoholischen Nachgeschmack. Widerlich. Unauffällig stelle ich den Becher ganz an den Beckenrand. Vielleicht stoße ich nachher aus Versehen mit dem Fuß dagegen.

Mandy hat uns doch noch gefunden. Eng aneinander gequetscht sitzen wir auf dem Liegestuhl. Sie nimmt einen Schluck von dem Cocktail und verzieht das Gesicht. »Was ist das denn für ein ekelhaftes Zeug. Haben die nichts besseres?« Sie stellt den Becher neben sich auf den Boden. Dann wirft sie mir ein freches Grinsen zu. Ich ahne schon was jetzt kommt. Die ganze Woche berängt sie mich schon mit einer Frage.

»Willst du uns endlich sagen wer der Kerl ist, mit dem du am Montag so schnell wegmusstest?«

Röte schießt mir ins Gesicht. Lena ist bisher die Einzige, der ich von Felipe erzählt hab und es fühlt sich immer noch komisch an, ihn als meinen Freund zu bezeichnen. Es ist so ungewohnt.

»Ich hab hier jemanden kennen gelernt.«

»Oh.« Aufgeregt klatscht Silvana in die Hände. »Was läuft denn da zwischen euch?«

»Nicht besonders viel. Ein paar Dates und Küsse. Mehr nicht.«

Enttäuscht verzieht sie die Lippen. »Du hast aber nicht mehr viel Zeit. Wie lang bist du noch hier?«

»Silvana!« Kichernd werfe ich einen leeren Becher nach ihr.

»Was denn? Ihr könnt doch nicht nur Händchen halten. Die spanischen Männer sind leidenschaftlich. Also hab dich nicht so.«

»Setz sie nicht unter Druck.« Mandy sieht mich mit leuchtenden Augen an. »Ist er so heiß, wie er von hinten aussieht?«

Ich bringe nur ein nervöses Kichern zustande, aber das ist Antwort genug.

»Wir wollen ihn kennenlernen.«

»Ja unbedingt.« Mandy nickt zustimmend. »Das darfst du uns nicht vorenthalten.«

»Ich hätte ihn heute gerne mitgebracht, aber er muss arbeiten.«

»Wisst ihr was Mädels.« Silvana streckt ihre langen Beine aus. »Ich hab jetzt Lust ein bisschen zu flirten. Aber erstmal hol ich uns noch was zu trinken.«

»Oh ja. Und dann feiern wir ein bisschen.« Beide springen auf. Ich nutze die Gelegenheit, um mich im Liegestuhl auszustrecken. »Für mich nichts mehr.«

Tanzend bewegen sie sich zur Treppe. Lächelnd schaue ich ihnen nach. Es tut gut endlich jemanden zu haben, mit dem man über alles reden kann. Der verkrampfte Umgang mit Anna und Matilda war anstrengend und deprimierend. Mandy und Silvana sind locker und nehmen kein Blatt vor den Mund. Besonders Silvana nicht. Bei ihnen muss ich keine Angst haben etwas Falsches zu sagen. Es ist fast wie mit Lena.

Unauffällig schiebe ich den Cocktailbecher mit dem Fuß über den Beckenrand. Er plumpst in den Pool. Die knallgelbe Flüssigkeit vermischt sich schnell mit dem Chlorwasser und nichts erinnert mehr an den widerlichen Cocktail.

Erschrocken fahre ich hoch als sich eine kühle Hand auf meine Schulter legt. Ein ungutes Gefühl macht sich in mir breit und als ich sehe wer da steht, weiß ich auch warum. Valentin grinst mich unverschämt an. »Hey Kratzbürste, hast du mich vermisst?«

Ich stöhne genervt auf. »Hau ab. Oder hast du nicht gemerkt, dass ich nicht an dir interessiert bin?«

Er lacht nur überheblich. »Das sagen sie alle am Anfang. Bis sie mit mir im Bett waren.« Unerträglich langsam fahren seine Finger über meinen nackten Arm und
es fühlt sich an wie tausend kleine Nadelspitzen.

»Lass den Scheiß. Ich geh bestimmt nicht mir dir ins
Bett.«

»Oh. Da ziert sich aber jemand. Ich hätte nicht gedacht, dass du so hartnäckig bist.«

»Ich hab einen Freund«, verkünde ich selbstsicher
und entreiße ihm meinen Arm, doch Valentin zuckt
nur gelangweilt mit den Schultern. »Na und? Das hat
mich noch nie interessiert. Außerdem ist er nicht hier.«

Ich wende mich von ihm ab und beobachte die Leute im Pool, die sich auf Luftmatratzen treiben lassen
und Cocktails trinken. Mein Magen knurrt. Jetzt wäre
der richtige Zeitpunkt sich etwas zu Essen zu holen.
Möglichst unauffällig halte ich nach Mandy und Silvana Ausschau.

»Glaub ja nicht, dass wir schon fertig sind. Ich werde
dir schon noch beweisen wie sehr du mich willst.«

»Arschloch«, zische ich. Dann ist er schon zwischen
den vielen Menschen verschwunden. Was für ein Ekel.
Wollte ich wirklich mal zu seiner Clique gehören? Ich
verdränge die Erinnerung an den Abend in der Disco.
Sowas passiert mir nicht nochmal.

Nach einem sehr lustigen tanzreichen Abend mache ich
mich gegen Mitternacht auf den Heimweg. Der Bus ist
voll mit feierlustigen Menschen, die auf dem Weg in die

Stadt sind. Es ist ein gutes Gefühl, um diese Zeit nicht allein mit ein paar zwielichtigen Typen im Bus zu sitzen, wie das in München manchmal der Fall ist.

An meiner Haltestelle am Hafen leert sich der Bus. Ich bin die Einzige, die sich von der Stadtmitte entfernt. Die Stadt ist belebt. Es ist laut, der Verkehr ist dicht für die Uhrzeit und die Straßen sind beleuchtet. Ich nehme den Weg durch den Park, der gespenstisch wirkt im Licht der Straßenlaternen. In einem gelben Lichtkegel hüpfen ein paar Tauben herum und picken nach Krümeln. Außer einem knutschenden Pärchen auf einer Bank ist hier niemand. Der Kies knirscht unter meinen Schuhen. Hinter mir höre ich ein gleichmäßiges scharrendes Geräusch, aber als ich mich umdrehe ist da niemand. Kurz bleibe ich stehen. Dann gehe ich weiter. Und wieder glaube ich schlurfende Schritte hinter mir zu hören. Als ich mich dieses Mal umdrehe, sehe ich gerade noch, wie eine dunkle Gestalt in einen anderen Weg einbiegt. Ein mulmiges Gefühl macht sich in mir breit. Vielleicht war es doch eine blöde Idee, hier lang zu gehen. An der viel befahrenen Straße wäre es sicherer, aber ich will diesem Kerl nicht das Gefühl geben Angst vor ihm zu haben. Vielleicht ist es ja auch nur jemand, der sich einen blöden Spaß erlaubt. Trotzdem beschleunige ich mein Tempo und lasse den Park bald hinter mir. Und leider auch die belebten Straßen. Je weiter ich mich von der Stadtmitte entferne, desto weniger Menschen sind unterwegs. Immer wieder drehe ich mich um und glaube manchmal, einen Schatten über die Hauswände huschen zu sehen.

Zum ersten Mal wünsche ich mir, dass Carmen eine Wohnung mitten im Kneipenviertel hat. Trotz dem Lärm, der Schlaf wahrscheinlich unmöglich macht.

Ich atme erleichtert auf als ich in unsere Straße einbiege. Hier kurz vor der Haustür wird mich sicher niemand überfallen. Carmens Haus ist nur noch wenige Schritte entfernt. Es erscheint mir wie das rettende Ufer für einen Schiffsbrüchigen. Gerade als ich in meiner Handtasche nach dem Schlüssel krame, packt mich jemand grob an den Oberarmen und reißt mich herum. Ich stoße einen spitzen Schrei aus.

»Du musstest dich ja unbedingt mit mir anlegen. Warum fügst du dich nicht einfach?« Diese Stimme kommt mir irgendwie bekannt vor. Als ich sein Gesicht sehe, bleibt mein Herz fast stehen. Valentin! Nein! Er hat mich bis nach Hause verfolgt!

»Bist du überrascht? Freust du dich, mich zu sehen?« Ein hässliches Grinsen verunstaltet sein Gesicht.

»Hau ab. Du hast hier nichts verloren.« Ich will nach ihm schlagen, doch er hält meine Hände wie in einem Schraubstock und lacht. »Komm schon Süße, jetzt hab dich nicht so. Es wird nicht weh tun.«

»Du sollst mich in Ruhe lassen«, kreische ich, »Verpiss dich! Sonst …«

»Was? Jagt deine Gastmutter mich dann mit ihrer Bratpfanne davon?« Seine Hand wandert zu meinem Hintern und kneift mich.

»Du Arsch. Lass mich los.« Ich trete nach ihm und verfehle mein Ziel nur knapp. Scheiße. Valentin lacht bloß. »Das war wohl nichts. Jetzt zeig ich dir wo's lang geht. Los, leg dich hin.« Zappelnd versuche ich ihm zu entkommen und kann so wenigstens verhindern, dass er mich auf den Boden schmeißt.

»Ich erzähle das alles Javier. Und Señora Ramirez. Du fliegst von der Schule. Du …« Ein scharfer Schmerz im Gesicht lässt mich aufstöhnen. Valentin hat mir ins Gesicht geschlagen. Meine Augen tränen. Ich weiß nicht, ob es von dem Schlag oder vor lauter Verzweiflung ist.

»Halt gefälligst dein Maul. Sonst …«

»Hey! Nimm die Finger von ihr!« Felipes tiefe Stimme lässt mich herumfahren und auch Valentin wirkt irritiert.

Entschlossen kommt Felipe auf uns zu. Sein düsterer Blick bohrt sich in Valentin. Der grinst entschuldigend. »Sorry, hab mich wohl geirrt.«

»Dein Lachen wird dir schon noch vergehen.« Mit erstaunlicher Kraft reißt Felipe ihn von mir weg und drückt ihn mit dem Rücken an die Hauswand.

»Hey was soll das? Wer bist du? Du … du spinnst ja«, stammelt Valentin.

»Halt dich von meiner Freundin fern.« Valentin schrumpft unter seinem Blick zu einem Häuflein Elend zusammen. »Ich will dich hier nie wiedersehen. Ist das klar?«

»Du kannst mir garnichts.« Valentins Stimme klingt piepsig. So cool wie er sich sonst immer gibt, ist er wohl doch nicht.

»Du weißt nicht was ich kann und das willst du auch garnicht wissen.« Felipe gibt ihm einen Schubs und Valentin stolpert scheppernd gegen ein paar Mülltonnen. »Hör auf hier zu randalieren und verpiss dich.«

In geduckter Haltung verschwindet Valentin um die Ecke. Fast könnte ich über seine Feigheit lachen, wenn ich nicht wüsste, was er mit mir vorhatte. Zitternd kauere ich am Boden. Starke Arme umfangen mich. Ich vergrabe das Gesicht an seiner Brust und spüre die harten Muskeln unter dem dünnen T-Shirt. Kein Wunder, dass Valentin Angst hatte. Felipe hätte ihn mit einem Schlag umhauen können.

»Es tut mir so leid. Ich wollte das nicht.«

»Hör auf dich zu entschuldigen. Du hast nichts falsch gemacht.«

»Oh Gott, ich … Ich glaub er wollte …« Schluchzend schlage ich mir die Hände vor Gesicht.

»Hey. Alles ist gut. Niemand tut dir weh.« Er nimmt meine Hände in seine. »Nicht, solange ich hier bin.«

Ich schaue zu ihm auf und kann immer noch nicht ganz glauben, dass er mich gerade vor einer Vergewaltigung gerettet hat. Sanft wischt er mir die Tränen aus dem Gesicht.

»Danke, dass du da bist.«

»Ich bin immer für dich da.« Er beugt sich zu mir herunter und wir versinken in einem langen zärtlichen Kuss.

»Es ist immer das Gleiche mit dir.« Carmens empörte Stimme hallt durch den Flur, als wir das Haus betreten.

»Lass mich doch einfach in Ruhe. Ich darf machen, was ich will«, entgegnet Benito trotzig. Sie müssen wieder im Wohnzimmer stehen.

»Du bist fünfzehn und ich werde nicht mitansehen, wie du dir dein Leben kaputt machst.«

»Es ist mein Leben. Das geht dich nichts an.«

»Benito.« Ihre Stimme wird sanfter. »Du weißt nicht was du da tust. In ein paar Jahren wirst du es bereuen.«

»Hast du Angst, dass es bei mir so endet wie bei Felipe? Ist das dein Problem?«

Kurz ist es still. Mein Herz rast. Was ist mit Felipe? Fragend schaue ich ihn an. Er wendet den Blick ab.

»Ich hoffe, dass du früher Vernunft annimmst«, sagt Carmen schließlich, »Lass es nicht darauf ankommen.«

»Lass uns gehen«, sagt Felipe, »Sie müssen uns hier nicht sehen.«

Zögernd folge ich ihm. Insgeheim warte ich auf eine Erklärung, aber ich weiß, dass sie nicht kommen wird. Felipe gibt genauso wenig Erklärungen ab wie er nicht nachhakt, wenn er merkt, dass ich nichts erzählen will. Aber ich kann das nicht. Ich muss es wissen.

»Was meint sie? Was ist passiert?«

Ausdruckslos sieht er mich an. Als hätte er garnicht gehört, dass ich was gesagt hab.

Ich stupse ihn an. »Felipe?«

»Nicht so wichtig«, weicht er aus und wendet sich zum Gehen.

»Bitte. Ich will nicht, dass etwas zwischen uns steht.« Flehend sehe ich ihn an.

Er seufzt. »Na gut. Ich hab Scheiße gebaut. Es war schlimm für sie, aber das ist vorbei.«

»Wirklich? Baust du keine Scheiße mehr?«

»Sicher nicht«, entgegnet er tonlos und verschwindet in seinem Zimmer. Verloren stehe ich im Flur und starre seine geschlossene Tür an. Ich werde das Gefühl nicht los, dass hier irgendwas nicht stimmt. Hinter dem Ganzen muss mehr stecken.

Ewig wälze ich mich im Bett hin und her. Entweder denke ich an Valentin und das was er mir antun wollte oder an das Gespräch, das wir belauscht haben. Und an Felipes seltsames Benehmen. Er war plötzlich wie ausgewechselt. Verschlossen und distanziert. So hab ich ihn noch nie erlebt. Was auch immer damals passiert ist, es muss etwas Schreckliches sein. So schrecklich, dass er jetzt immer noch nicht darüber reden kann. Lange denke ich darüber nach, was er getan haben könnte, komme aber schließlich zu dem Schluss ihn nicht mehr danach zu fragen. Inzwischen kenne ich ihn gut genug, um zu wissen, dass das alles nur noch schlimmer machen würde. Ich werde ihn nicht drängen, sondern kann nur hoffen, dass er sich mir irgendwann öffnet.

14. Kapitel

»Haben wir alles?« Carmen läuft wie ein aufgescheuchtes Huhn durch die Küche und den Flur. Ich packe ein paar Feigen und geschnittene Wassermelone in eine Box und stecke sie in meinen Rucksack. Heute werde ich zum ersten Mal in meinem Leben unter die *Domingueros,* die Sonntagsausflügler, gehen. Wir fahren mit einer Menge Essen und guter Laune ausgestattet mit der ganzen Familie raus vor die Stadt und machen uns einen schönen Tag. Wie tausend andere auch. Felipe hat mich gleich aufgeklärt, dass wir nicht alleine die Ruhe und Natur genießen werden.

Benito trottet als letzter die Treppen hinunter. Er wirkt verschlafen, doch sein mürrischer Gesichtsausdruck verschwindet als Dulce fröhlich quietschend auf ihn zuschießt. »Benito. Du kommst auch mit.«

»Natürlich. Ich freu mich schon die ganze Woche drauf.« Er drückt Dulce an sich und zwinkert mir zu. Ich weiß, dass er sich für seine kleine Nichte von seiner besten Seite zeigt und es steht ihm gut. Benito ist ein hübscher Junge. Vor allem, wenn er mal lächelt und seine Augen nicht blutunterlaufen sind. Abgesehen von den glatten Haaren und dem noch kindlichen Gesicht, könnte er Felipes Zwilling sein.

Ich trete hinaus auf die Straße und halte das Gesicht in die Sonne. Selbst jetzt in der Früh ist es schon sehr warm und ich hoffe, dass es dort, wo wir hinfahren, Schatten gibt.

Felipe steht am Kofferraum von Carmens Kleinwagen und verstaut irgendetwas. Wahrscheinlich Körbe mit Essen. Er und Carmen sind heute Morgen früh aufgestanden, um Tapas für unseren Ausflug zuzubereiten.

Verunsichert schaue ich zu ihm rüber. Seit gestern Abend haben wir noch nicht miteinander gesprochen. Wenn ich nur wüsste, was in seinem Kopf vorgeht. Die Antwort bekomme ich als er mit einem strahlenden Lächeln auf mich zukommt. Er ist und bleibt ein Meister der Verdrängung. Er lässt einfach nichts Negatives an sich ran. Das ist gleichzeitig bewundernswert und unheimlich. Ich frage mich, ob er vielleicht irgendwann unter dieser Last zerbrechen wird, aber ich weiß auch, dass ich ihm nicht helfen kann, solange er sich mir nicht öffnet. Also beschließe ich sein Spiel mitzuspielen.

»Alles klar?« Er zieht mich an sich und gibt mir einen kurzen Kuss.

»Das wird bestimmt schön heute. Dulce freut sich wie verrückt.«

»Benito auch. Es tut ihm gut mal rauszukommen.«

Kurz bin ich versucht den gestrigen Streit doch nochmal anzusprechen, als Benito mit Dulce auf dem Arm aus dem Haus rennt.

»Guck mal Mama, ich fliege.«

»Das ist ja toll, mein Schatz.« Alicia lächelt liebevoll. Dulce ist ihr ganzer Stolz.

Benito fährt mit Alicia und Dulce. Natürlich. Ich mache es mir allein auf der Rückbank von Carmens Auto bequem während Felipe sich ans Steuer setzt. Lange sind wir nicht unterwegs. Felipe fährt ein Stück aus der Stadt raus in eine wunderschöne bergige Landschaft, über der sich ein endlos blauer Himmel erstreckt.

Als wir aussteigen, trägt der Wind Stimmen und Lachen zu uns herüber. Auch auf dem Parkplatz, der nur aus einem staubigen Kiessplatz besteht, sind wir nicht allein. Aus einigen Autos steigen beeindruckend viele Menschen aus. Kleine Kinder laufen zwischen den parkenden Autos herum. Zwei kleine Hunde kläffen sich an. Mir bleibt fast das Herz stehen als ein kleines Mädchen knapp hinter einem ausparkenden Auto vorbeirennt. Eine ältere Frau kommt angelaufen und nimmt das Mädchen leise schimpfend auf den Arm.

»Luisa!« Felipe winkt mir aus einigen Metern Entfernung zu. In dem ganzen Durcheinander ist mir garnicht aufgefallen, dass die anderen schon gegangen sind. Wir laufen durch einen lichten Pinienwald. Zwischen den Bäumen haben sich Menschen mit ihren Picknickdecken ausgebreitet. Aber die meisten *Domingueros* hat es auf die staubige Lichtung verschlagen. Von hier aus hat man einen atemberaubenden Blick über die mit niedrigen Sträuchern bewachsenen Hänge und Feigenplantagen. Das Meer glänzt als silberner Streifen am Horizont. Zwischen ein paar Korkeichen tummeln sich

Schafe. Das wirkt alles so friedlich und ich finde es ein bisschen schade, dass so viele Menschen hier sind, die Lärm machen. Ich nehme mir vor nochmal allein hierher zu kommen. Früh am Morgen. Vielleicht mit Felipe. Nur wir beide. Eng umschlungen sitzen wir auf der Lichtung und genießen den wunderschönen Ausblick. Niemand, der uns stört ...

»Baaaaahhh!« Dulce schlingt ihre kurzen Ärmchen um meine Taille und reißt mich aus meinen Träumen.

»Hab dich. Jetzt muss du mich fangen.«

»Sollte ich nicht erst wegrennen, bevor du mich fängst?« Ich trete einen Schritt zurück. »Na los. Ich weiß, dass du schnell bist.«

Sie macht einen Schritt auf mich zu und ich weiche zwei Schritte zurück. Eine Weile macht sie das Spielchen mit. Dann erwischt sie mich am T-Shirt und kichert. »Aber jetzt musst du mich fangen.« Lachend läuft sie davon und weicht geschickt Decken und am Boden sitzenden Menschen aus. Ich gebe ihr Vorsprung. Kurz bevor wir Carmen und die anderen erreichen, packe ich sie und hebe sie hoch. Unter fröhlichem Gequietsche und Lachen setze ich sie auf die Decke.

»Du bist schnell, aber ich bin schneller.«

»Wenn ich groß bin, werde ich schneller als du.«

»Du hast bestimmt Hunger.« Alicia zieht sie auf ihren Schoß und kramt in dem Picknickkorb, den Carmen gepackt hat. Sie holen bunte Plastikboxen mit verschiedenen Tapas aus dem Korb und stellen sie in die Mitte. Kalte Tortillas, aufgeschnittene Chorizo, Schinken und

Käse, Oliven, Weißbrot, in Speck eingewickelte Datteln und eine kleine Schüssel mit Aioli, Knoblauchcreme. Bei dem Anblick läuft mir das Wasser im Mund zusammen. Um uns herum riecht es verführerisch nach Grillkohle und gebratenem Fleisch. Schnell greife ich nach einem Stück Tortilla und beiße davon ab. Lecker.

Alle reden wild durcheinander. Dulce klettert zwischen uns herum und legt Piniennadeln und Zapfen auf die Decke, die sie gesammelt hat. Felipe erzählt etwas aus der Arbeit und Alicia schwärmt von einem Kindergeburtstag, auf dem Dulce letzte Woche eingeladen war.

Irgendwann setze ich mich satt und zufrieden an den Rand der Decke und lasse die anderen weiter diskutieren. Ich beobachte die fröhlichen Menschen um mich herum und entdecke Benito, der auf eine Gruppe Pinien zusteuert. Verstohlen blickt er sich um. Unsere Blicke treffen sich. Er legt einen Finger an die Lippen und sieht mich flehend an. *Was hast du vor,* forme ich mit den Lippen. Benito schüttelt den Kopf und verschwindet hinter den Bäumen. Irritiert starre ich in die Richtung, doch er zeigt sich nicht mehr.

»Stimmt was nicht?« Felipe setzt sich neben mich.

»Benito.« Ich deute mit dem Kinn in die Richtung, in die er verschwunden ist. »Er hat sich weggeschlichen«, flüstere ich und schaue kurz rüber zu Carmen und Alicia. Sie sind glücklicherweise in ein Gespräch vertieft.

»Komm mit.« Er steht auf und streckt mir eine Hand hin. Ich ergreife sie und lasse mich von ihm hochziehen. Wir schlendern über die Lichtung und setzen uns auf einen großen flachen Felsen. Hier sind wir weitgehend ungestört. Felipe schlupft aus seinen Turnschuhen und streckt die Beine aus. Ich sitze so dicht neben ihm, dass ich seine Wärme spüre. Fast könnte ich vergessen, dass wir hier garnicht allein sind.

»Er kifft.«

»Was?«, frage ich abwesend.

»Benito. Er dreht sich gerade eine Joint.«

»Jetzt grade? Und er glaubt Carmen weiß das nicht?« Als ob sich so etwas verheimlichen lassen könnte. Selbst mir ist es an meinem ersten Tag sofort aufgefallen.

»Er will uns den Tag nicht verderben. Deshalb macht er es heimlich.« Es klingt beiläufig, doch ich sehe wie sein Kiefer sich anspannt. Vorsichtig greife ich nach seiner Hand. Seine Finger schließen sich um meine.

»Ist das der Grund warum er mit eurer Mutter streitet?« *Oder gibt es da noch etwas anderes?* fragen meine Augen.

»Mach dir darüber keine Gedanken. Das wird schon wieder.« Er lächelt zuversichtlich. »Alles geht vorbei. Hast du das vergessen?«

»Du kannst mir alles erzählen«, sage ich und meine Stimme hört sich fremd an. Hab ich das gerade wirklich gesagt? Ich wollte ihn doch nicht drängen.

Irritiert blickt er mich an. Schweigen. Die Stimmen im Hintergrund werden wieder lauter. Die Magie droht zu verschwinden.

›Tut mir leid.«

»Mach dir keine Sorgen. Ich bin nicht mehr so wie früher.«

»Wie warst du früher?«

Er wirft mir einen intensiven Blick zu. »Das ist vorbei.« Seine Lippen streifen meine, doch wir küssen uns nicht, verharren einfach in dieser Position. Wir sind uns so nah, dass ich seinen Herzschlag an meiner Brust spüre. Tief atme ich seinen würzigen Duft ein.

»Ich liebe dich«, hauche ich an seinen Lippen. Kurz frage ich mich warum ich diese Worte in letzter Zeit so oft benutze. Aber es ist die Wahrheit. Ich liebe diesen Mann. Er ist der schönste Mensch, dem ich je begegnet bin.

Felipe zieht mich in eine enge Umarmung. »Mi querida.«

Als die Sonne ihren höchsten Stand erreicht, ziehen wir uns mit unseren Decken und Körben in den Schatten der Pinien zurück. Viele Leute dösen vor sich hin. Manche haben zusammengepackt und sind nach Hause gefahren. Die Lichtung ist wie leergefegt. Bei der Hitze hält es niemand lange in der Sonne aus.

Selbst als Essen und Wein längst aufgebraucht sind, sitzen wir noch lange da und unterhalten uns. Benito sitzt mit Dulce etwas abseits. Hochkonzentriert baut sie Türmchen aus runden flachen Steinen, während er aus den braunen Piniennadeln Buchstaben legt. Der süßliche Geruch, der von ihm ausgegangen ist, als er von seinem kleinen »Ausflug« zurückgekommen ist, war unverkennbar. Aber niemand sagt etwas. Das ist kein Thema für einen fröhlichen gemütlichen Familienausflug.

Carmen erzählt von ihrem Heimatdorf Frigiliana. Es muss ganz hier in der Nähe sein. »Wir hatten eine wunderschöne Terrasse mit Blick über die Dächer und das Tal«, schwärmt sie, »Meine Mutter hat alles mit Oleander zugestellt.« Mit einem Lächeln wendet sie sich an mich. »Wir müssen unbedingt mal mit dir hinfahren. Es wird dir gefallen.«

»Das wäre toll. Ich war noch nie in einem weißen Dorf.« Die Vorstellung, dass in einem Ort alle Häuser strahlend weiß sind, hat mir schon immer gefallen. Es muss aussehen wie im Märchen.

»Wisst ihr noch? Als Kinder haben wir immer zwischen den Oleandersträuchern Verstecken gespielt«, wirft Alicia ein, »Für Dulce wäre es toll gewesen.« Ihre Stimme klingt traurig und trotzdem leuchten ihre Augen. Ich wünschte ich hätte auch solche Erinnerungen, aber ich hab meine Großeltern nie kennengelernt. Papas Eltern sind früh gestorben und Mamas Eltern haben den Kontakt abgebrochen als sie von ihrer Schwangerschaft erfahren haben. Wenn ich an meine Kindheit denke, sehe ich nur leere Schnapsflaschen, eine beengte Wohnung, die im Chaos versinkt und ein kleines Mädchen, das mit schweren Einkaufstüten beladen die Treppe eines schmuddeligen Mietshauses hochstapft. Manchmal kommt es mir so vor als wäre alles, was vor der Scheidung war, nie passiert. Dieser kleine Teil meines Lebens erscheint mir unbedeutend gemessen an meiner gestohlenen Kindheit.

»Jetzt ist Schluss mit dem traurigen Gerede«, reißt Carmen mich aus meinen Gedanken. Sie klatscht geschäftig in die Hände. »Ich dachte mir wir sollten uns endlich mal um unsere Terrasse kümmern.« Sie zwinkert mir zu. »Wir haben sie lange genug verfallen lassen.«

Enthusiastisch erzählt sie uns von ihren Plänen die kleine Terrasse zu gestalten. Wir reden alle wild durcheinander. Jeder will sich einbringen. Alle Probleme scheinen vergessen zu sein. Felipe wirft mir einen Blick zu, der sagt *Siehst du, ist doch alles ok.* Und ich weiß immer noch nicht ob ich besorgt oder beeindruckt sein soll, weil er und Carmen so gut darin sind alles Negative auszublenden.

Erst am späten Nachmittag fahren wir zurück. Carmen und Alicia verschwinden gleich auf der Terrasse. Dulce drückt sich mit einem Stapel Kinderbücher an mir vorbei und hüpft aufgeregt in dem kleinen Garten herum. Felipe erscheint in seiner Arbeitsuniform – Weißes Hemd und dunkle Jeans – in der Küche und kocht sich noch schnell einen Kaffee.

»Ich möchte mal ganz offen mit dir reden«, platze ich heraus. Überrascht von meiner Direktheit lässt er seine Tasse sinken und sieht mich verdattert an. Ich hab längst gelernt, dass man Probleme in Spanien wohl nicht so gerne direkt anspricht. Auch wer um einen Gefallen bitten will, fällt nicht mit der Tür ins Haus. Oft wird nur intensiv Smalltalk geführt und das eigentliche Problem totgeredet. Aber das mit Felipe und mir ist etwas anderes. Er ist mir schon zu oft ausgewichen.

»Ich will wissen wer du bist.«

»Aber das weißt du doch.« Er schaut mich an wie ein getretener Hund und sofort tut es mir leid, dass ich ihn so überfallen hab. Vielleicht sollte ich es langsamer angehen. Schließlich würde es mir auch nicht gefallen so überfallen zu werden.

»Es gibt so vieles, was ich über dich nicht weiß.« Diese ganze Heimlichtuerei zerrt langsam echt an meinen Nerven. »Weißt du noch? Du hast zu mir gesagt, ich soll mich nicht vor dir verstecken und das will ich auch garnicht mehr. Lass uns einfach ehrlich sein.«

Felipe stellt die Tasse ab und kommt auf mich zu. Seine Hände schließen sich um meine. Ein Blick in seine sanften braunen Augen lässt meine Knie weich werden. »Wenn ich dir etwas nicht sage, mach ich das nur um dich zu schützen. Ich will dich nicht mit Dingen belasten, die für dich nicht wichtig sind.«

»Aber es ist wichtig. Ich will doch nur …«

»Ich weiß.« Ich spüre seine weichen Lippen auf meinen. Sein Geruch umhüllt mich und ich vergesse meinen Protest. »Ich muss jetzt zur Arbeit. Bis später.«

»Ok«, entgegne ich lahm. Mein Blick klebt an seinen breiten Schultern und den schwarzen Locken, die sich im Nacken kringeln als er die Küche verlässt.

Nach dem Abendessen verabschiede ich mich früher als sonst in mein Zimmer. Alicia und Carmen sind so sehr in ihre Gespräche über die Terrasse vertieft, dass sie glücklicherweise keine Fragen stellen. Erleichtert schließe ich die Tür hinter mir. Die nächsten Stunden verbringe ich mit einem der alten Romane, die über meinem Bett stehen. Ich kann jetzt weder schon schlafen, noch will ich zu viel nachdenken.

Kurz nach Mitternacht höre ich wie Carmen und Alicia sich unten voneinander verabschieden und dann das Knarzen der alten Holztreppe. Ich warte bis im Haus alles still ist und beschließe dann, mich auch bettfertig zu machen. Schließlich muss ich morgen wieder früh raus. Leise öffne ich die Tür und schleiche durch den dunklen Flur. Auf dem Weg zum Bad stoße ich mit jemandem zusammen. Erschrocken weiche ich zurück und presse eine Hand auf den Mund, um nicht laut zu schreien.

»Kein Wort.« Benito. Ich spüre seinen Blick auf mir.

»Wo willst du hin?«, flüstere ich.

»Weg.« Er geht an mir vorbei, doch ich lege eine Hand auf seinen Arm. »Was ist los?«

Benito versteift sich und gibt ein genervtes Stöhnen von sich. »Nicht du auch noch.« Obwohl es stockdunkel ist, kann ich förmlich sehen wie er die Augen verdreht.

»Wir machen uns Sorgen um dich. Vor allein deine Mutter.«

»Die versteht überhaupt nichts. Sie kapiert nicht warum ich hier wegwill.«

»Warum willst du denn weg?«

Ein wütendes Schnauben. »Tu nicht so als hättest du unser Gespräch nicht belauscht. Ich hab dich doch gesehen.« Sein Flüstern wird lauter. Wir stellen uns näher zur Treppe. So weit weg wie möglich von Carmens Zimmer.

»Meine Mutter ist gerne hier. Sie würde sogar betteln gehen nur um in dieser blöden Stadt bleiben zu können.

Sie versteht nicht warum ich mehr will. Sie versteht garnichts.« Das klingt traurig.

»Und deshalb schleichst du dich nachts ständig weg?«

»Irgendwie muss ich das alles ja ertragen«, mault er. Seine Stimmung wird zunehmend schlechter. Beruhigend lege ich ihm eine Hand auf die Schulter.

»Und ständig kommt sie mir damit wie toll Felipe ist. Was er alles geschafft hat. Bla bla bla. Aber ich bin nicht Felipe.«

»Er hatte es auch nicht leicht, stimmts?« Vielleicht kann ich von ihm was erfahren.

»Bei ihm war es anders, aber was solls?«

»Aber Carmen hat gesagt er hätte erst spät damit aufgehört. Was meint sie damit?«

»Hä?«, kommt es empört von Benito. Oh Mist! Jetzt hab ich verraten, dass ich den anderen Streit auch belauscht hab.

»Sag mal hast du eigentlich …?«

»Schtt. Sie hört uns noch.«

»Ist mir egal. Ich hau jetzt ab.« Er schlägt meinen Arm weg.

»Warte. Was ist mit Felipe? Weißt du was? Er ist immer so verschlossen.«

»Ich verpfeif meinen Bruder nicht, aber wenn er dich wirklich mag, erzählt er dir irgendwann alles.« Mit diesen Worten dreht er sich um und lässt mich ratlos im Dunkeln stehen. Was Felipe angeht bin ich kein Stück schlauer als vorher. Aber eigentlich hätte mir klar sein sollen, dass Benito hinter seinem Rücken keine Geheimnisse ausplaudert. Was hab ich mir eigentlich dabei gedacht ihn so zu hintergehen? Beschämt gehe ich ins Bad, putze mir die Zähne und lege mich dann ins Bett. Eine Weile denke ich noch über Benito nach. Er hat einfach Zukunftsängste und trotz seiner liebevollen Familie fühlt er sich einsam und unverstanden. Ich kann ihn zu gut verstehen. Für meine Probleme hat sich auch nie jemand interessiert. Nur, dass bei mir wirklich niemand da war, mit dem ich darüber hätte reden können.

15. Kapitel

Entgegen meinen Befürchtungen lässt Valentin mich in Ruhe. Wenn wir uns im Flur begegnen, wirft er mir finstere Blicke zu, macht aber einen großen Bogen um mich. Felipes Verhalten muss ihn sehr abgeschreckt haben. Ich kann mir ein Grinsen nicht verkneifen, wenn ich daran denke, wie er Valentin in die Mülltonnen geschubst hat.

Obwohl ich in letzter Zeit kaum mit Anna und Matilda gesprochen hab, fällt mir sofort auf, dass heute etwas nicht stimmt. Matilda wirkt angespannter als sonst. Mit der Faust umklammert sie ihren Stift, schreibt aber kein Wort mit. Ständig wandert ihr Blick zu Josh und dann wieder zu Anna. Ich sehe sie fragend an, aber sie weicht meinem Blick aus.

Als es zur Pause klingelt, stürmt sie sofort aus dem Klassenzimmer. Kopflos renne ich hinterher. Ich muss endlich wissen was mit ihr los ist.

»Matilda! Warte!« Ohne sich umzusehen, verschwindet sie im Waschraum. Erleichtert stelle ich fest, dass sonst niemand da ist. Die Tür einer Kabine knallt zu. Durch die dünne Wand dringen Würgegeräusche.

»Matilda?« Besorgt klopfe ich an die Tür. »Was ist los?«

Die Tür zum Waschraum springt auf. Ich verstecke mich in einer Kabine und setze mich auf den Klodeckel.

Neben mir stöhnt und hustet Matilda. Das hört sich wirklich alles andere als gesund an. Irgendwie muss ich ihr doch helfen können.

»Luisa? Ich weiß, dass du hier bist«, ruft Anna, »Komm raus.«

Das lass ich mir nicht zweimal sagen. Jetzt oder nie. Ich stoße die Tür der Kabine auf und stehe direkt vor Anna. »Also? Was ist hier los?«

Mit schuldbewusster Miene sieht Anna mich an, dann zu der Tür, hinter der sich Matilda verbirgt. »Ich erzähl es dir. In Ordnung?«

»Nein Anna, das darfst du nicht …« Wieder ein Würgen.

»Ich muss es ihr sagen. Ich kann diese Heimlichtuerei nicht mehr ertragen. Wir hätten so gute Freundinnen werden können. Wenn nicht …«

»Josh?«, rate ich. Er steckt doch hinter dem Ganzen.

»Er spielt eine große Rolle.«

Wir gehen nach draußen auf den Flur und ziehen uns in eine ruhige Ecke zurück.

»Jetzt sag schon«, drängte ich ungeduldig.

Anna starrt ihre Schuhe an. »Matilda geht es nicht gut.«

»Das hab ich gehört, aber warum macht ihr so ein Geheimnis daraus? Was hat Josh damit zu tun? Warum können wir nicht normal miteinander reden?« Die ganze Wut sprudelt aus mir heraus. Ich hab es so satt immer nur vertröstet zu werden. Warum kann nicht einmal jemand ehrlich zu mir sein?

»Du verstehst das nicht.« Schluchzend schlägt sie sich mit der Hand vor den Mund. »Matilda ist schwanger.«

»Was?!« Meine Stimme dröhnt durch die leeren Flure und hallt von den Wänden wider. »Von Josh?«

Sie wischt sich mit dem Ärmel über die Augen. »Nein. Josh ist mein Bruder und Matilda ist unsere Cousine.«

»Äh …« Mir fehlen die Worte. Das sind zu viele Enthüllungen auf einmal. »Aber das … Wie …?«

Stockend erzählt mir Anna die ganze Geschichte. »Wir sind eine britisch-schwedische Familie. Matildas Eltern sind angesehene Ärzte. Sie haben einen Ruf zu verlieren. Als sie erfahren haben, dass Matilda schwanger ist, sind sie vollkommen durchgedreht. Sie haben uns vor die Wahl gestellt. Entweder sie beseitigt das Kind so bald wie möglich oder sie muss der Familie für immer den Rücken kehren.« Mit Tränen in den Augen sieht sie mich an. »Weißt du wie schrecklich das ist? Sie soll ihr Kind für die Familienehre opfern.«

»Anna.« Ich ziehe sie in eine enge Umarmung. »Wer ist der Vater? Kann er ihr nicht helfen?«

»Sie hat nicht mal mir erzählt wer es ist. Sie hat nur angedeutet, dass ihre Eltern ihn wohl so sehr eingeschüchtert haben, dass er sich aus dem Staub gemacht hat.«

Oh mein Gott. Was sind das nur für Leute? »Was wollt ihr jetzt machen?«

»Josh und ich haben uns was ausgedacht. Matilda soll sich ganz offiziell ein Jahr Auszeit nehmen und um die Welt reisen. Deshalb sind wir hier. Das ist der Anfang ihrer Reise. Wenn wir in drei Wochen hier fertig sind, fliegen wir alle drei nach Guatemala. Dort soll sie in sechs Monaten ihr Kind bekommen und dann zur Adoption freigeben. Weit weg von allem, sodass niemand etwas mitkriegt. Josh ist das Ansehen der Familie sehr wichtig. Deshalb soll er kontrollieren, dass sie ihr Kind auch wirklich abgibt und nicht heimlich mit ihm untertaucht. Ich bin zur Unterstützung da. Sie braucht mich. Josh ist manchmal sehr ...« Nervös spielt sie mit ihren Fingern. »Bestimmend. Er duldet keine Fehler. Alles muss glatt laufen. Er hat wahnsinnige Angst, dass einer von uns etwas weitererzählt.«

»Und deshalb hat er euch von mir ferngehalten. Er wollte nicht, dass ihr mir vertraut.«

»Und trotzdem hab ich es getan. Ich weiß, dass du niemandem etwas sagst. Bitte versprich es mir.« Sie umklammert meine Hände so fest, dass es wehtut. »Behalte das alles für dich. Wenn Josh erfährt, dass ich dir alles erzählt hat, wird er uns noch strenger bewachen.« Falls das überhaupt möglich ist. Schon jetzt lässt er sie kaum eine Sekunde aus den Augen. Es ist Glück, dass ich sie jetzt allein erwische.

Ich nicke. »Danke, dass du so ehrlich warst. Ich hab mir wirklich Sorgen gemacht.«

Anna lächelt. »Es tut gut endlich jemanden zum Reden zu haben.«

Die Tür zum Waschraum öffnet sich. Hinter uns steht Matilda. Bleich und mit rot geweinten Augen. Schluchzend fallen sie und Anna sich in die Arme und ich würde mich ihnen am liebsten anschließen.

Seit Annas Enthüllung vor einer Woche haben wir nicht mehr miteinander gesprochen. Josh hält sich jetzt rund um die Uhr in ihrer und Matildas Nähe auf. Als würde er ahnen, dass etwas anders ist. Ich hoffe, dass nicht eine der beiden schwach wird und ihm von unserem Gespräch erzählt. Fieberhaft überlege ich ob es einen Weg gibt Matilda zu helfen. Oft liege ich nachts wach und stelle mir vor wie es sein muss schwanger zu sein und zu wissen, dass man das eigene Kind nicht behalten darf. Matilda wird ihr Baby neun Monate in sich tragen, unter stundenlangen Qualen auf die Welt bringen und dann wahrscheinlich nicht mal im Arm halten dürfen. Wie kann eine Familie nur so grausam sein? Aber egal wie ich es drehe und wende. Es gibt keine andere Möglichkeit als das Kind wegzugeben, wenn Matilda nicht vollkommen allein dastehen will.

Ich bin froh, dass Carmen mich in die Renovierungsarbeiten für die Terrasse mit einspannt. Das lenkt mich wenigstens für ein paar Stunden von meinem endlosen Gedankenkarussell ab. Am Samstag fahre ich zusammen mit ihr und Felipe in einen großen Bau- und Gartenmarkt am Stadtrand. Carmen will als erstes nach Fliesen für die Terrasse schauen.

»Luisa, warum suchst du nicht ein paar schöne Pflanzen aus. Wir treffen uns nachher wieder hier.« Carmen legt Felipe einen Arm um die Schulter. »Felipe hilft dir beim Tragen.«

Sie zwinkert mir zu und lächelt und ich werde das Gefühl nicht los, dass sie Felipe und mich gerne zusammen sieht. Wieder einmal frage ich mich, warum es sie nicht stört, dass ihr Sohn ganz offensichtlich etwas mit der Gastschülerin hat. Schließlich ist das hier nicht für immer. Die drei Monate sind fast vorbei. Bald reise ich ab. Ich schlucke hart bei dem Gedanken. Wie soll es dann weiter gehen? Abgesehen davon, dass ich Felipe hier zurücklassen muss, bleibt immer noch die Ungewissheit, ob ich überhaupt einen Ausbildungsplatz irgendwo in der Reisebranche bekommen werde. Ich hab beschlossen mich auf nichts Bestimmtes festzulegen und einfach offen zu sein.

»Gehts dir nicht gut?« Felipe legt eine Hand auf meine Schulter, mit der anderen schiebt er den Wagen.

Ich seufze. Warum soll ich etwas beschönigen? Die Wahrheit ist nun mal bitter. »Ich bin nur noch acht Tage hier. Was ist mit uns?«

Er schiebt den Wagen an die Seite und streicht mir eine Haarsträhne aus dem Gesicht. »Du kommst wieder. Hast du das vergessen?«

»Natürlich kann ich dich mal besuchen, aber ich will nicht, dass … du so weit weg bist.«

»Mach dir keine Sorgen. Wir kriegen das schon hin.« Sein Daumen streicht sanft über mein Kinn. Meine Beine fühlen sich an wie aus Gummi. Ich atme tief durch und lege meine Hand auf seinen Arm.

»Ich mach mir immer Sorgen. Seit ich acht bin.«

»Dann ist jetzt der Zeitpunkt gekommen, um damit aufzuhören. Genieß einfach das Leben.«

Wenn das nur so einfach wäre wie es sich bei ihm anhört. Dazu kommt das Wissen, dass auch bei ihm nicht immer alles so schön war wie jetzt. »Was ist mit dir? Hattest du nie Probleme oder Sorgen? Das verschwindet doch nicht alles von selbst.«

»Aber viele Probleme kommen dir nur noch schlimmer vor, wenn du ständig darüber nachdenkst. Nicht alles ist so schlimm wie es auf den ersten Blick aussieht.«

»Aber was …?«

Er legt mir einen Finger auf die Lippen. »Denk nicht so viel. Sei einfach glücklich.«

Seine warmen Hände fühlen sich an wie Sonne auf meiner Haut. Einfach glücklich sein. Vielleicht sollte ich es wenigstens versuchen, die nächsten acht Tage einfach genießen. Mit Felipe. Danach werden wir sehen, wie es weiter geht, aber eins ist klar. Ich werde Felipe nicht aufgeben. Egal, was er vor mir verheimlicht. Wenn er so weit ist, wird er es mir erzählen und dann finden wir eine Lösung.

»Willst du wirklich nicht mit an den Strand?« Mandy zieht spielerisch am Träger meiner Tasche als wir aus dem Bus steigen. Den Nachmittag haben wir im klimatisierten Aufenthaltsraum der Schule verbracht.

»Ich hab noch was Wichtiges zu erledigen.«

»Vielleicht gibt es dort heiße Typen«, wirft Silvana ein.

»Sie hat doch einen Freund«, zischt Mandy.

»Stimmt. Wann lernen wir den eigentlich kennen? Du bist ja nur noch eine Woche hier.«

»Ich schick euch nachher ein Foto.«

Mit einem Anflug von schlechtem Gewissen verabschiede ich mich. Ich möchte Felipe bei der Arbeit überraschen.

Und zwar ohne meine Freundinnen. Das bisschen Zeit, das ich noch mit ihm hab, ist zu kostbar, um es zu teilen.

Obwohl es selbst jetzt noch viel zu heiß ist um sich anzustrengen, mache ich mich auf den Weg in die Stadt. Gemütlich schlendere ich durch die fast leeren Straßen. Nur aus den Bars dringen Musik und Stimmen nach draußen. Die Bar, in der Felipe arbeitet, liegt mitten im Kneipenviertel. Ich lasse meinen Blick über die Eingangstüren und Namen der Restaurants wandern. Ich brauche nicht lange um es zu finden. Unter einer dunkelroten Stoffmarkise stehen bunt durcheinander gewürfelte Tische und Stühle im Used-Look. Einige Stühle sind blau oder rot angemalt. Bei manchen blättert kunstvoll die Farbe ab. Ich entdecke einen Stuhl in Rost-Optik. Abends, wenn die drückende Hitze nachlässt, muss es cool sein hier draußen zu sitzen.

Drinnen ist es angenehm kühl. Die Wände sind mit dunklem Holz verkleidet. Nur die Wand hinter der Theke ist mit orientalisch gemusterten Fliesen verziert. Obwohl nur ein paar Tische besetzt sind, ist es laut, wie in allen spanischen Bars. Stimmen und Gelächter vermischen sich mit spanischer Popmusik. Hinter der Theke stehen zwei Kellner in weißen Hemden. Sie unterhalten sich, während einer von ihnen Gläser abtrocknet. Felipe ist nicht da. Suchend lasse ich meinen Blick durch den Raum schweifen, doch auch zwischen den Tischen kann ich ihn nicht sehen.

Der Typ mit dem Glas in der Hand grinst. »Wie sieht er denn aus? Vielleicht war er hier.«

Ich stütze mich mit einem Arm an der krümeligen Theke ab. »Ich will mit Felipe reden. Ist er noch da?«

»He Felipe!«, ruft der andere, »Deine Freundin ist da!« Röte schießt mir ins Gesicht. Glücklicherweise scheint sich hier niemand dafür zu interessieren. Doch, Mist! Ein Typ steht auf und kommt mit einem breiten Grinsen auf mich zu. Es ist Paco.

»Was machst du hier?«, frage ich, immer noch peinlich berührt.

»Ich besuche deinen Freund bei der Arbeit. So wie du.«

In dem Moment kommt Felipe aus einer Seitentür, wahrscheinlich die Küche. Ungläubig sieht er mich an. Ein warmes Lächeln huscht über sein Gesicht. »Hast du mich so sehr vermisst?«

»Überraschung gelungen, würde ich sagen.«

Er greift nach meiner Hand, die auf der Theke liegt. »In einer halben Stunde bin ich hier fertig. Dann können wir woanders hingehen.«

»Ja, lass uns am Hafen Burger essen«, schlägt Paco vor. Ich werfe einen irritierten Blick in seine Richtung. Felipe scheint das nicht zu bemerken. »Klar, da waren wir schon ewig nicht mehr.«

»Super, ich ruf Pili an.« Enthusiastisch tippt Paco auf seinem Handy herum und plärrt kurze Zeit später in den Hörer. Ich kann Pilis begeisterte Ausrufe durch den Lautsprecher hören. Ein dicker Klotz bildet sich in meinem Magen. Enttäuschung. So hatte ich das nicht geplant. Trübselig starre ich auf den dunklen Holztresen und schiebe einen Krümel hin und her.

»Alles ok?« Kräuterduft umhüllt mich.

»Naja, ich dachte nur wir …« Sehnsüchtig betrachte ich sein schönes Gesicht, braune Augen, die mich voller Zuneigung ansehen. »Natürlich. Später.«

***

Trotz meiner anfänglichen Enttäuschung, Felipe nicht für mich allein zu haben, wird es ein lustiger Abend. Es erscheint mir wie das Selbstverständlichste der Welt hier mit Felipe und seinen Freunden zu sitzen und mich in plärrender Lautstärke zu unterhalten, um den Lärm zu übertönen. Ich kann kaum glauben, dass ich das in einer Woche schon hinter mir lassen muss. Zu Hause warten der Alltag und eine ungewisse Zukunft auf mich. Und Mama, die sich schon seit Ewigkeiten nicht mehr gemeldet hat. Ob sie sauer ist? In den letzten Wochen ist so viel passiert, dass ich kaum einen Gedanken an sie verschwendet hab. Aber eigentlich müsste sie doch schon ganz krank vor Sorge sein.

»Wie lange willst du den Burger noch verliebt anstarren?« Pacos Stimme reist mich aus meinen Gedanken und ich blicke in drei lachende Gesichter.

»Wenn du Hunger hast, kauf ich dir noch einen.« Mit einem verschmitzten Grinsen schiebt Felipe seinen Stuhl nach hinten.

»Lass gut sein. Ich hab genug gegessen.«

»Du hast nie genug.« Pili streichelt über Pacos kleines Bäuchlein.

»Aber du könntest noch was vertragen.« Sie tätschelt meinen Arm, der auf dem Tisch liegt. »Geben die dir nichts zu essen?« Pili schwenkt ihr Glas in Felipes Richtung.

»Wir werden gut ernährt. Wir müssen dir noch Paella einpacken, bevor du gehst.«

Ich stimme in das allgemeine Gelächter mit ein und fast vergesse ich meine bevorstehende Abreise. Wenn es doch nur immer so schön sein könnte.

Der Himmel färbt sich rot. Die Promenade füllt sich mit Menschen, die sich schick gemacht haben und fest entschlossen sind einen schönen Abend zu haben. Langsam versinkt die Sonne im Meer und ich wünschte meine Probleme und Sorgen würden mit ihr untergehen.

Wir machen uns auf den Weg zum Strand. Paco und Pili bleiben immer wieder stehen und küssen sich. So eng umschlungen vor dem roten Himmel geben sie ein schönes Bild ab. Ich drehe mich nach Felipe um und stelle fest, dass er nicht da ist.

»Wir haben Felipe verloren.«

»Hm, ich weiß nicht. Hab nichts gesehen.« Mit einem verträumten Ausdruck in den Augen streichelt Pili Pacos Schulter.

»Der hat bestimmt jemanden getroffen. Er wird uns schon finden.«

Der nächtliche Strand ist bevölkert von Gruppen junger Leute und Eltern mit kleinen Kindern. Das Meer liegt glatt und dunkel vor uns, wie ein Tuch und geht fast nahtlos in den inzwischen schwarzen Himmel über. Im silbrigen Mondlicht sehe ich ein paar Menschen im Wasser plantschen. Ein leichter Wind weht und es ist angenehm warm.

Wir lassen uns auf den Steinen nieder, dort wo ich Felipe und Paco das erste Mal am Strand getroffen hab. Arm in Arm sitzen Pili und Paco da und schauen aufs Meer. »Weißt du wie wir uns kennengelernt haben? Paco hat mich fast umgerannt.« Sie kichert leise. »Vor dem Snackautomaten. Und dann hat er mir geholfen meine Münzen einzusammeln.«

»Mich *hat* er umgerannt. Nur drei Meter von hier entfernt hab ich einen Tauchgang hingelegt.«

Pili lacht. »Wirklich?«

»Ich wollte das Foto meines Lebens machen, aber das hab ich inzwischen nachgeholt.«

»Mein Paco wird mal berühmt mit seinen Fotos.«

»Ein eigener Bildband wäre toll. Nur mit Fotos von unseren Stränden. Das Leben hier ist vielfältig.«

Nachdenklich lasse ich eine Hand durchs Wasser gleiten. Paco weiß ganz genau, was er will, während ich meinen Weg noch finden muss. Aber das werde ich und auch mit Felipe wird es irgendwie weitergehen. Wenn nur nicht immer noch seine Geheimnisse zwischen uns stehen würden.

»Felipe hat gesagt ihr habt mal im selbem Restaurant gearbeitet. War das Absicht?« Obwohl ich vor gespannter Erwartung fast platze, versuche ich beiläufig zu klingen.

»Wir kannten uns vorher nicht. Jose hat ihn eines Tages plötzlich angeschleppt und gesagt, er braucht einen anständigen Job. Felipe war damals wie diese Typen, die man auf der Straße aufsammelt.« Angespannt verschränke ich meine Finger ineinander.

»Er sah aus wie jemand, der etwas Schlimmes gesehen hat. Aber Jose hat ihn wieder zu einem Menschen gemacht. Wer weiß wo die zwei sich getroffen haben. Ich glaube seine Mutter kennt Jose von früher und hat ihn gebeten Felipe einzustellen.« Er zuckt mit den Schultern und verzieht die Lippen zu einem kleinen Grinsen. »So sind Mütter nun mal. Sie machen sich Sorgen.«

»Hat er mal mit euch darüber geredet? Über das was davor war?«

»Uns hat er auch nichts erzählt«, wirft Pili ein, »Nur, dass er viel Scheiße erfahren hat. Alkohol, Drogen. Aber wir wissen alle, dass da mehr ist.«

Mein Magen zieht sich schmerzhaft zusammen. Was kann so schlimm sein, dass er es niemandem erzählen will? Was kann ein wundervoller hilfsbereiter Mensch wie er angestellt haben, das ihn so sehr zerfrisst?

»Dir vertraut er. Ich glaube du bist seine erste Freundin seit ich ihn kenne. Als wir noch zusammengearbeitet haben, hat er alle Frauen abblitzen lassen.«

»Ich dachte schon er wäre schwul und schämt sich«, ruft Pili, »Bis er mal angedeutet hat, dass da irgendwas war mit einer Frau. Er hat nie ihren Namen erwähnt. Die muss ihn ziemlich verletzt haben.«

»Das tut mir leid. Ich wüsste so gerne was los ist.«

Paco legt mir einen Arm um die Schulter. »Du bist der erste Mensch, dem er richtig vertraut. Du musst was Besonderes sein.«

Nicht besonders genug. Sonst hätte er mir längst alles erzählt. Bedeutet Vertrauen nicht, dass man absolut ehrlich zueinander ist?

»Hey.« Felipe lässt sich zwischen mich und Paco gleiten. Es herrscht betretenes Schweigen.

»Alles klar?« Ob er ahnt, dass ich die anderen über ihn ausgefragt hab? So viel zu Vertrauen. Ich bin echt eine miese Freundin.

»Wir dachten du wärst verschwunden«, scherzt Paco.

»Ich hab einen alten Freund getroffen.« Dann sieht er mich an. »Ich wette du hast noch nie nachts im Meer gebadet.«

Ich erwidere sein Grinsen. Wir springen auf und laufen über die Felsen. Im Laufen ziehe ich mir das T-Shirt über den Kopf. In BH und Rock renne ich ins Wasser. Felipe zieht mich in eine stürmische Umarmung, sodass wir fast umfallen. Lachend klammere ich mich an ihn. Das nasse weiße T-Shirt klebt an ihm wie eine zweite Haut. Darunter zeichnet sich sein Sixpack ab. Fasziniert streiche ich mit den Fingern über seinen Bauch und spüre den schnellen Rhythmus, in dem er sich hebt und senkt. Er umfasst mein Gesicht mit beiden Händen und küsst mich. Erst sanft, dann immer fordernder. Der sandige Boden gibt unter meinen Füßen nach. Felipe hält mich fest. Sein Atem streicht über meine Wange. »Lass uns gehen.«

Pili und Paco sind nicht mehr da als wir zurück auf die Felsen klettern. Irgendwie bin ich erleichtert. Endlich hab ich Felipe für mich. Ich lege den Kopf an seine Schulter und betrachte die blinkenden Lichter der Stadt unter dem dunklen Himmel.

»In wünschte ich könnte bei dir bleiben.«

»Bleib doch. Ich besorg dir einen Job.«

Ein Kichern kommt über meine Lippen. »Das meinst du nicht ernst.«

»Wieso nicht?«

»Du weißt, dass das nicht geht. Meine Mutter wartet zu Hause auf mich.«

Er seufzt traurig. »Ich weiß. Das versteh ich. Ich will dir nur noch so viel zeigen. Du hast noch längst nicht alles gesehen.«

»Ja, ich weiß. Ich …«

»Am Donnerstag hab ich frei. Lass uns zusammen wohin fahren. Ich zeig dir, wo meine Mutter herkommt.«

»Aber die …« Er verschließt mir die Lippen mit einem schnellen Kuss.

»Vergiss die Schule. Bin ich dir nicht wichtiger?«

Das geht nicht, will ich ihm sagen. Ende der Woche kriegen wir unsere Teilnahmebescheinigung, aber das muss Felipe nicht wissen. Das letzte, was er jetzt braucht, ist ein Gewissenskonflikt meinetwegen.

»Ich muss nicht hingehen«, höre ich mich stattdessen sagen. Sicher kann ich die Bescheinigung auch auf anderem Weg bekommen.

16. KAPITEL

Der Donnerstag kommt früher als erwartet. Die ganze Woche hab ich an nichts anderes gedacht als an meinen bevorstehenden Ausflug mit Felipe. Mein Herz führt einen Freudentanz auf als mir klar wird, dass ich ihn einen ganzen Tag für mich allein haben werde. Vorhin hat er mich sogar aufgefordert eine Zahnbürste und etwas zum Wechseln mitzunehmen. Was er wohl vorhat? Ich werde ihm wohl einfach vertrauen müssen und bin erstaunt, wie leicht mir das inzwischen fällt. Mit Felipe hab ich in drei Monaten etwas geschafft, wovor ich jahrelang Angst hatte. Mich fallen lassen und einfach mal die Kontrolle abgeben. Es fühlt sich unbeschreiblich schön an sich mal nicht um alles kümmern zu müssen.

Die warme Sommersonne taucht die Häuser von Malaga in ein gelbes Licht als wir die Stadt verlassen. Wir fahren am Meer lang, das sich wie ein blau-silbriges Band bis zum Horizont erstreckt. Ich betrachte Felipes Profil, während er auf die Straße schaut. Er sieht mich an und lächelt.

»Du siehst glücklich aus«, bemerkt er.

»Ich hab dich. Du machst mich glücklich.«

Ein seltsamer Ausdruck tritt in seine Augen. Angst? Unsicherheit? Doch er ist genauso schnell wieder verschwunden und ich frage mich ob ich mir das nur eingebildet hab.

Unsere erste Station ist eine kleine Bucht unterhalb der Straße. Felipe stellt den Wagen am Straßenrand ab und führt mich eine Holztreppe mit breiten flachen Stufen hinunter zu einem schmalen Strandabschnitt. Außer uns ist niemand da. Der Sand ist grob und dunkel.

Schweigend sitzen wir nebeneinander im warmen Sand, aber es ist kein unangenehmes Schweigen. Es hat etwas befreiendes einfach dazusitzen, dem Meeresrauschen und unserem Atem zu lauschen. Ich bin hier mit Felipe. Allein das macht den Moment perfekt. Manchmal könnte ich fast vergessen was ich vor drei Monaten in München zurückgelassen hab. So vieles hat sich geändert, seit ich hier bin. Seit Wochen hab ich kaum einen Gedanken an die Scheidung oder meine gestohlene Kindheit verschwendet. Oder an Dani. Meine kindische Schwärmerei für ihn kommt mir vor, als wäre es in einem anderen Leben gewesen. Ist mir wirklich nie aufgefallen wie wenig er sich für mich interessiert? Nichts hat darauf hingedeutet, dass er mich mag. Ein paar hohle bedeutungslose Sprüche. Sonst nichts. Damals hab ich mich über seine Aufmerksamkeit gefreut, mich als etwas Besonderes gefühlt. Inzwischen weiß ich, dass das nichts als Wunschdenken war. Ein naives Mädchen, das sich nur etwas vormacht. Aber jetzt weiß ich, was es bedeutet von einem Mann geliebt zu werden. Felipe ist einfach da. Er war da. Er war da, als mir klar geworden ist, dass ich ihn liebe. Und er war da, als ich es noch nicht wusste.

»Gefällt es dir hier?« Felipe streicht mir eine Strähne hinters Ohr.

»Ja, es ist schön mal nicht unter Leuten zu sein.«

»Dieser Strand ist was Besonderes. Ich bin früher oft hierher gekommen, wenn ich traurig war oder in Ruhe nachdenken wollte.« Er zerbröselt Steinchen und Muschelschalen zwischen seinen Fingern und wirkt dabei sehr nachdenklich.

»Warst du oft traurig?«

Felipe hebt eine strahlend weiße Muschel auf und dreht sie zwischen Daumen und Zeigefinger.

»Als ich klein war, hat meine Mutter mir gesagt, dass jede ganz weiße Muschel für einen Wunsch steht. Ich hab oft nach welchen gesucht und sie ins Meer geworfen und mir was gewünscht.«

»Und was hast du dir gewünscht?«

»Ich wollte immer wissen wer mein Vater ist. Ich hab bestimmt hundert Muscheln ins Meer geworfen und mir gewünscht, dass meine Mutter mir endlich etwas über ihn erzählt.« Er seufzt traurig. »Aber sie hat jedes Mal geweint. Irgendwann hab ich mir dann gewünscht, dass sie glücklich ist und als ich älter geworden bin, hab ich begriffen, dass ich sie einfach nicht mehr fragen darf.«

Ich umschließe seine Hand, mit der Muschel darin. »Wir haben beide kein Glück mit Vätern.«

»Aber deiner war für dich da.«

»Acht Jahre. Und dann ist er gegangen. Meine Mutter ist daran zerbrochen. Am Anfang hab ich ihm die Schuld dafür gegeben, dass es ihr schlecht geht. Je mehr

Zeit vergangen ist, desto mehr hab ich ihr die Schuld für meine trostlose Kindheit gegeben.«

»Ich war auch oft wütend auf meine Mutter. Zu oft. Aber manchmal haben Eltern einfach keine andere Wahl als so zu handeln, wie sie es eben tun.«

Glaubt er das wirklich? Wenn ich das nur von Mama auch behaupten könnte. »Seit ich acht bin, musste ich mich um alles kümmern. Die Einkäufe, den Haushalt. Meine Mutter hätte mich komplett verwahrlosen lassen. Glaubst du sie hat einmal darüber nachgedacht, wie es für mich war, für alles Verantwortung zu übernehmen? Ich war ein Kind, aber ich musste wie eine Erwachsene sein.« Mein Gesicht glüht. Die ganze Wut, die ich in den letzten Wochen verdrängt hab, kommt wieder hoch. Der Schmerz verschwindet nie ganz. Er versteckt sich nur für eine Weile, um dann mit voller Wucht zurück zu kehren.

Felipe fasst mich an den Schultern. »Menschen haben Gründe für ihr Verhalten. Wir verstehen sie nur nicht immer. Manchmal verstehen wir nicht mal uns selbst.« Nicht mal ein Hauch von Wut liegt in seiner Stimme. Wie schafft er es immer so ruhig zu bleiben?

»Deine Mutter hat dir bestimmt nicht mit Absicht wehgetan. Sie hat darunter gelitten. Deshalb hat meine Mutter auch nie über meinen Vater gesprochen. Sie konnte es nicht.«

Obwohl wir nicht sofort weiter gefahren sind, konnte ich mich nicht dazu durchringen eine weiße Muschel zu suchen und sie zusammen mit einem Wunsch ins

Meer zu werfen. Ich wüsste ja nicht mal was ich mir wünschen sollte. Mein Leben ist ein einziges Chaos. So vieles könnte anders sein. Besser.

Schweigend sitzen wir in Auto. Ich starre auf die Straße vor uns. Felipes Worte schwirren mir durch den Kopf. Sie konnte es nicht. Ein Bild von Mama taucht vor meinem inneren Auge auf. Wie sie umgeben von zerknüllten Taschentüchern in ihrem ungemachten Bett liegt. Ein kleines Mädchen kniet sich neben ihr auf den Boden.

»Kommt Papa nicht wieder?«

Ihr Mund bewegt sich und das Mädchen muss sich nach vorne beugen um sie zu verstehen. »Ich schaffe das nicht. Du musst mir helfen.«

Sie nickt. »Ich helfe dir. Was soll ich machen?«

»Nur ein bisschen aufräumen. Machst du das für mich? Bis es mir wieder besser geht.«

Am Anfang tat ich ihr eine Menge Gefallen. Jeden Tag. Mehrmals am Tag. Ich wollte ihr helfen. Ich wollte, dass es ihr besser ging. Aber es wurde nicht besser. Ich gewöhnte mich daran zu putzen und einzukaufen. Und sie gewöhnte sich daran im Bett zu liegen und sich in ihre Trauer hineinzusteigern. Niemand war da, der uns helfen konnte und ich vertraute mich niemandem an. Damals hätte sie schon professionelle Hilfe gebraucht, doch erst vor zwei Jahren hat sie es geschafft sich aufzuraffen und eine Therapie zu machen. Ihr erster Schritt zurück in ein normales Leben. Und das auch nur, weil ich angefangen hab über einen Auslandsaufenthalt nachzudenken. Der Gedanke, ohne meine

Unterstützung da zu stehen, hat ihr Angst gemacht und sie gleichzeitig angespornt endlich etwas zu ändern.

Es war die richtige Entscheidung zu gehen. Sonst hätte sich nie etwas geändert. Mama ist in ihre Trauer reingewachsen. Sie war ein Teil von ihr und ich hab ihr all die Jahre geholfen sie aufrecht zu erhalten.

»Luisa?« Belustigt zieht Felipe einen Mundwinkel nach oben. »Willst du nicht aussteigen?«

»Aussteigen?«

Verwirrt sehe ich mich um. Wir stehen auf einem kleinen Parkplatz. Hinter uns führt eine breite asphaltierte Straße den Berg hinauf. Hinter weißen Häusern erstrecken sich blassgrüne trockene Hügel und dahinter das Meer als schmaler blauer Streifen.

»Wo sind wir?«

»In Frigiliana.« Er lacht leise und warm. »Hast du geschlafen?«

»Nein, ich …« Hab über das nachgedacht, was du gesagt hast. Aber das erscheint mir unpassend. Wir sind hier um eine schöne Zeit zu haben und so wie ich Felipe kenne, wird er nicht weiter über ernste Dinge sprechen wollen.

Zusammen mit Busladungen von Touristen erkunden wir die Gassen der kleinen Stadt. Ausnahmslos alle Häuser sind weiß. Ihre Fassaden leuchten in der Sonne. Die kleinen Pflastersteine bilden Muster auf den Straßen. Vor den bunt gestrichenen Haustüren stehen Töpfe mit Geranien, Oleander und Palmen. Und überall drängeln sich Menschen, die Fotos machen. Begeistert mache auch ich ein paar Fotos von den gemusterten Straßen, blauen Türen und riesigen Bougainvilleas, die sich an den Wänden mancher Häuser emporranken.

Nachdem wir unzählige Stufen überwunden haben, erreichen wir einen kleinen Aussichtspunkt, an dem gerade fast niemand steht. Von hier hat man einen atemberaubenden Blick über die sich aneinanderschmiegenden weißen Häuser und viereckige gekachelte Dachterrassen. Es muss traumhaft sein hier zu leben. Besonders im Herbst, wenn die Touristenmassen langsam verschwinden.

»Danke, dass du mich hergebracht hast. Es ist wunderschön.«

Felipe legt einen Arm um meine Taille und zieht mich an sich. »Wir kommen mal im Winter her. Da ist es viel schöner.«

Er deutet auf ein niedriges Haus, an dessen einer Seite sich pinke Blumen hochranken. Auf der Terrasse stehen zwei Liegestühle und ein ausladender Bastschirm. Auf einer kleinen Mauer reihen sich Tontöpfe aneinander. »In dem Haus ist meine Mutter aufgewachsen. Früher waren wir oft hier.«

»Und jetzt nicht mehr?«

»Das Haus gehört jetzt einer anderen Familie. Aber manchmal komm ich her und schau es mir an. Als Erinnerung.«

Mitfühlend streiche ich seinen Arm. Es ist das erste Mal, dass Felipe mir von sich aus seine verletzliche Seite gezeigt hat.

Schweigend stehe ich neben ihm, während er nachdenklich auf das Haus seiner Großeltern schaut. Ich dränge ihn nicht weiterzugehen. Schließlich weiß ich selbst wie es ist, zu wissen, dass etwas unwiederbringlich verloren ist.

»Lass uns gehen«, sagt er nach einer Weile.

Wir steigen die vielen Treppen wieder hinunter in den Ort. »Tut mir leid. Das mit dem Haus und …«

Felipe drückt meine Hand. »Dir muss nichts leidtun. Genieß einfach den Tag.«

Während wir durch die engen Straßen schlendern, die sich allmählich mit Einheimischen füllen, betrachte ich unsere ineinander verschlungenen Finger und mir fällt auf wie perfekt meine Hand in seine passt. Kann das Zufall sein?

Vor einem Haus mit einer schmalen zweiflügeligen blauen Tür bleiben wir stehen. Zu beiden Seiten stehen kleine Feigenbäume in großen Plastiktöpfen und ein paar kleinere Kakteen. Zwei breite Stufen führen zur Tür. Felipe klopft an.

»Was machen wir hier? Wer …?«

Die Tür öffnet sich und eine rundliche kleine Frau mit Brille lächelt auf uns herab. Sie strahlt über das ganze Gesicht und begrüßt Felipe mit ein paar trockenen Wangenküsschen und schließt auch mich kurz in die Arme.

»Schön, dass ich dich auch mal kennenlerne. Ich zeig euch die Wohnung.«

Die Wohnung? Er hat eine Wohnung für uns gemietet?

Felipe, der meinen erstaunten Gesichtsausdruck wohl bemerkt hat, streicht mir sanft mit den Fingern über den Rücken. »Überraschung gelungen«, flüstert er mir ins Ohr und mir läuft beim Klang seiner Stimme ein wohliger Schauer über den Rücken. Er will hier mit mir übernachten. Wir werden eine ganze Nacht zusammen – allein – in einem Zimmer verbringen.

Die Wohnung ist wirklich traumhaft schön. Ein graues bequem aussehendes Sofa mit bunt zusammen gewürfelten Kissen trennt den großen Raum in Küche und Wohnzimmer. Von dem kurzen Flur führt eine Tür ins Bad und eine ins Schlafzimmer. Ich stoße die Tür auf und stelle fest, dass nur ein Ehebett und zwei Nachtkästchen drin stehen. Über dem Bett hängt ein riesiges Bild, das einen romantischen Sonnenuntergang zeigt. Wie kitschig. Das hat er doch hundertpro vorher gewusst.

Zum Schluss zeigt seine Bekannte uns noch die Terrasse. Besonders groß ist sie nicht, aber sehr gemütlich mit dem runden Holztisch und den hell gepolsterten Korbsesseln. Wie die meisten Terrassen hier ist sie von einer niedrigen weißen Mauer umgeben. Direkt unter uns befindet sich eine ruhige Straße. Wenn man nach links schaut, bietet sich ein Blick über ein paar Dachterrassen am Stadtrand und die Berge dahinter.

Hinter uns klimpert etwas leise. Ich drehe mich um. Die Frau ist verschwunden und ich bin mit Felipe allein. Fast wie zu Hause. Nur, dass ich noch nie in seinem Schlafzimmer war und sonst auch noch Carmen und Benito da sind.

»Gefällts dir?«

»Ja sehr, aber warum hast du nichts gesagt?«

Ein amüsiertes Grinsen huscht über sein Gesicht. »Was dachtest du denn wofür du die Tasche packen solltest?«

»Na ja, ich …«

Beschämt senke ich den Blick. Den ganzen Tag über hab ich keinen Gedanken daran verschwendet, dass Felipe tatsächlich vorhaben könnte mit mir irgendwo zu übernachten und wie seltsam es sich plötzlich anfühlen würde. Es ist eine Sache mit Felipe durch ein weißes Dorf zu laufen oder mit ihm in Carmens Küche zu stehen. Aber hier, allein in einer Wohnung. Das ist so … intim. Sind wir wirklich schon so weit?

Sanft hebt er mein Kinn an. »Du musst keine Angst haben. Wir machen nichts was du nicht willst.«

Ich sehe ihm lange in die Augen. »Ich weiß. Ich vertrau dir.«

Er gibt mir einen kurzen Kuss. »Ich hol unser Gepäck.«

Mit einem liebevollen Lächeln dreht er sich um und verschwindet nach drinnen. Ich höre, wie die Tür ins Schloss fällt und Schritte auf der Treppe.

Mit einem lange unterdrückten Seufzer lasse ich mich in einen der Sessel fallen. Ich fühle mich immer noch total überrumpelt. Letztes Wochenende am Hafen hat er noch Witze über meine bevorstehende Abreise gerissen und jetzt hat er eine Wohnung für uns gemietet. Dann ist es ihm also doch ernster mit uns als ich dachte. Ob er vielleicht endlich bereit ist sich mir zu öffnen. Oder will er nur …?

Das Klingeln meines Handys zerreißt die Stille. Umständlich fummele ich es aus meiner Gesäßtasche. Es ist

Mama! Wir haben seit Wochen nicht mehr geredet. Ich hebe ab, aber es tutet nur in der Leitung. Gerade als ich sie zurückrufen will, dreht sich der Schlüssel im Schloss um und Felipe poltert in die Wohnung.

Er sieht mich verloren auf der Terrasse stehen. »Alles ok?«

Ich setze ein Lächeln auf. »Klar.« Das Spiel beherrsche ich auch.

Ich nehme ihm meinen Rucksack ab und trage sie ins Schlafzimmer. Außer einem weißen Regal, das mit Deko und Fotos von Frigiliana vollgestellt ist, gibt es hier keine Schränke. Aber ich muss mir eingestehen, dass das kleine Zimmer wirklich süß ist und irgendwie romantisch mit den weißen Häusern vor dem Fenster. Die ganze Wohnung ist toll. Hell, modern und klimatisiert.

Obwohl er sich Mühe gibt leise zu sein, höre ich seine Turnschuhe auf den hellen Fliesen. Er verzieht die Lippen zu einem verschmitzten Lächeln als ich mich zu ihm umdrehe.

»Wolltest du dich heimlich anschleichen?« Ich nähere mich ihm langsam und zupfe den kurzen Ärmel seines T-Shirts zurecht.

Felipe legt locker die Arme um meine Taille. »Hälst du mich für so gemein?«

»Ich halte dich für jemanden, der Überraschungen liebt.«

»Aber nur, wenn ich dich überraschen kann.« Er haucht mir einen Kuss auf die Lippen. »Da fällt mir was ein. Ich hab noch eine Überraschung für dich.«

»Was denn? Müssen wir erst wieder durch die halbe Stadt laufen, bis du mir sagst was es ist?«

Lachend zieht er mich in eine Umarmung. »Du hast doch nicht gedacht, dass wir den ganzen Abend nur hier drin sitzen.«

»Na gut. Was hast du vor?«

Allmählich färbt die untergehende Sonne den Himmel rot. In den schmalen Straßen von Frigiliana herrscht inzwischen ziemliches Gedränge. Einheimische und Touristen sind auf dem Weg in die vielen Restaurants und Kneipen. Felipe hat angedeutet, dass er uns auch etwas zu essen besorgen will.

»Und, hast du dir schon ein Restaurant ausgesucht?«, frage ich und werfe ihm einen langen Blick von der Seite zu.

»Wir machen was viel Besseres als irgendwo essen zu gehen.«

Er führt mich in eine etwas ruhigere Straße. Wägen mit Obst und Gemüse nehmen den halben Weg ein. Die rot-weiß gestreifte Markise ist ganz rausgefahren. Ein kleiner Supermarkt. Ein breites Grinsen stiehlt sich auf mein Gesicht und ich kann nichts dagegen tun.

»Du willst mit mir kochen, stimmts?«

»Ich kann dich doch nicht abreisen lassen, ohne dir meine Kochkünste zu demonstrieren.«

Sein prüfender Blick wandert über die Tomaten. Dann sieht er mich an. »Wie viel Hunger hast du?«

»Ich bin am Verhungern.«

»Gut so. Ich hatte vor viel zu kochen.« Gemeinsam legen wir die schönsten glänzendsten Tomaten in eine Plastiktüte und Felipe nimmt noch eine große Zwiebel mit. Dann betreten wir den kleinen Laden. Hinter der Kasse sitzt eine grauhaarige Frau. Sie sieht kurz auf und begrüßt uns mit einem knappen »Hola.« Der Laden ist leicht dämmrig, wirkt aber sehr gemütlich. Außer uns sind noch zwei weitere Kunden hier.

Zielstrebig steuert Felipe durch den Laden und legt eine Packung Reis und noch ein paar andere Zutaten in einen Einkaufskorb.

Ich lasse meinen Blick über die Päckchen mit Gewürzen schweifen. »Sagst du mir was du kochen willst?«

»Ich will dich überraschen. Weißt du nicht mehr?«

»Du bist doch gemein«, rufe ich, kann mir aber ein Lachen nicht verkneifen. Ich beobachte, wie Felipe eine Stange Chorizo in den Korb legt und versuche zu begreifen wie ich so viel Glück haben kann.

Mit einer Tüte voll mit leckeren Zutaten für Felipes geheime Mahlzeit poltern wir die Treppe zur Wohnung hinauf. Wir packen alles aus und legen es auf die Arbeitsplatte in der Küche. Mein Magen knurrt verräterisch. Jetzt wird es aber echt Zeit endlich was zu essen.

In der Küche gibt es alles was wir zum Kochen brauchen. Geschickt schneidet Felipe Paprika, Knoblauch und Zwiebeln klein während Hühnerbrühe in einem großen Topf vor sich hin köchelt. Etwas unbeholfen mache ich mich daran die Chorizo in kleine Würfelchen zu schneiden und komme mir dabei vor wie ein kleines Kind mit einer viel zu großen Bastelschere.

Seufzend lege ich das Messer weg. Das ist schwieriger als ich dachte. Ich wünschte ich hätte die letzten Jahre nicht immer nur Nudeln und Tiefkühlkost gegessen.

»Alles klar?« Prüfend sieht er mich an. »Soll ich das lieber machen?«

»Wahrscheinlich fragst du dich jetzt warum jemand, der zehn Jahre einen Haushalt geführt hat nicht mal Wurst schneiden kann.« Eigentlich sollte ich frustriert sein, kann aber ein albernes Kichern nicht unterdrücken.

Felipe lächelt nur aufmunternd. »Das lernst du schon. Dafür hast du doch mich.«

Sanft nimmt er mir das Messer aus der Hand. Seine Finger sind klebrig von der Paprika. Der Geruch nach Knoblauch und Zwiebeln steigt mir in die Nase. Mir läuft das Wasser im Mund zusammen. Bis das hier fertig ist, bin ich längst verhungert.

»Stimmt es, dass du schon mit zwei Jahren kochen wolltest?« Felipe kippt Wurst und Hühnerfleisch in eine Pfanne und ich gebe das kleingeschnittene Gemüse dazu.

»Na ja, am Anfang hatte ich nur eine Spielzeugküche, aber später hab ich meiner Mutter und Alicia ständig beim Kochen geholfen. Ich durfte ihnen immer die nächsten Zutaten geben.«

»Du hast es gut. Du wusstest schon immer, was du mal machen willst.«

Nachdenklich sieht er mich an. »Du nicht?«

»Als ich klein war, wollte ich immer Entdeckerin werden. Ich hab auf dem Globus nach unbekannten Ländern gesucht und mir vorgestellt wie es wäre, wenn ich der erste Mensch bin, der sie betritt.« Ein warmes Gefühl breitet sich in meiner Brust aus als ich daran denke, wie es vor der Scheidung war. Es fühlt sich an als wäre das hundert Jahre her.

»Und das hast du aufgegeben?« Hinter uns brutzelt in der Pfanne das Gemüse.

»Das ist doch bescheuert. Ich kann nicht Entdeckerin werden«, entgegne ich lachend.

»Natürlich nicht.« Felipe streichelt meine Wange. Ich schließe kurz die Augen und lehne mich an seine warme Hand. »Aber du kannst etwas machen, das nah dran ist. Hast du darüber schonmal nachgedacht?«

Meine Hand wandert zu seiner Hand in meinem Gesicht. »Natürlich. Ich will in die Tourismusbranche. Ich will beruflich reisen.« Es auszusprechen macht es real. Ja, das will ich wirklich. Etwas machen, das viele Reisen beinhaltet.

Er lacht leise. »Ja, warum nicht? Du könntest Reiseleiterin sein. Hier.«

Bei dir. Ich versinke in seinen wunderschönen Augen. »Weißt du was ich mir von der Muschel wünsche?«

Er sieht mich einfach nur an, die Lippen halb geöffnet. Ich könnte ihn jetzt küssen.

»Ich wollte immer jemanden kennenlernen, der mich versteht. Jemanden, der mehr sieht als das Mädchen, dass sich für seine kranke Mutter aufopfert. Ich wollte jemanden, der mir das Gefühl gibt normal zu sein. Aber der von dem ich dachte, er wär's … der war's nicht.« Meine Hand liegt ruhig in seinem Nacken. »Du bist es.«

Für einen Moment ist es still. Nur das Brutzeln in der Pfanne ist zu hören. »Luisa.« Bevor er irgendetwas sagen kann, drücke ich meine Lippen auf seine. Warme Hände streichen langsam und sanft über meinen Rücken und wandern tiefer. Wir stolpern zwei Schritte nach hinten. Sein Shirt rutscht hoch und entblößt seine definierten Muskeln. Wow! Wann hat er Zeit auch noch ins Fitnessstudio zu gehen? Ich streiche über die glatte braune Haut und ziehe ihm das Shirt langsam wieder nach unten, um der Versuchung widerstehen zu können. Fast spüre ich das Knistern unter meinen Fingern.

»Du bist mein Wunsch«, murmle ich an seiner Brust.

Felipe streicht mir die wirren Haare aus dem Gesicht und lächelt. »Das hat noch nie jemand zu mir gesagt.«

»Dann hat dich noch nie jemand gesehen.«

»Und du hast mich gesehen?«

Meine Finger streifen seine stoppelige Wange. »Du bist mehr als dein Äußeres und das was du von dir zeigst.«

»Das sind wir alle.«

Über eine Stunde nach unserem Einkauf gibt es endlich essen. Felipe hat die Tomaten oben aufgeschnitten, ausgehüllt und die Paella, die wir gekocht haben, hineingefüllt. Mit zwei lecker duftenden Tellern und einer Flasche Wein setzen wir uns auf die Terrasse und genießen die frische Nachtluft. Es ist immer noch heiß, aber nicht mehr so unerträglich drückend wie am Tag. Der Alkohol lässt düstere Erinnerungen in mir aufsteigen, aber Felipe zuliebe überwinde ich mich und trinke einen kleinen Schluck. Er soll nicht wegen mir verzichten müssen und das Gefühl haben einen Fehler zu machen.

»Was wünscht du dir jetzt?«

Verwirrt sieht er mich an. »Was, jetzt grade?«

»Nein, ich meine, anstatt deinen Vater kennenzulernen.«

Eine Weile sieht er mich schweigend an und ich befürchte schon, dass ich wieder seinen wunden Punkt getroffen hab, als er doch antwortet.

»Ich will eine eigene Tapasbar eröffnen und dort Tapas servieren, die ich mir selbst ausgedacht hab. Wie Jose.«

Jose. Das wäre meine Möglichkeit ihn danach zu fragen, was vorher war, aber ich lasse sie verstreichen. Es würde die schöne romantische Stimmung verderben.

»Wolltest du das auch schon mit zwei Jahren?«

»Wahrscheinlich und seit ich bei Jose arbeite, finde ich den Gedanken irgendwann meine eigene Bar zu haben, total faszinierend.«

»Ist das der Wunsch, den du deiner Muschel mitgeben würdest?«

»Nein.« Über den Tisch hinweg greift er nach meiner Hand. »Ich will glücklich sein.«

17. Kapitel

Ein greller Sonnenstrahl, der durch die halb zugezogenen Vorhänge dringt, fällt auf mein Gesicht. Mit einem Blinzeln drehe ich mich auf die Seite und bemerke den Arm, der schwer auf meiner Taille liegt. Bei dem Gedanken, dass wir gestern nebeneinander eingeschlafen sind, muss ich lächeln. Vorsichtig schiebe ich Felipes Arm zur Seite und setze mich auf. Er regt sich nicht. Ich streiche ihm durch die weichen Locken und betrachte sein schönes Gesicht. Die leicht geöffneten Lippen, dichte schwarze Wimpern, die Schatten auf seine Wangen werfen. Mir fällt ein was er gestern Abend gesagt hat und ich frage mich ob er so glücklich mit mir ist wie ich mit ihm. Zumindest im Schlaf sieht er sehr zufrieden aus.

Mein Blick fällt auf das blinkende Handy, das auf dem Nachttisch liegt. Ich schleiche mich leise auf die Terrasse und wähle Mamas Nummer. Es ist halb zehn. Sie muss längst wach sein.

Bevor ich mir überlegen kann, wie ich ihr erklären soll, dass ich mich seit Wochen nicht gemeldet hab, hebt sie schon ab.

»Hallo Luisa, Schön, dass du mal anrufst.« Zu meiner Überraschung klingt sie kein bisschen vorwurfsvoll.

»Geht es dir besser?«, frage ich.

»Ich bin auf einem guten Weg. Heute kommt eine Nachbarin zum Kaffeetrinken vorbei.«

Wow. Ist das wirklich meine Mutter? Die, die jahrelang die meiste Zeit trübselig im Bett lag und sich seit knapp zwei Jahren widerwillig zur Therapie schleppt?

»Hab ich was verpasst?«

Ich höre sie seufzen. »Mein Liebling, ich hab viel nachgedacht, nachdem du weg warst. Ich war allein und hatte keine andere Wahl.«

»Und wenn ich nicht weg gegangen wäre?«

Stille. »Mama?«

»Damals hätte ich es nicht gekonnt. Ich war noch nicht so weit, aber jetzt. Du hast den richtigen Zeitpunkt ausgesucht.«

»Ist das dein Ernst oder sagst du das nur damit ich kein schlechtes Gewissen hab?«

»Das ist vorbei. Es tut mir so leid, was ich dir angetan hab.«

Sie fängt an zu schluchzen. Oh nein.

»Ich hab deinen Vater geliebt und er hat mich so enttäuscht. Ich konnte nicht damit leben. Ich wollte trauern. Das war das einzige, was mich am Leben erhalten hat.«

Es stimmt also, was Felipe gesagt hat. Sie konnte nicht anders.

»Es tut mir auch leid. Ich war immer wütend auf dich. Ich hab dich nicht verstanden, aber jetzt … Es … ich …«

Ich muss ihr von Felipe erzählen. Wie könnte ich ihr verheimlichen, dass es jemanden gibt, der mich versteht? Jemand, der für mich da ist und mit mir das Bett teilt.

»Es gibt da jemanden. Ich hab mit ihm über uns geredet und ich hab viel nachgedacht. Über dich.«

Schweigen. Dann ein leises Schniefen. »Du hast einen Mann kennen gelernt«, stellt sie tonlos fest.

»Ja. Er hat mir gezeigt, dass das Leben auch schöne Seiten hat und dass wir versuchen sollten, andere Menschen zu verstehen.«

Eine warme Brise streicht durch meine Haare. Irgendwo läutet eine Kirchenglocke. »Er ist mir sehr wichtig. Mama, ich liebe ihn.«

»Du liebst ihn. Und du möchtest bei ihm bleiben?«

»Ja … Nein. Natürlich komme ich am Montag nach Hause. Ich wollte nur, dass du es weißt. Ich will unsere Beziehung nicht beenden, nur weil ich wieder in Deutschland bin.«

»Das ist schön. Du bist erwachsen Luisa. Du musst dein eigenes Leben führen. Ich werde nicht mehr versuchen dich an mich zu binden.«

»Brauchst du mich denn nicht mehr?«

»Natürlich brauche ich dich. Du bist meine Tochter. Aber das bedeutet nicht, dass du ein Leben führen musst, das du nicht willst. Wenn du zu ihm zurückwillst, dann geh. Ich halte dich nicht auf.«

»Danke Mama.«

Ich starre auf das Handy in meiner Hand und kann immer noch nicht glauben, was gerade passiert ist. Mama hat es geschafft ihr Leben in die Hand zu nehmen und sie gibt mich frei. Ich bin nicht länger für sie verantwortlich. Sondern für mich selbst. Es fühlt sich seltsam an, aber gut. Wie ein schöner Traum, nur dass es Wirklichkeit ist.

Felipe ist nicht mehr im Schlafzimmer. Dafür rauscht im Bad die Dusche.

Mein Magen macht sich bemerkbar und ich mache mich auf den Weg in die Küche. Tatsächlich ist der Kühlschrank gut gefüllt. Milch, Butter, Käse, Orangensaft. Auf der Küchenplatte liegt ein großes Weißbrot und auch sonst ist alles da, was man braucht. Ich beschließe, Felipe zu überraschen, indem ich Frühstück mache. Ich koche Kaffee, stelle unsere Tassen und das ganze Essen auf ein Tablett und trage es raus auf die Terrasse.

Der Sonnenschirm schützt wenigstens ein bisschen vor der Hitze, die jetzt schon herrscht. Bei meiner Ankunft vor drei Monaten hätte ich mir nie vorstellen können, dass es in der Früh schon so heiß sein kann. Hier fehlen auch der Wind und die Meeresluft, die in der Stadt für ein wenig Abkühlung sorgen.

In meinen knappen Shorts und dem dünnen grauen T-Shirt von gestern setze ich mich auf einen Sessel und genieße die Aussicht, während ich auf Felipe warte. Schon nach wenigen Minuten weht mir sein frisch gewaschener Geruch entgegen. Kühle noch feuchte Hände legen sich auf meine Schultern. Eine kleine Erleichterung bei den extremen Temperaturen.

»Du bist die erste Frau, die für mich Kaffee kocht.«

»Und du bist der erste Mann, der mit mir das Bett teilt«, entgegne ich lächelnd.

Felipe setzt sich mir gegenüber hin. »Bist du schon lange wach?«

»Nein. Ich hatte gerade genug Zeit, um Frühstück zu machen.«

Nachdenklich sieht er mich an und lässt mich auch nicht aus den Augen als er einen Schluck von seinem Kaffee nimmt. Sein Blick ist weder einschüchternd noch vorwurfsvoll, sondern eher verwirrt. Ob er das Gespräch mit angehört hat? Aber selbst wenn, was wäre so schlimm daran, dass ich Mama von unserer Beziehung erzählt hab?

»Alles ok bei dir?«

»Natürlich.« Er lächelt mich beruhigend an, aber ich weiß, dass er sich Gedanken über uns beide macht. Und irgendwie beunruhigt mich das.

»Bist du dir sicher?«

»Du machst dir zu viele Gedanken.«

Du auch, nur dass du nicht darüber redest, denke ich, merke aber sofort wie verbittert das klingt. Gerade hab ich Mama noch erzählt wie glücklich ich mit Felipe bin. Natürlich machen wir uns beide Gedanken darüber, wie es mit uns weiter gehen soll. Ab Montag werden uns 2500 Kilometer trennen, aber unsere Gefühle sind stark genug, um diese Entfernung zu überstehen. Selbst wenn wir uns nicht mehr so oft sehen können. Wir können telefonieren und skypen und irgendwann werden wir einen Weg finden zusammen zu sein.

Nach einem ausgedehnten Frühstück und ein paar Küssen vor dieser traumhaften Kulisse, packen wir unsere Sachen und gehen nach unten, um den Schlüssel abzugeben. Felipes Bekannte strahlt als sie uns sieht.

»Es war schön dich mal wieder zu sehen.« Dann greift sie nach meinen Händen. »Du machst unseren Felipe sehr glücklich. Du bist ein besonderes Mädchen.«

»Danke.« Ich bringe ein Lächeln zustande. »Die Wohnung ist wirklich schön. Vielleicht komm ich mal mit einer Freundin vorbei.« Lena würde es lieben.

»Du bist jederzeit willkommen. Und deine Freunde auch.«

»Woher kennst du sie?«, frage ich auf dem Weg zum Auto. Die Mittagshitze kündigt sich bereits an und trotzdem kommen uns Busladungen von verschwitzten und fröhlich plappernden Rentnern entgegen.

»Alba ist eine Freundin von meiner Mutter. Früher als … wir waren oft hier und haben etwas zusammen mit ihr unternommen oder sie besucht.«

»Sie kennt dich gut.«

»Ja, seit ich ein Baby bin. Manchmal war sie wie eine zweite Mutter.« Ein mittelmäßiger Ersatz für den fehlenden Vater, ergänze ich in Gedanken.

Schweigend läuft er neben mir her. *Jetzt Luisa, jetzt. Frag ihn, was du wissen willst.*

»Hast du für heute noch was geplant?« *Du dumme Nuss!*

Felipe erzählt mir von seinem Lieblingsplatz in den Bergen und der perfekt Moment ist vorbei. Vielleicht wäre er jetzt offen gewesen, aber wieder hab ich eine perfekte Gelegenheit verstreichen lassen. Warum? Hab ich tatsächlich Angst, dass es unsere Beziehung belasten könnte? Würde er das zulassen?

Wir fahren raus aus Frigiliana über kurvige Straßen, die sich um die Berge winden. In einer breiten Kurve hält Felipe am Straßenrand. Der Hang hinter uns ist übersät mit trockenen Thymian- und Rosmarinsträuchern. Begeistert springe ich aus dem Auto und pflücke ein paar Stängel der verführerisch duftenden Kräutern. Ein bisschen erinnert mich der Geruch an Felipe, wenn er aus der Arbeit kommt. Vielleicht ist das hier das beste Andenken, das ich mitnehmen kann.

Ich binde die Kräuterstängel mit einem Haargummi zusammen und lege das Bündel auf meinen Sitz. Dann entdecke ich Felipe, der die Hände in den Hosentaschen vergraben, an der Motorhaube lehnt und ich sehe was er sieht. Frigiliana. Weiße zusammengewürfelte Häuser, eingebettet in bräunliche und blassgrüne Hänge. Die roten und pinken Bougainvilles stechen hervor. Sie wirken wie Farbkleckse auf einer weißen Leinwand. Es ist wunderschön.

»Ich wusste, dass es dir gefällt. Das hier lässt niemanden kalt.«

»Es ist der schönste Ort auf der Welt. Man muss nicht die halbe Erde umrunden, um das zu wissen.«

»Deshalb will ich auch nicht weg von hier. Ich kann immer wieder hier hoch kommen.«

»Wenn ich könnte, würde ich mir hier oben ein Haus bauen damit ich jeden Morgen mit dieser Aussicht aufwachen kann.«

»Ich auch.« Er zieht mich in seine Arme und küsst mich. Zum ersten Mal verstehe ich seine Liebe für dieses Land wirklich. So muss sich zu Hause anfühlen.

Eng umschlungen sitzen wir auf dem warmen steinigen Boden. In der ganzen Zeit fährt nur einmal ein anderes Auto vorbei. Hier oben erscheint alles so friedlich. Als würde es den Rest der Welt und all die Probleme und Sorgen nicht geben. Ich wünschte ich könnte die Zeit anhalten, doch meine Abreise rückt immer näher. Obwohl ich mich mit Mama ausgesprochen hab, hab ich ein bisschen Angst vor dem was mich zu Hause erwartet. Vor dieser neuen Situation. Bei Carmens Familie hab ich mich einfach sicher gefühlt und dabei völlig verdrängt, dass meine Zeit hier irgendwann vorbei ist. Es hat sich angefühlt wie ein neues Leben. Ein Leben, an das ich mich inzwischen gut angepasst hab. Ein Leben, dass am Montag vorbei sein wird.

»Machst du dir wieder Sorgen?«, fragt Felipe unvermittelt und unterbricht meine Überlegungen. Sanft streichelt er meine Schulter, aber diesmal kommt er mir nicht so leicht davon.

»Wir haben immer noch nicht darüber geredet wie es mit uns weitergehen soll.«

»Wir kriegen das schon hin. Mach Dir keine …«

»Nein. Das sagst du immer, aber du sagst mir nicht wie.«

Schweigend sieht er mich an.

»Bei dir klingt das immer so einfach. So als würde einfach alles von selbst funktionieren.«

»Aber das tut es doch.« Er umfasst mein Gesicht mit beiden Händen. »Oder fehlt dir irgendwas bei mir?« Plötzlich wirkt er total verunsichert.

»Ich war acht als mein ganzes Leben in sich zusammengefallen ist. Die Sicherheit, die ich bis dahin hatte, war plötzlich weg. Mein Vater hat mich allein gelassen. Meine Mutter hat mich allein gelassen. Ich musste mich um mich selbst kümmern. Ich dachte bei dir finde ich endlich die Sicherheit, die ich mir immer gewünscht hab.«

»Es gibt keine Sicherheit. Du weißt nie was morgen passiert und du musst auch nicht ständig darüber nachdenken.«

Ich greife nach seinen Händen wie nach einem Rettungsanker. »Ich wollte immer jemanden, der mich beschützt, jemanden, mit dem ich über meine Sorgen reden kann.«

Er entzieht mir seine Hände. »Aber so jemand bin ich nicht.« Mit einem seltsamen Ausdruck in den Augen sieht er mich an. Er wirkt so verloren.

»Doch, das bist du. Du hast mich vor Valentin gerettet und …«

»Ja, einmal, aber was, wenn …? Du verstehst das nicht. Es gibt Dinge über mich …« Abrupt bricht er ab. Offensichtlich schockiert wendet er sich ab. Verdammt. Er war gerade kurz davor mir die Wahrheit zu sagen.

»Felipe. Bitte …« Ich lege ihm einen Hand auf die Schulter, doch er schüttelt mich ab.

»Du hast Erwartungen an mich, die ich nicht erfüllen kann. Du hälst mich für jemanden, der ich nicht bin. Ich kann dir nicht geben was du brauchst.«

»Was soll das heißen?« Eine böse Vorahnung erfasst mich, die sich im nächsten Moment bestätigt.

»Steig ein. Wir fahren jetzt besser nach Hause.«

»Was?« Fassungslos starre ich ihn an. Das kann nicht sein Ernst sein.

»Steig ein«, wiederholt er und lässt sich auf den Fahrersitz gleiten.

Immer noch wie erstarrt setze ich mich ins Auto. Was bleibt mir anderes übrig? Sofort startet er den Motor und wendet den Wagen.

»Hast du sie eigentlich noch alle? Vor fünf Minuten war noch alles super und nur weil ich etwas sage, das dir nicht passt, machst du so einen Aufstand?«

»Du verstehst das nicht. Ich kann das einfach nicht.«

»Was kannst du nicht? Mich lieben?«

Stur richtet er den Blick auf die Straße. Mein Herz krampft sich zusammen.

»Liebst du mich oder nicht?« Die Frage bringt mich fast um.

»Du verstehst das nicht.«

»Weil du mir nichts erklärst. Du tust einfach so als wäre nie was zwischen uns gewesen. Bin ich dir so lästig?« Tränen steigen mir in die Augen. Verzweifelt wische ich sie weg. »Sag es doch einfach! Aber dann frag ich mich, warum du mich hierher gebracht hast. Warum?«

»Weil ich egoistisch bin. Ich wollte mit dir zusammen sein.«

»Was ist falsch daran, wenn man mit jemandem zusammen sein will?«

Er antwortet nicht. Sieht mich nicht mal an. Ich gebe es auf, ihn zum Reden zu bringen. Es ist offensichtlich, dass er daran nicht interessiert ist.

Die Fahrt kommt mir vor wie eine Ewigkeit. Felipe wirkt angespannt. Eisiges Schweigen hängt zwischen uns. Erleichtert atme ich auf als die ersten Häuser von Malaga vor uns auftauchen. Kurz hoffe ich, dass doch noch alles gut wird. Er hatte eben einen kleinen Ausraster und wird bald einsehen, dass er überreagiert hat. Schließlich hat er jetzt über eine Stunde geschmollt und gegrübelt. Doch als wir vor Carmens Haus parken, macht er all meine Hoffnungen mit einem Mal kaputt. Er gibt mir wortlos meine Tasche und sieht mich bedauernd an. Dann sperrt er die Tür auf und rennt die Treppe hoch. Verloren und tränenüberströmt stehe ich mitten im Flur.

»Luisa? Felipe? Seid ihr schon wieder da?« Carmen! Vielleicht kann sie ihn zur Vernunft bringen.

Felipe kommt mit einer Reisetasche beladen die Treppe runter. Auf der letzten Stufe bleibt er kurz stehen und sieht mich an wie ein trauriger Hund, bekommt aber kein Wort über die Lippen. Kein *Auf Wiedersehen*, kein *Es tut mir leid*, kein *Vielleicht können wir nochmal darüber reden*. Er dreht sich einfach um, stürmt durch den Flur und knallt die Haustür hinter sich zu.

Verzweifelt schluchzend stehe ich im Flur und weiß nicht was ich denken soll.

Eine Hand legt sich auf meine Schulter. »Luisa, was ist denn passiert?«

»Ich … Ich weiß es nicht. Er …« Ich falle in ihre Arme und durchnässe ihre Bluse mit meinen Tränen. Sie sagt nichts, sondern steht einfach nur da und hält mich fest.

18. Kapitel

Er ist tatsächlich weg. Einfach gegangen. Sehnsüchtig starre ich auf seine geschlossene Zimmertür mit der lächerlichen Hoffnung, dass er gleich rauskommt und mich fragt warum ich so verzweifelt aussehe. *Ich bin doch da querida.* Alles Wunschdenken. Felipe ist nicht hier. So oft hat er mir versprochen, dass er für mich da sein will und jetzt ist er einfach abgehauen. Warum? War es ein Fehler eine Erklärung von ihm zu verlangen? Ist es falsch die Wahrheit wissen zu wollen? Was kann so schrecklich sein, dass er sich lieber aus dem Staub macht als darüber zu reden? Eins ist klar. Er hat mich angelogen und er will mir die Wahrheit nicht sagen.

Ich gehe weder zum Mittagessen noch zum Abendessen nach unten. Stattdessen begnüge ich mich mit ein paar Snacks, die noch in meiner Handtasche und meinem Rucksack finde. Im Haus ist es totenstill. Anscheinend ist nur Carmen da. Benito treibt sich wieder irgendwo herum und Felipe ist ohne ein Wort verschwunden. Als ich mir vorstelle, wie sie krank vor Sorge um ihre Söhne allein in der Küche sitzt, bekomme ich ein schlechtes Gewissen. Vielleicht sollte ich doch mal nach ihr sehen.

Carmen sitzt wie vermutet allein im Esszimmer am Tisch. Vor ihr steht ein Teller mit Essen, den sie nicht anrührt. Unschlüssig stehe ich an der Tür.

»Ich mach mir wirklich Sorgen um ihn«, sagt sie in die Stille hinein.

»Er kommt bestimmt wieder«, versuche ich, uns beiden Mut zu machen, »Ihm wird schon nichts passieren.«

»Natürlich kommt er wieder und ihm passiert auch nichts. Das meine ich nicht.«

»Gibt es da was …? Ich meine, ich will es doch nur verstehen.« Meine Stimme klingt weinerlicher als mir lieb ist.

»Es war nicht immer leicht mit ihm. Ich dachte das wäre vorbei, aber … Irgendwas ist da noch in ihm.«

»Und ich bin schuld, dass das alles wieder hochkommt.«

»Nein Luisa.« Carmen steht auf und kommt auf ich zu und umfasst mein Gesicht mit beiden Händen. »Es ist nicht deine Schuld. Er hat es wohl nie ganz überwunden.«

»Aber ich hab …«

»Du wolltest Antworten. Das ist doch verständlich. Gib ihm etwas Zeit.«

»Ich will doch nur wissen was passiert ist«, stoße ich schluchzend hervor.

»Wenn er es schafft dir selber davon zu erzählen, wissen wir, dass er es geschafft hat.«

»Aber, wenn er nicht mal mit dir darüber redet …«

»Du hast ihm so gut getan. Ich war sicher, dass er sich dir öffnen würde. Gib ihm einfach Zeit. Er wird sich ein bisschen abreagieren und dann zu dir zurückkommen.«

Ich will ihr so gerne glauben. Mindestens zehnmal checke ich an diesem Abend noch mein Handy. Einmal rufe ich ihn sogar an. Sofort springt die Mailbox an. Auch am nächsten Morgen rufe ich ihn noch mal an. Es ist halb elf und er muss inzwischen aufgestanden sein. Selbst wenn er feiern war. Aber wieder lande ich nur auf der Mailbox. Entweder hat er sich so abgeschossen, dass er nicht mehr weiß wie man ein Handy bedient oder er ignoriert mich mit Absicht. Wahrscheinlich trifft beides zu. Mit einem wütenden Aufschrei schmeiße ich das Handy aufs Bett. Soll dieser Arsch sich doch in irgendeinem schmuddeligen Club die Birne zusaufen. Vielleicht fühlt er sich dann so mies, dass er merkt, wie gut es ihm hier ging. Dass es angenehmer ist mit mir zu reden als sturzbetrunken und vollgekotzt auf der Straße zu liegen.

Die Zeit läuft mir davon. Ich will nicht daran denken wie es wäre abzureisen, ohne Felipe davor noch einmal gesehen zu haben. Wenigstens meine Mädels will ich nochmal sehen. Kurzentschlossen packe ich Chips, Gummibärchen und Getränke in meine Tasche und mache mich auf den Weg zur Bushaltestelle. Auf dem Weg zur Schule schreibe ich Mandy eine Nachricht.

Bin auf dem Weg zu euch. Treffen auf dem Campus?

Kurze Zeit später kommt die Antwort.

Um halb zwölf im Aufenthaltsraum.

Froh, der glühenden Hitze zu entkommen, betrete ich das Schulgebäude. Auf dem Flur kommen mir ein paar Typen in Badehosen und mit Handtüchern entgegen. Eine Abkühlung im Pool wäre jetzt auch nicht schlecht.

Die Tür zum Aufenthaltsraum steht offen. Ein Kloß bildet sich in meinem Hals. Heute werde ich sie wahrscheinlich alle zum letzten Mal sehen.

Ich betrete den Raum. Die Rollläden sind fast ganz runtergelassen und die Klimaanlage läuft auf Hochtouren. Zwei Typen, die ich nicht kenne, spielen Billard. Auf dem Sofa sitzen Mandy und Silvana, leise ins Gespräch vertieft. Sie bemerken mich erst als ich mich neben sie plumpsen lasse.

»Schön, dass du nochmal vorbeikommst.« Mandy zieht mich an sich.

»Wir dachten schon du hast uns vergessen. Wo warst du denn am Donnerstag?« Erwartungsvoll sieht Silvana mich an. »Und gestern? Niemand hat dich gesehen.«

Wie soll ich ihnen das erklären? Und vor allem, dass unser schöner Ausflug in einer Katastrophe geendet hat. »Ein bisschen unterwegs.«

»Mit deinem Freund?« Mandys Augen werden groß.

Seufzend krame ich in meiner Tasche um Zeit zu gewinnen.

»Ich hab euch was mitgebracht.« Ich stelle ein Sixpack Zitronenlimo auf dem Couchtisch und schmeiße die Chipstüten daneben.

»Was ist denn?« Silvana nimmt sich eine Flasche. »Habt ihr euch gestritten?«

»So kann man's wohl sagen.«

Zwei Paar Augen sind auf mich gerichtet. Warum soll ich es ihnen verschweigen? Was Schweigen und Heimlichtuerei anrichten können, hab ich ja gesehen.

»Wir haben uns gestritten. Ziemlich schlimm sogar. Ich hatte immer das Gefühl, dass er mir was verschweigt. Er ist mir immer ausgewichen. Gestern wollte ich endlich Antworten von ihm. Und da …« Ich unterdrücke ein Schluchzen. »Da ist er vollkommen durchgedreht.«

Mitfühlend legt Mandy mir eine Hand auf den Arm. »Hat er dir wehgetan?«

»Er ist einfach abgehauen und hat sich seitdem nicht mehr gemeldet. Ich dachte er würde sich heute mal melden, aber er geht ja nicht mal ans Handy.«

Jetzt fließen die Tränen ungehindert. »Ich weiß nicht was ich machen soll. Er redet ja nicht mal mit mir.«

Schweigen. Die zwei Typen am Billardtisch schauen neugierig zu uns rüber.

»Was gibt's da zu glotzen?«, faucht Silvana, »Ich wette ihr habt auch schonmal einer Frau das Herz gebrochen.«

Mandy bedeutet ihr, still zu sein. Dann wendet sie sich wieder an mich. »Ewig kann er sich ja nicht totstellen.«

»Er könnte untertauchen bis ich abgereist bin. Dann muss er nicht mit mir reden.«

»Er versteckt sich also vor dir? Du willst mit ihm reden und er versteckt sich? So ein Feigling!« Schwungvoll stellt Silvana ihre Limoflasche auf den Tisch.

»Felipe ist kein Feigling«, widerspreche ich schärfer als beabsichtigt. Egal wie sehr er mir wehgetan hat, noch mehr tut es weh, zu hören, wie jemand anderes schlecht über ihn redet.

»Jetzt will ich auch kein Foto mehr sehen. Außer er ist hässlich. Wenn er heiß ist, werd ich echt sauer.«

»Hör auf. So hilfst du ihr doch nicht.«

»Aber dieser Typ ist ein feiger Arsch.«

»Silvana! Was soll das? Siehst du nicht, dass du alles noch schlimmer machst?«

Wie ein Häuflein Elend kauere ich auf dem Sofa während die beiden sich streiten. Silvanas Wut macht selbst meine kleinste Hoffnung noch zunichte. Was, wenn Felipe doch feige ist? Aber das kann nicht sein. Er war immer für mich da. Er hat mich vor Valentin gerettet. Wie kann so jemand ein Feigling sein? Nein, das Problem liegt in dem, was er mir verschweigt. Es muss etwas Entsetzliches sein. So schlimm, dass es nicht nur ihn, sondern auch unsere Beziehung zerstört.

»Was verschweigt er mir?«, frage ich mehr mich selbst als die anderen.

»Er trägt irgendwas mit sich rum. Wer weiß wie lange schon. Mit manchem Dingen können wir nicht abschließen. So eine Last mit sich rumzuschleppen, tut weh.«

»Aber was hat das mit mir zu tun? Warum lässt er mich deswegen leiden?«

»Er leidet selber. Sonst hätte er nicht so reagiert. Er hat Angst dich zu verlieren.«

Ich balle meine Hände zu Fäusten. »Aber genau das riskiert er doch. Er will ja nicht mal mit mir reden.«

»Meine Mom sagt immer, dass wir erst mit uns selbst im Reinen sein müssen, damit wir gesunde Beziehungen zu anderen Menschen führen können.«

Kurz werfe ich Silvana einen Blick zu, die ganz still ist und nachdenklich zu uns herüberschaut.

»Lass ihm Zeit«, sagt Mandy, »Er wird sich nicht mehr lange verstecken. Irgendwann hält er es nicht mehr aus. Vielleicht macht dein Verlust ihm mehr Angst als die Wahrheit, die er dir verschweigt.«

»Danke. Vielleicht hast du Recht«, entgegne ich, auch wenn ich das nach Felipes vollkommen übertriebener Reaktion bezweifle.

Die restliche Zeit verliert niemand mehr ein Wort über Felipe und ich bin den Mädels dankbar, dass sie mich von meinem Kummer ablenken. Zusammen erinnern wir uns an die schöne Zeit, die wir hier hatten. Beim Abschied muss ich mir ein paar Tränen verdrücken.

»Ich melde mich sobald ich zu Hause bin«, verspreche ich. Dann löse ich mich aus dem Knäuel unserer Dreierumarmung und trete hinaus in den muffigen Flur. Es riecht ein bisschen nach abgestandenem Schweiß. Unschlüssig stehe ich vor der Wand mit den alten Fotos. Der Anblick versetzt mich zurück an den Tag als Valentin mich hier angesprochen hat. Ein beklemmendes Gefühl breitet sich in mir aus. Ob er noch hier ist? Ich will diesem widerlichen Kerl nie wieder über den Weg laufen.

Aber Anna und Matilda sind noch hier. Matilda, die ihr Baby am anderen Ende der Welt bekommen und es nie wieder sehen wird. Das darf ich nicht zulassen. Irgendeinen Weg muss es doch geben, ihr dieses Leid zu ersparen.

In mir reift ein Plan heran. Ich hab keine Ahnung, ob er funktionieren wird, aber ich muss mit Anna und Matilda darüber reden. Ganz egal was Josh davon hält. Diesmal werde ich mich nicht von ihm abwimmeln lassen.

Ich bin gerade auf dem Weg ins Wohnheim, als Josh mir auf dem Hof entgegen kommt, den Blick starr geradeaus gerichtet. Natürlich hat dieser Mistkerl mich gesehen.

»Josh!«, rufe ich als er schon fast an mir vorbei ist. Sichtlich irritiert verlangsamt er kurz sein Tempo. Bevor er abhauen kann, greife ich nach seinem Arm.

»Spinnst du!«, zischt er, »Hast du nichts Besseres zu tun als uns zu belästigen.«

»Wo sind Anna und Matilda?«

»Auf ihrem Zimmer. Sie sind beschäftigt.«

»Zu beschäftigt, um mit einer Freundin zu reden?«

Josh verzieht die Lippen zu einem spöttischen Grinsen. »Du glaubst, dass Matilda eine Freundin wie dich braucht?«

Am liebsten würde ich ihm eine reinhauen, doch ich beschließe, meinen letzten Trumpf auszuspielen. »Was, wenn jemand erfahren würde, dass du sie erpresst? Oder warum?«

»Das wagst du nicht«, presst er zwischen zusammengebissenen Zähnen hervor.

»Vielleicht bleibt mir keine andere Wahl. Vielleicht interessiert es ja plötzlich jemanden, warum du jeden von deiner Cousine fernhältst.«

»Von meiner …« Seine Gesichtszüge entgleisen und alle Farbe weicht aus seinem Gesicht. Wenn rauskommt, was er Matilda antut, ist sein Ruf ruiniert. Niemand wird mehr etwas mit ihm zu tun haben wollen. Einer Frau ihr Kind wegzunehmen und es illegal zur Adoption freizugeben, ist ein Verbrechen und das weiß Josh.

»Ja, ich weiß, dass sie deine Cousine ist. Also?«

»Na schön. 212. Aber glaub nicht, dass du gewonnen hast.«

»Danke Josh«, entgegne ich zuckersüß und drehe mich dann schnell um. Ich gebe mir Mühe möglichst gelassen über den Campus zu schlendern. Mein Herz rast und so langsam zweifle ich daran ob es wirklich eine so gute Idee war, Josh unter Druck zu setzen. Aber was bleibt mir anderes übrig. Es ist offensichtlich, dass es Josh egal ist, wie sehr Matilda unter der Kontrolle durch ihn und ihre Familie leidet.

Als auf mein Klopfen niemand reagiert, öffne ich einfach die Zimmertür. Anna und Matilda sitzen sichtlich verängstigt auf dem Bett.

»Du bist es.« Anna springt auf, zieht mich ins Zimmer und macht schnell die Tür zu. »Wir dachten es ist Josh.« Matilda knetet nervös einen bunten Lappen zwischen ihren Fingern.

»Kann er dich wirklich zwingen dein Kind wegzugeben?«

Ihre großen blauen Augen schwimmen in Tränen. »Niemand darf je erfahren, dass ich ein Kind hab. Deshalb will er mit uns nach Guatemala fliegen. Dort werden Kinder illegal adoptiert. Gegen Geld. Sie werden verkauft und es ist so gut wie unmöglich ihre Spur zurück zu verfolgen. Sie verschwinden einfach, als hätte es sie nie gegeben.«

»Was passiert mit ihnen?« Will ich das wirklich wissen? Auf dieser Welt passieren grausame Dinge.

»Manche haben Glück und werden ins Ausland adoptiert. Andere …« Schluchzend schlägt sie die Hände vors Gesicht. »Ich will nicht, dass mein Baby an irgendwelche Verbrecher verkauft wird, die ihm wehtun. Wenn es ein Mädchen wird … Aber Josh ist das vollkommen egal. Hauptsache es verschwindet.«

»Das wird nicht passieren.« Ich nehme ihre Hände, die eiskalt sind. »Du kannst dein Kind hier bekommen.«

»Josh wird das nicht zulassen«, wirft Anna ein.

»Was, wenn ich ihm garantiere, dass sein Ruf nicht geschädigt wird. Darum geht es ihm doch, oder?«

»Er hat schon alles geplant.« Mit hängenden Schultern steht sie vor dem Bett. Sie hat bereits aufgegeben. Und Matilda auch. Das kann ich nicht mit ansehen. Damals konnte ich Mama nicht helfen. Ich kann Felipe nicht helfen, aber Matilda kann ich helfen. Ich werde nicht zulassen, dass Matilda unter dem Verlust ihres Kindes leidet, sowie Mama all die Jahre unter Papas Verlust gelitten hat.

»Ihr reist nicht nach Guatemala. Niemand kann dich zwingen dein Kind zu verkaufen. Du wirst es hier bekommen!«

**

Auf der Heimfahrt schwindet meine Entschlossenheit. Hab ich in meinem Eifer zu viel versprochen? Was, wenn mein Plan nicht aufgeht? Ihre und Annas ganze Hoffnung liegt auf mir.

Vollkommen verschwitzt komme ich zu Hause an. Carmen und Alicia sitzen auf der Terrasse und trinken Kaffee. Dulce spielt in dem neuen pinken Planschbecken, das Carmen vor ein paar Tagen aufgestellt hat. Ich werfe nur einen kurzen Gruß in die Runde und springe schnell unter die Dusche, bevor ich mir den Laptop schnappe, der auf dem Tisch im Esszimmer steht. Ich google nach Adoptionsvermittlungen in Malaga und ganz Andalusien und notiere mir verschiedene Adressen. Grübelnd sitze ich über einer ellenlangen Liste. Ich hab keine Ahnung an wen ich mich wenden soll. Einfach irgendwo anrufen? Kann ich das überhaupt, wenn es nicht um mein eigenes Kind geht?

Der Geruch von einem fruchtigem Parfüm kitzelt mich in der Nase. Ich schaue von meinem Zettel auf und sehe einen Schatten über dem Laptop.

»Was machst du da?« Alicia schaut mich an. Ihre Augen weiten sich. »Bist du schwanger? Aber warum …?«

»Nein, nein. Ich bin nicht schwanger.«

Sie legt mir eine Hand auf die Schulter. »Das ist doch keine Schande. Du kannst mit uns reden.«

»Es geht um eine Freundin. Sie soll ihr Kind weggeben. Sie soll es in Guatemala verkaufen.« Scheiße, jetzt weiß es bald jeder.

Mit offenen Mund starrt Alicia mich an. »Sie will es verkaufen?«

»Nein. Ihre Familie zwingt sie. Ich will ihr doch nur helfen und ich dachte …«

Alicia nimmt mir die Liste aus der Hand und überfliegt sie kurz. Kopfschüttelnd legt sie sie wieder auf den Tisch. »Spar dir die Mühe. Komm und setz dich zu uns. Ich weiß wer dir helfen kann.«

Mein Puls schnellt in die Höhe. Ich stehe auf und folge ihr auf die Terrasse.

19. KAPITEL

Am Sonntagmorgen steigt mir der Duft nach Rosmarin und Thymian in die Nase. Ich vergrabe mein Gesicht im Kissen und genieße die angenehme Wärme auf meiner Haut. Felipe ist wieder da. Er wollte mich nie verlassen. Das war alles nur ein böser Traum.

»Felipe?« Ich strecke meine Hand aus und fasse ins Leere. Ruckartig setze ich mich auf und kann gerade noch verhindern, dass ich aus dem Bett falle. Mein Blick fällt auf das Kräuterbündel, das auf dem Nachttisch liegt und diesen schrecklichen wundervollen Geruch in meinem Zimmer verbreitet. Plötzlich bin ich wieder an dem Hang in den Bergen und pflücke Kräuter. Am Straßenrand in der staubigen Kurve steht ein blaues Auto. Felipe lehnt an der Motorhaube. Wie auf Wolken schwebe ich auf ihn zu. Unter uns schmiegt sich Frigiliana an die Berge. Er zieht mich an sich. »Ich liebe dich.« Hat er das wirklich gesagt? Fragend sehe ich ihn an. Plötzlich wird es dunkel um uns. Mit einem wütenden Funkeln in den Augen schreit er mich an. Kein Ton kommt über seine Lippen, aber ich höre die Worte in meinem Kopf. »Steig ein!«

Schnell stopfe ich das Kräuterbündel in die kleine Schublade und knalle sie fest zu. Ich warte bis das Zittern aufhört und schlurfe zum Kleiderschrank. *Konzentrier dich. Du hast heute eine andere Mission.*

»Willst du das wirklich allein machen?« Carmen bedenkt mich mit einem besorgten Blick. »Alicia kommt sicher gerne mit.«

»Nein. Josh soll denken, dass nur ich davon weiß. Je weniger Leute eingeweiht sind desto besser.«

»Gut. Wir kümmern uns um alles andere. Alicia hat mit Gabriel Kontakt aufgenommen.« Sie hält mir eine schlichte weiße Visitenkarte hin. »Deine Freundin kann sich bei ihm melden. Er wird ihr helfen.«

Zögernd nehme ich die Karte. Selbst wenn ich es schaffe Josh von unserem Plan zu überzeugen, wird Matilda dann den Mut haben sich helfen zu lassen?

»Was ist, wenn sie Angst hat? Vielleicht macht sie einen Rückzieher und fliegt doch nach Guatemala. Dann war alles umsonst.«

»Es ist ihre Entscheidung. Du tust was du kannst und wenn sie unsere Hilfe nicht annehmen will, ist es nicht deine Schuld.« Sie drückt meine Schulter. »Geh jetzt. Ich weiß, dass du es gut machst.«

Obwohl die sommerliche Hitze den Bus in eine Sauna verwandelt – Ist die Klimaanlange kaputt, oder was? – fühlen sich meine Hände eiskalt an. Jetzt wird es ernst.

Mit zitternden Beinen steige ich aus dem Bus und atme erleichtert die nach Orangenblüten duftende Luft ein. Kein Mensch ist auf dem Campus. Ich flüchte mich in den Schatten einer Palme und lehne mich an den rauen Stamm. Erst muss ich mit Josh reden. So wenig ich ihn mag, kann ich ihn nicht übergehen. Wenn er dem Plan nicht zustimmt, war alles umsonst.

In den Waschräumen binde ich mir die wirren Haare zu einem strengen Pferdeschwanz zusammen und benetze mein erhitztes Gesicht mit kaltem Wasser. Wenn doch nur nicht alles an mir liegen würde. *Du schaffst das. Du gehst hier nicht weg ohne etwas erreicht zu haben.*

Mit einem überzeugenden Lächeln trete ich an den Empfang und schaffe es nach Joshs Zimmernummer zu fragen ohne, dass meine Stimme dabei zittert.

»Ich kann das«, murmle ich als ich die Treppen hochgehe. Leise sage ich die Nummern an den Türen auf. 211, 212, 213 … Da ist es. 214. Gegenüber von Annas und Matildas Zimmer. Ich starre die Tür an. Mein Herz rast. In diesem Moment wäre ich am liebsten überall, nur nicht hier. Sogar der Saunabus kommt mir gerade angenehmer vor. Kurz ertappe ich mich bei dem Gedanken, dass er vielleicht garnicht da sein könnte. Will ich das? Nein, verdammt nochmal! Ich hab doch keine Angst vor Josh. Gestern konnte ich ihm noch die Meinung sagen und heute … Bevor ich feige davonlaufen kann, klopfe ich. Jede Sekunde kommt mir vor wie eine Ewigkeit.

»Wer ist da?«, ruft er mürrisch.

»Zimmerservice«, entgegne ich mit hoher Stimme, weil ich ahne, dass er nicht aufmachen wird, wenn er weiß, dass ich es bin.

»Zimmerservice?« Schritte poltern durch das Zimmer.

»Seit wann gibt es hier einen …« Er stockt als er die Tür öffnet und mich sieht. Seine Augen weiten sich. »Ach du Scheiße! Was willst du denn hier? Hau ab!«

Josh will die Tür zuwerfen, doch ist stelle schnell einen Fuß dazwischen.

»Ich muss mit dir reden.«

»Wir haben nichts zu besprechen. Halt dich von mir und meiner Familie fern.« Sein Gesicht verzerrt sich zu einer wütenden Grimasse.

»Genau deshalb bin ich hier. Ich will dir einen Deal vorschlagen.«

Er stößt ein überhebliches Lachen aus. »Du willst Geld? Und du glaubst, dass ich dir das geben kann?«

Ich drücke die Tür noch weiter auf. »Es geht um Matilda. Du wirst sie nicht durch die halbe Welt schleifen, nur um ihr Kind verschwinden zu lassen. Sie bekommt es hier.«

»Was?! Hast du sie noch alle?« Seine Stimme erhöht sich um zwei Oktaven. Langsam wird er nervös. Das ist gut.

»Dir geht es nur um deinen Ruf, stimmts?« Ich sehe ihm in die Augen, doch er weicht meinem Blick aus.

»Ich will nichts von dir. Kein Geld. Nur, dass Matilda ihr Kind hier bekommen darf.«

Josh schaut demonstrativ an mir vorbei und schweigt weiter trotzig. Es kostet mich all meine Willenskraft diesem Ekel nicht ins Gesicht zu schlagen.

»Das Kind wird hier in Spanien zur Adoption freigegeben. Wir haben ein Heim gefunden, in dem Matilda bis zur Geburt wohnen. Sie kann dort ihr Kind bekommen und es dann den Adoptiveltern übergeben. Niemand wird etwas erfahren.«

»Du hast das alles schon geplant? Was fällt dir ein sowas einfach zu entscheiden?« Ängstlich wandern seine Augen umher, nur mich schaut er nicht an. Seine hochnäsige Fassade bröckelt. Ich weiß, dass ich gewonnen hab und das gibt mir Mut.

»Du hast hinter Matildas Rücken entschieden ihr das Kind wegzunehmen. Du hast sie nicht einmal gefragt, wo sie es unterbringen will.«

»Scheiße!« Frustriert schlägt er mit der Handfläche gegen die Tür. »Ihre Eltern haben das entschieden. Nicht ich. Ich muss nur … Wenn das hier schief geht, kann ich das Stipendium vergessen. Es hängt alles an mir. Diese blöden Feiglinge!«

»Ok, Josh. Ich versteh das, aber ich kann euch helfen. Dein Ruf wird nicht beschädigt und Matilda bleibt diese Quälerei erspart. Sie zieht in dieses Heim und darf Adoptiveltern für ihr Kind aussuchen. Niemand erfährt etwas davon.«

»Aber das ist alles geplant«, widerspricht er, doch ich weiß, dass er bereits aufgegeben hat.

»Vertrau mir. Du musst dich um nichts kümmern. Und ich werde niemandem erzählen, dass du Matilda erpresst hast.«

In einem letzten Versuch zu rebellieren, verschränkt er die Arme vor der schmalen Brust.

»Deal?« Ich strecke die Hand aus.

»Meinetwegen«, presst er hervor und gibt mir lasch die Hand.

»Und du versuchst nicht mehr dich einzumischen.«

»Nein. Und jetzt verschwinde.« Er schlägt die Tür zu. Ich hab's geschafft. Ich hab's tatsächlich geschafft und ich bin Josh für sein überhebliches Verhalten nicht mal mehr böse. Im Prinzip ist er nur ein armer Kerl, der von seiner reichen Familie unter Druck gesetzt wird.

Mit neuer Energie klopfe ich bei Anna und Matilda. Sie sind sichtlich froh mich zu sehen. Hoffnungsvoll sieht Matilda mich an. »Konntest du was erreichen?«

»Ja. Du darfst dein Kind hier bekommen.«

»Was? Wirklich?« Sie springt auf und reißt mich in ihre Arme. Anna schlingt ihre Arme um uns beide. »Wie hast du das geschafft?«

»Carmens Tochter kennt jemanden bei der Adoptionsvermittlung.«

»Mein Baby wird eine richtige Familie bekommen?« Tränen treten ihr in die Augen. »Das kann nicht sein.«

»Es ist die Wahrheit.« Ich krame die Visitenkarte aus meiner Hosentasche. »Du musst dich nur bei dieser Adresse melden. Das ist ein Heim für alleinstehende Frauen und Mütter. Die helfen dir.«

Matilda drückt meine Hände. »Danke Luisa. Ich hatte so Angst vor Guatemala.«

»Ich weiß garnicht was ich sagen soll. Wir waren so gemein zu dir. Warum hast du das gemacht?«, fragt Anna ungläubig.

»Meiner Mutter ging es jahrelang sehr schlecht. Ich war zu jung um ihr die Hilfe zu geben, die sie wirklich gebraucht hätte. Aber jetzt kann ich es. Bei euch.«

Überglücklich halten sich Anna und Matilda an den Händen. Matilda strahlt über das ganze Gesicht während Tränen über ihre Wangen laufen. Jetzt ist der richtige Moment um die Bombe platzen zu lassen.

»Du kannst dich für eine offene Adoption entscheiden.«

Überrascht sehen sie sich an, dann mich. «Was heißt das?», fragt Matilda.

»Du kannst Kontakt zu den Eltern haben. Sie schicken dir Fotos und Videos von deinem Kind. Du kannst alles miterleben.«

»Das geht?« Schluchzend schlägt sie die Hände vors Gesicht. »Wie soll ich das jemals wiedergutmachen?«

»Garnicht. Ich will, dass du glücklich wirst. Mehr nicht.«

***

Auf der Heimfahrt kann ich garnicht aufhören zu grinsen. Matilda darf ihr Kind in Malaga bekommen und sie wird es vielleicht sogar aufwachsen sehen. Noch vor wenigen Tagen hätte ich das für unmöglich gehalten. Anna hat gesagt, ich bin eine Heldin, aber das glaube ich nicht. Ich hab einfach nur jemandem geholfen, der vollkommen allein dastand. Das was ich schon vor Jahren hätte tun sollen. Natürlich hab ich auch Mama unterstützt. Ich hab getan, was ein Kind eben in so einer Situation tun kann. Aber ich hab es nur getan um zu überleben. All die Jahre hab ich Mama für ihr Verhalten verurteilt und nie versucht zu verstehen wie es in ihr aussieht. Alles hätte so viel einfacher sein können, aber das ist jetzt vorbei. Wir haben beide Fehler gemacht und beide daraus gelernt.

Zu Hause angekommen, gönne ich mir eine ausgiebige kalte Dusche und dann einen großen starken Kaffee. Nach meiner erfolgreichen Mission hab ich wieder genug Zeit um über meine Beziehung zu Felipe nachzudenken. Er hat sich immer noch nicht gemeldet. Verzweiflung macht sich in mir breit als mir klar wird, dass ich in 24 Stunden schon im Flieger nach München sitzen werde. Kann ihm das wirklich egal sein? Kann ich ihm so egal sein? Ich hole mein Handy hervor und schreibe ihm eine Nachricht, lösche dann aber sofort wieder alles. Ich schreibe eine neue Nachricht und lösche auch die. Egal, was ich versuche, es gelingt mir nicht, meine Gefühle in eine SMS zu packen. Das ist lächerlich. Wenn er nicht mit mir reden will, wird eine blöde Textnachricht das auch nicht ändern.

Carmen und Alicia sitzen auf der Terrasse. Ich stelle meine Kaffeetasse auf den hübschen Mosaiktisch und bemerke die Glaskaraffe mit einer trüben hellen Flüssigkeit. Obendrauf schwimmen Minzblätter.

»Alicia hat Limonade gemacht. Das ist bei der Hitze besser als Kaffee.« Lächelnd schenkt Carmen mir ein

Glas Limo ein. Vorsichtig nippe ich daran und genieße das süßsaure Prickeln auf der Zunge.

»Wie ist es gelaufen?«, fragt Alicia.

Ich berichte ihnen von meiner Diskussion mit Josh und dem Gespräch mit Anna und Matilda.

»Alles ist genauso wie wir es geplant haben.« Unter dem Tisch greife ich nach ihrer Hand. »Danke Alicia. Ohne dich hätte ich das nie geschafft.«

»Dafür ist die Familie doch da.«

»Die Familie? Aber …«

»Du kannst jederzeit zu uns kommen, wenn du in der Nähe bist«, sagt Carmen.

»Danke, aber ich glaub das kann ich nicht wegen. … du weißt schon.«

Carmen wirft mir einen mitfühlenden Blick zu. »Ich bin sicher, er wird zur Vernunft kommen.«

»Wann soll das denn passieren? Morgen reise ich ab.« Sie legt eine Hand auf meinen Arm, doch ich entziehe mich ihr. »Ich weiß, dass du mich aufbauen willst, aber ich glaube nicht, dass Felipe zurück kommt, solange ich noch da bin.«

Ich springe auf und laufe ins Wohnzimmer. Den Kaffee hab ich nicht angerührt. Aber ich hab wirklich genug von diesen hohlen Sprüchen. Wenn ich Felipe wichtig wäre, hätte er sich längst gemeldet. Stattdessen geht er mir absichtlich aus dem Weg.

Ich bin schon auf der Treppe als die Haustür aufspringt. Im ersten Moment rechne ich mit Benito, doch als ich mich umdrehe, steht Felipe im Flur. Für einen

Augenblick vergesse ich zu atmen. Ungläubig starre ich ihn an. Und er mich. Langsam stoße ich die Luft aus und laufe auf ihn zu. Er sieht schrecklich aus. Bleich und müde. Und verzweifelt.

»Wo warst du?«

»Nirgends«, antwortet er zögerlich. Eine Schnapswolke streift mich und für einen Moment erstarre ich. Verdammte Scheiße. Was hat er getan?

Jetzt platzt mir der Kragen. »Was soll das? Du haust einfach ab, ohne was zu sagen, lässt zwei Tage nichts von dir hören und willst jetzt immer noch nicht mit mir reden.«

Aus geröteten Augen starrt er mich an. »Ich … Das kann ich nicht. Noch nicht.« Seine Stimme klingt schleppend, so als wäre er noch nicht ganz nüchtern.

»Was ist los mit dir?« Ich schüttele ihn leicht an den Schultern. »Wo ist der Mann, in den ich mich verliebt hab.« Tränen steigen mir in die Augen. »Was hab ich dir getan? Warum …?«

»Luisa.« Er berührt kurz meine Wange. »Tut mir leid.«

»Was hab ich falsch gemacht? Was ist das Problem?«

»Ich … Ich.«

»Was?«

»Ich bin das Problem.« Beschämt wendet er sich ab.

»Du?« Ich lege meine Hand unter sein Kinn, spüre die rauen Bartstoppeln an meinen Fingern.

»Du weißt nicht, was ich getan hab.«

Entgeistert starre ich ihn an. »Was soll das heißen? Hast du jemanden ermordet?«

Wie erstarrt steht er da. »Du willst es also wirklich wissen? Meinetwegen. Dann komm und hör dir an was für ein Mensch ich bin!« Seine Stimme klingt hart und kalt, so voller Selbsthass. Ich spüre einen stechenden Schmerz in der Brust. Was ist nur mit dem positiven fröhlichen Menschen mit dem ansteckenden Lachen passiert? Ich weiß er ist da, irgendwo unter all der Verzweiflung. Was quält Felipe so sehr, dass er sich derartig gehen lässt?

Ohne mich noch einmal anzusehen, stürmt er die Treppen hoch und ich muss mich beeilen um ihn einzuholen.

Kurz zögere ich, bevor ich sein Zimmer betrete. Es kommt mir vor als würde ich ein Tabu brechen. Obwohl wir so vertraut miteinander waren, hat er mich nie in sein Zimmer eingeladen und ich hab mich nie getraut reinzugehen. Das war neben seinem Geheimnis das Stück Privatsphäre, das ich ihm gelassen hab.

Ich bin erstaunt wie ordentlich das Zimmer ist. Über seinem Schreibtischstuhl hängen ein paar Pullis. Daneben steht ein schwarzer Rucksack mit dem weißen Adidaslabel auf der Außentasche. In einem schmalen hohen Regal zwischen Bett und Kleiderschrank stehen ein paar DVDs und erstaunlich viele Bücher. Felipe sitzt auf dem Bett und beobachtet schweigend, wie ich sein kleines Reich unter die Lupe nehme. Seine dunklen Augen wirken riesig in dem fahlen Gesicht, was mein Mitleid nur noch mehr schürt. Verdammt! Kann er nicht aufhören mich wie ein Welpe anzuschauen?

Verunsichert setze ich mich auf die Bettkante. Ich fühle mich wie ein Eindringling.

»Du musst dir das nicht anhören. Ich will nicht, dass du dich schlecht fühlst, wenn du an mich denkst.«

»Ich hab mich die letzten zwei Tage schlecht gefühlt. Ich will endlich wissen was los ist.«

Er seufzt. »Es tut mir leid. Ich hab alles kaputt gemacht. Ich hätte dich einfach in Ruhe lassen sollen.«

»Sag das nicht. Alles wird gut. Wir müssen nur ehrlich zueinander sein.« Ich klinge zuversichtlicher als ich bin. Felipe wirkt nicht so als würde er noch an das Gute glauben. Zusammengesunken sitzt er auf dem Bett und vergräbt das Gesicht in den Händen. Für einen Moment befürchte ich, dass er gleich anfängt zu weinen. Das wäre mein Ende, aber er tut es nicht. Er bleibt stark. Wenigstens das scheint sich nicht geändert zu haben. Ganz langsam und zärtlich streiche ich ihm über den Rücken. Sein Atem wird ruhiger und ich muss mich zusammenreißen um nicht beruhigend auf ihn einzureden. Das hier soll keine Therapiestunde werden. Als ich aufhöre ihn zu streicheln, versteift er sich sofort.

»Bitte sag mir was los ist.«

Gequält sieht er mich an. »Du wirst mich hassen.«

»Das könnte ich nie. Nichts was du je gemacht hast, kann so schlimm sein.«

Er schließt kurz die Augen und atmet tief durch. Ich weiß, dass er unendlich leidet, aber ich weiß auch, dass er nur davon befreit werden kann, wenn er endlich mit offenen Karten spielt. Nichts ist so schlimm wie ein Problem jahrelang mit sich herumzutragen.

»Ich hatte mal eine Freundin. Vor drei Jahren. Sie hieß Celia. Wir waren in derselben Clique. Wir haben ziemlich mieses Zeug gemacht. Uns in alten Fabriken und stillgelegten Bahnhöfen getroffen. Illegal natürlich. Ein Kumpel von mir hat ständig Gras und harten Alkohol besorgt. Wir haben die Schule geschwänzt und uns fast jeden Tag zugedröhnt. Es war lustig und wir haben uns toll gefühlt. Was meine Mutter dazu gesagt hat, war mir scheißegal. Ich war sauer auf sie, weil sie immer so viel gearbeitet hat und fast nie Zeit für uns hatte.« Wie Benito, denke ich.

»Wenn ich betrunken nach Hause gekommen bin, war ich immer so laut, dass sie es mitbekommt. Ich hab vor ihr meine Joints gedreht und sie ständig provoziert.« Ein Zittern fährt durch seinen Körper. Wie sehr muss ihn sein schlechtes Gewissen immer gequält haben?

»Als Celia zu uns gekommen ist, war ich zum ersten Mal richtig glücklich. Wir waren beide total kaputt und haben uns gegenseitig runtergezogen, aber wir waren immer füreinander da. Ich hab Gras für sie besorgt und sie oft nach Hause gebracht. Sie hing immer mit uns ab, aber sie hat nie richtig dazugehört. Sali hat sich immer als Boss aufgespielt. Er wollte, dass sie ein Aufnahmeritual macht und Celia wollte uns allen zeigen, was sie draufhat. Ich war echt stolz auf sie, weil sie vor nichts Angst hatte. An dem Abend als es passiert ist, waren wir alle total high. Sali hatte die Idee, dass Celia auf einen Zug klettert. Es war ein Abstellgleis und wir dachten es wäre eine coole Mutprobe.« In meinem Magen hat sich ein harter Klumpen gebildet. Ich schlucke, weil ich ahne, was jetzt kommt.

»Sie hat keine Sekunde gezögert. Wir haben sie alle angefeuert. Ich auch. In dem Moment war ich total stolz auf sie. Ich wollte, dass sie es schafft. Sie ist hochgeklettert, stand oben und hat gejubelt. Und dann … Sie hat die Arme ausgestreckt. Es hat geblitzt und geknallt. Sie hat nicht mal geschrien. Ich hab erst später begriffen was da passiert ist. Ich hab die Sanitäter geschlagen und beschimpft, weil sie mich nicht zu ihr lassen wollten. Ich dachte ich könnte ihr helfen, aber als ich sie gesehen hab, wusste ich, dass es zu spät war.«

Mit blankem Entsetzen in den Augen sieht er mich an. »Verstehst du das? Ich hab sie umgebracht. Ich bin ein Mörder.«

»Felipe nein. Das stimmt doch nicht.« Ich strecke meine Hand nach ihm aus, doch er schiebt sie weg. »Das ist noch nicht mal alles. Nachdem die Sanitäter mich weggeschickt haben, hab ich mich richtig volllaufen lassen und in der Stadt randaliert. Ich bin in eine Bar gegangen und hab alles von den Tischen gefegt und mit Gläsern nach den Kellnern geworfen. Die Polizei hat mich abgeführt und in eine Ausnüchterungszelle gesteckt. Am nächsten Morgen hat meine Mutter mich abgeholt. Da hab ich erst kapiert wie sehr sie unter mir gelitten hat. Ich hab mir geschworen mit dem ganzen Scheiß aufzuhören. Drei Jahre hab ich durchgehalten. Und jetzt …«

»Du bist zu ihnen zurückgegangen?« Er nickt und ich gebe mir keine Mühe mehr die Tränen zurückzuhalten.

Gegen das was er durchmachen musste, erscheint mir mein Leben wie der reinste Kindergarten.

»Sie sind Arschlöcher, aber zum Feiern gut genug.«

»Warum? Du hast das doch garnicht nötig. Du hast gesagt, du bist nicht mehr so wie früher. Hast du das vergessen?« Schluchzend schlinge ich meine Arme um ihn. Er rührt sich nicht von der Stelle, macht aber auch keine Anstalten meine Umarmung zu erwidern.

»Ich bin noch viel schlimmer. Ich hab dich angelogen und zugelassen, dass du dich in mich verliebst.«

»Du Idiot.« Ich boxe ihm in die Schulter. »Ich hab mich in dich verliebt, weil du ein toller Mensch bist. Du hast mir gezeigt, dass das Leben nicht nur aus Pflichten und Problemen besteht. Von dir hab ich gelernt, wie schön und einfach alles sein kann, wenn man positiv denkt. Du verleugnest dich gerade selbst, indem du dir diesen Mist einredest.«

Felipe rückt von mir weg als hätte er sich an mir verbrannt. »Du kapierst das nicht. Ich kann dich nicht glücklich machen. Ich kann niemanden glücklich machen.«

»Das hast du aber. Als du noch du selbst warst. Das jetzt grade, das bist nicht du.« Die Tränen laufen mir in Strömen übers Gesicht, aber das ist mir vollkommen egal. Felipe soll endlich sehen, was für ein wundervoller Mensch er ist. Er soll sehen, dass ich ihm keinen Vorwurf mache. Er war dumm und leichtsinnig, aber Celias Tod ist nicht seine Schuld.

»Das bin ich. Jemand, der immer nur die Menschen enttäuscht und zerstört hat, die ihn lieben. Celia ist gestorben, weil sie mich geliebt hat und du ... Ich will dich nur beschützen.« Tränen glitzern in seinen Augen als er mich ansieht. »Vor mir.«

»Bitte tu das nicht. Wir waren doch glücklich zusammen.«

»Das waren wir nicht. Ich kann dich niemals glücklich machen.«

»Es war nicht deine Schuld. Red dir das nicht ein. Du hättest ihr nicht helfen können.« Flehend sehe ich ihn an. »Bitte beende das nicht einfach. Ich liebe dich.«

»Nein. Sag das nicht.«

»Aber es ist die Wahrheit. Geh nicht weg.«

Er stößt mich von sich und springt auf. »Ich bin völlig am Ende. Du kannst mir nicht helfen. Geh einfach.«

Ein Blick in sein Gesicht sagt mir, dass er nicht nachgeben wird. Er will mich nicht. Mir fällt auf, dass er mir nie gesagt hat, dass er mich liebt. Meistens ist er mir ausgewichen. Mi querida. Was bedeutet das schon? Garnichts.

Wütend und verzweifelt rausche ich aus seinem Zimmer. Felipe macht hinter mir zu. Ein unterdrücktes Schluchzen dringt durch die geschlossene Tür und ich muss all meine Willenskraft aufbringen um nicht zurückzugehen und ihn in den Arm zu nehmen. Er würde mich wieder wegstoßen.

»Luisa! Ist Felipe zurückgekommen?«, ruft Carmen von unten.

Ich rausche durch den Flur und reiße meine Zimmertür auf. Schritte auf der Treppe. Die knarzende Stufe. Dann ist sie oben. »Luisa!«

»Lass mich in Ruhe!«, kreische ich und knalle die Tür hinter mir zu.

Schluchzend schmeiße ich mich aufs Bett und gebe Laute von mir, die wenig menschlich klingen. Aber das ist mir egal. Ich will einfach nur, dass es aufhört. Ich will nach Hause und vergessen, dass ich je hier war. Oder dass ich Felipe kennen gelernt hab.

»Felipe!« Carmen klopft an seine Tür. »Mach auf!« Doch offensichtlich hat er sich eingesperrt. Er wird nicht mit ihr reden. Er wird auch mit mir nicht mehr reden. Für ihn ist es vorbei. Und warum? Weil er vor drei Jahren ein paar blöde Freunde hatte, die ein Mädchen in den unfreiwilligen Selbstmord getrieben haben. Wie kann er glauben, dass das seine Schuld war? Und wie kann er glauben, dass ihm mit mir dasselbe passiert? Er ist nicht mehr dieser Mensch. Das weiß ich. Nur er kann es nicht sehen. Wütend schlage ich auf das Kissen ein. Ich hasse ihn, weil er so unglaublich dumm und stur ist. Und ich hasse mich, weil ich ihn trotzdem liebe.

Ich bringe es nicht fertig Lena anzurufen und ihr zu erzählen, dass es vorbei ist. In meinem Kopf läuft ein grausamer Film ab. Felipe, der mir aufhilft, nachdem ich vor dem Haus gestürzt bin, Felipe, der mich in der Bar an die Wand drückt und leidenschaftlich küsst. Fast glaube ich sein unbeschwertes Lachen zu hören. Ist das wirklich derselbe Mensch, der vorhin auf dem Bett gekauert ist und sich selbst als Mörder beschimpft hat. Er hat gesagt er kann mich nicht glücklich machen, doch das hat er. Bevor das ganze hier passiert ist, war ich glücklich. Zum ersten Mal seit der Trennung war ich wirklich glücklich. Felipe hat geschafft was niemand zuvor geschafft hat. Er hat mich dazu gebracht Gefühle zuzulassen und mich einem anderen Mensch zu öffnen. Und dann hat er alles zerstört und sich in einen Strudel aus Selbstzweifeln und Schuldgefühlen gestürzt.

Ich versuche mich abzulenken und schalte den Fernseher an, doch nichts interessiert mich. Überall sehe ich Felipes Gesicht und seinen traurigen Blick. Als ich mich umdrehe um ein Buch aus dem kleinen Regal über dem Bett zu nehmen, fallen mir die beiden Fotos von Frigiliana ins Auge. Das kann ich nicht ertragen. Ich schalte den Fernseher aus und laufe nach unten. Es gibt nur eine Person, die Felipe gut genug kennt, um zu wissen wie es in ihm aussieht.

Die Terrassentür ist offen. Ein leichter Windstoß bläht die Vorhänge auf. Carmen sitzt draußen und hält ein Weinglas in der Hand. Sie schwenkt es leicht hin und her und betrachtet die dunkelrote Flüssigkeit. Erleichtert stelle ich fest, dass die Flasche neben ihr noch fast voll ist.

Da sie mich immer noch nicht bemerkt, berühre ich sie vorsichtig an der Schulter. Sie zuckt zusammen und dreht mich um.

»Luisa.« Carmen deutet auf den Stuhl neben sich und ich folge ihrer Aufforderung. »Es tut mir so leid. Das ist für uns alle nicht leicht.«

»Er hat mir alles erzählt«, eröffne ich. Das scheint sie nicht zu überraschen. Jedenfalls lässt sie sich nichts anmerken.

»Ich dachte er hätte damit abgeschlossen.«

»Das hat er nicht. Er gibt sich die Schuld und glaubt, dass er ein schlechter Mensch ist.«

Seufzend stellt sie das Glas ab. »Das hat er damals schon, aber irgendwann hat er nicht mehr darüber gesprochen. Er hat sich verändert. Er wollte damit abschließen und von vorn anfangen.« Schweigend sitzen wir da.

»Ich versteh das nicht. Er hat immer so glücklich gewirkt. Ich wusste, dass er mir etwas verheimlicht, aber …« Ich schüttele nur den Kopf. Eigentlich weiß ich garnicht was ich denken soll.

»Wir verstehen nicht immer, was in einem Menschen vor sich geht, aber eins weiß ich sicher. Du hast ihm gutgetan. Er liebt dich.« Sie greift nach meiner Hand.

»Nein. Er will mich nicht. Er hat mich weggeschickt.«

»Weil er verletzt ist. Aber er liebt dich. Ich wusste es als ich euch zum ersten Mal zusammen vor dem Haus gesehen hab.«

Sie hat Recht. Ich wusste es auch. Schon als ich ihm vor dem Weinladen zum ersten Mal in die Augen gesehen hab. Ich wusste es in jedem Moment, den wir zusammen verbracht haben. Selbst jetzt liebe ich ihn noch und trotzdem konnte ich ihn nicht retten. Seine Schuld ist größer als seine Liebe.

20. Kapitel

Der nächste Tag beginnt mit strahlendem Sonnenschein, so wie jeder Tag in Malaga. Unten auf der Straße spielen zwei kleine Mädchen mit einem Springseil. Seufzend lasse ich die Rollläden wieder runter. Kein noch so schöner Anblick ändert etwas an der Tatsache, dass mein Leben in Scherben liegt.

Mechanisch packe ich meinen Koffer und versuche die Tränen zurückzuhalten. In den letzten Monaten ist Carmens Haus mein zu Hause geworden. Hier hab ich mich so wohl gefühlt wie in den letzten zehn Jahren nicht mehr. Und jetzt soll ich das alles hinter mir lassen.

Im Flur begegne ich Benito. Er greift nach meinem Koffer.

»Lass gut sein. Ich schaff das schon.«

»Ich hab meine guten Manieren nicht vergessen«, meint er mit einem Grinsen und trägt meinen Koffer die Treppe runter.

»Musst du heute nicht in die Schule?«

Benito zuckt gleichgültig mit den Schultern. »Da verpass ich nicht viel. Was wir da lernen, braucht kein Mensch.«

»Wie du meinst.« Ich schlurfe in die Küche. Klar könnte ich ihm sagen, dass er sich so seine Zukunft kaputtmacht und später ganz sicher etwas machen muss, worauf er keine Lust hat, aber mit Carmens Haus lasse ich auch all ihre Probleme hinter mir. Das alles geht mich nichts mehr an. Ich werde nicht zurückkommen.

Als ich die Küche betreten will, fällt mein Blick auf Felipes breiten Rücken, der in einem weißen engen T-Shirt steckt. Das Bild seiner Muskeln, die sich unter einem nassen dünnen Shirt abzeichnen, drängt sich mir auf und ich kann nichts dagegen tun. Verdammt, er beherrscht mich immer noch!

Wie erstarrt stehe ich an der Tür. Sobald ich die Küche betrete, wird er sich umdrehen und es mir wahnsinnig schwer machen das hier alles zu vergessen. Aber Davonlaufen ist auch keine Option. Das hab ich endgültig hinter mir gelassen. Entschlossen schiebe ich den Koffer zur Seite. Die kleinen Rollen scharren über die Fliesen. Ich versuche nicht gehetzt zu wirken als ich mir eine Tasse aus dem Schrank nehme und Kaffeepulver in die Maschine kippe. Während ich auf meinen Kaffee warte, lehne ich an der Arbeitsplatte und sehe zu Felipe herüber, der mir gegenüber an der Wand lehnt und seine Tasse mit beiden Händen umklammert hält. Er wirft mir wieder diesen traurigen Blick zu. Seine Lippen öffnen sich leicht, doch dann schaut er wieder auf den Boden.

»Bist das wirklich du? Ein Typ, der traurig in der Küche steht und den Mund nicht aufbekommt?«

In den nächsten Sekunden ist nur das Brummen der Kaffeemaschine zu hören. Die Luft ist zum Zerreißen gespannt.

»Du weißt nicht wer ich bin«, erzählt er den grauen Fließen.

»Weißt du es?«

Wieder sieht er mich mit halb offenem Mund an, wie ein Kind, das weiß, dass es Mist gebaut hat. Hasst er sich selbst wirklich so sehr?

Ich stürze auf ihn zu und reiße ihm die Tasse aus der Hand. Braune Tropfen spritzen auf sein T-Shirt, aber das scheint er garnicht bemerken. »Hör endlich auf dich selbst zu belügen. Wer bist du?«

»Ich …« Er streicht mir eine Strähne hinters Ohr. Dann zieht er die Hand schnell zurück. »Du verdienst was Besseres.«

Fassungslos schüttele ich den Kopf. »Du weißt, dass du nicht an ihrem Tod schuld bist. Hör auf dir das einzureden.«

Am liebsten würde ich ihn in meine Arme ziehen und küssen bis er vergisst, dass er unglücklich sein will. Wie kann jemand sich selbst so fertigmachen?

»Wenn du wirklich ein schlechter Mensch wärst, wäre es dir egal ob du schuld bist oder nicht. Dann würde dich das alles nicht so traurig machen.«

Schnell stürze ich meinen Kaffee hinunter und flüchte aus der Küche. Ich kann Felipes traurige Augen und seine Selbstverleugnung nicht mehr ertragen. Mit seinem Verhalten macht er alles nur noch schlimmer. Mit jedem Tag, an dem er sich einredet, dass er nicht glücklich sein darf, wird er sich schlechter fühlen. Mit fällt ein, was er mir über das Leben gesagt hat.

Dass man sich nicht auf die Probleme fokussieren soll, dass es immer weitergeht. Hat er das wirklich alles plötzlich vergessen?

Ein Blick auf mein Handy sagt mir, dass ich noch eine Stunde Zeit hab, bevor Carmen mich zum Flughafen fahren muss. Auf der Treppe renne ich fast in sie hinein, doch ich ignoriere ihre verwunderten Ausrufe und stürme in mein Zimmer. Hektisch krame ich in der Schreibtischschublade nach einem schönen Blatt Papier und einem Kugelschreiber. Unsere Beziehung kann ich nicht retten, da mach ich mir nichts vor. Aber vielleicht kann ich dafür sorgen, dass Felipe irgendwann wieder glücklich wird. Ich kann ihm jetzt nicht helfen, aber genauso wenig will ich zulassen, dass er sich mit seinen negativen Gedanken selbst zerstört.

Ich setze den Stift an und schreibe. Alles was mir einfällt, was ich an Felipe liebe und was ich ihm wünsche. Zum Schluss befestige ich noch die schillernde Muschel mit einem Streifen Tesa an dem Papier. Danach lese ich den Brief mehrmals und denke über meine Formulierungen nach, komme dann aber zu dem Entschluss nichts zu verbessern. Am ehrlichsten sind wir Menschen, wenn wir nicht ewig über das nachdenken, was wir sagen wollen und an jedem Satz feilen. Felipe soll wissen, wie ich über ihn denke. Er soll erkennen, dass er ein wundervoller Mensch ist und es verdient glücklich zu werden. Egal wie oder mit wem.

Felipes Zimmertür ist geschlossen. Vorsichtig drücke ich das Ohr an die Tür und lausche. Nichts zu hören.

Entweder steht er immer noch unten in der Küche oder er verhält sich extrem leise.

»Felipe ist zum Supermarkt gegangen.« Erschrocken fahre ich herum. Benito steht hinter mir.

»Ich hab noch was für ihn.« Meine Hand liegt schon auf der Klinke. Benitos Blick fällt auf den Brief. »Was ist das? Ein Liebesbrief?« Er lacht leise.

»Es sind wichtige Dinge, die ich ihm sagen muss.«

»Soll ich's ihm geben?«

»Kann ich dir vertrauen?«

»Klar.« Er streckt die Hand aus.

»Du willst nur lesen, was ich geschrieben hab. Gib's zu.«

»Als wir uns nachts auf der Treppe getroffen haben, hab ich ihn nicht verpfiffen. Warum sollte ich dann seine Post lesen?«

»Post«, schnaube ich.

»Wenn er kommt, gib ich ihm den Brief gleich und wasch ihm ordentlich den Kopf. Wenn du ihn in sein Zimmer legst, sieht er ihn vielleicht erst später.«

Das macht jetzt auch keinen Unterschied mehr, aber was soll's. »Dann nimm ihn.« Widerstrebend drücke ich ihm den Brief in die Hand. »Wenn du ihn doch liest, krieg ich das raus. Dann schick ich dir auch einen Brief. Aber keinen freundlichen.«

Lachend faltet er den Zettel nochmal und steckt ihn sich in die Hosentasche. Dort wo die Muschel ist, beulte sie sich aus. Hoffentlich kann ich ihm wirklich vertrauen.

Felipe, mi querido,

du weißt, dass ich dich liebe und du weißt auch, dass ich dich nie verurteilen würde. Egal, was du getan hast. Du hast mir wehgetan, aber ich weiß, dass du das nicht mit Absicht gemacht hast. Vielleicht hattest du keine andere Wahl, weil du selbst verletzt bist. Du gibst dir die Schuld an dem, was damals passiert ist, aber ich bin mir sicher, in Wirklichkeit weißt du, dass du nichts daran hättest ändern können. Menschen haben Gründe für ihr Verhalten. Celia hat es getan, weil sie Anerkennung wollte, nicht weil du sie zu irgendwas gedrängt hast. Nicht deine Liebe hat sie umgebracht. Manchmal verstehen wir diese Gründe nicht. Manchmal verstehen wir nicht mal uns selbst.

Wenn du das mit uns beenden willst, kann ich dich nicht davon abhalten, obwohl es mir schwer fällt zu akzeptieren, dass es auf diese Weise enden musste. Aber ich werde dich immer in guter Erinnerung behalten. Wenn ich an dich denke, sehe ich dich. Nicht dein Äußeres oder die schwere Schuld, die du dir aufgeladen hast, sondern einen liebenswerten und fröhlichen Menschen, der für seine Freunde und seine Familie da ist. Ein Mensch, der andere zum Lachen bringt, ihnen zeigt wie schön das Leben sein kann und sich seine ansteckend gute Laune nie verderben lässt. Das bist du. Der Mann, in den ich mich verliebt hab, einfach weil er ein toller Mensch ist, bei dem ich meine Sorgen vergessen konnte. Mir dir hatte ich die schönste Zeit meines Lebens und das werde ich nie vergessen. Du hast mich verändert. Ich hab gesehen wer du wirklich bist und ich hoffe du wirst es auch irgendwann sehen. Ich versuche nicht, dich umzustimmen oder zu mir zurückzukommen. Ich will nur, dass du dir selbst verzeihst. Die bunte Muschel ist für den Menschen, den ich am meisten liebe und sie steht für einen Wunsch. Ich wünsche mir, dass deiner in Erfüllung geht. Glücklich zu werden.

Luisa

»Hast du auch nichts vergessen?«

»Ich hab alles.« Nur mein Herz hab ich hier gelassen. Ich wuchte meinen Koffer in den Kofferraum und stelle den Rucksack in den Fußraum. Bevor ich einsteige, werfe ich noch ein letzten Blick auf das kleine blaue Haus. Ein kleiner Teil von mir hofft, dass Felipe rauskommt und mich um Verzeihung bittet, aber ich weiß, dass er das nicht tun wird. Für ihn scheint es vorbei zu sein.

Traurig seufzend steige ich ins Auto und mache die Tür zu. Carmen startet den Motor und ich lasse ihr gemütliches warmes zu Hause für immer hinter mir. Ich schaue nicht zurück. Das Leben muss weitergehen.

»Es tut mir leid. Ich hab mir so sehr gewünscht, dass ihr beide glücklich werdet.«

»Felipe will nicht glücklich sein.«

»Er wird es schaffen. Nur jetzt macht er gerade eine schwere Zeit durch.«

Ich ertappe mich bei dem Gedanken, dass er mich dann erst recht braucht, aber ich weiß, dass das nicht stimmt. Er glaubt, dass er es nicht verdient glücklich zu sein und daran kann ich nichts ändern. Nur ein Frage brennt mir unter den Nägeln. Eigentlich geht es mich nichts mehr an, aber wenn ich Carmen jetzt nicht frage, dann nie.

»Warum glaubt er, dass es seine Schuld ist? Hat ihm das jemand eingeredet?«

Carmen wirft mir einen kurzen Blick zu. Dann schaut sie wieder auf die Straße.

»Tut mir leid. Ich dachte nur …«

»Schon gut. Felipe liegt viel daran andere glücklich zu machen. Er war schon als kleines Kind so. Er hat sofort gespürt, wenn es jemandem nicht gut ging.«

Mit Tränen in den Augen sieht sie mich an. »Wir wissen beide, dass er dich liebt, aber er glaubt, dass er dich nicht glücklich machen kann.«

»Ich hoffe er begreift irgendwann was für ein toller Mensch er ist. Irgendwann schaut er in den Spiegel und sieht sich, nicht das Monster, für das er sich hält.«

Carmen lächelt unter Tränen. »Ich glaube er weiß es schon. Er braucht nur noch ein bisschen Zeit.«

***

Bevor ich das Flughafengebäude betrete, drücke ich Carmen fest an mich. »Danke für alles. Ich hatte eine tolle Zeit bei euch.«

»Es war schön mit dir.« Sie tätschelt leicht meine Wange. »Schreib uns mal. Wir freuen uns.«

»Das mach ich. Spätestens an Weihnachten.«

Sie lächelt und winkt noch bis ich im Gebäude verschwunden bin. Kühle Luft aus der Klimaanlage kommt mir entgegen. Auf dem Weg zur Sicherheitskontrolle, komme ich an einem Kiosk vorbei und kaufe mir ein überteuertes Sandwich. Vor mir in der Schlange steht ein junges Pärchen, das die Arme umeinander gelegt hat. Mein Magen zieht sich schmerzhaft zusammen. Wie kann es sein, dass das, was zwischen mir und Felipe war plötzlich einfach bedeutungslos ist? Wenn ihm unsere gemeinsame Zeit etwas bedeutet und er mich wirklich liebt, wie Carmen gesagt hat, wie kann er mich dann einfach gehen lassen? Aber vielleicht täuscht sie sich auch und sagt das nur um mich aufzumuntern.

Die Schlange vor der Kontrolle ist lang. Klar, es ist August. Ferienzeit. Lustlos knabbere ich an meinen Sandwich. Es geht langsam voran und die Warterei zerrt an meinen Nerven. Vergeblich suche ich nach Ablenkung. Ich frage mich wann ich aufhören werde an Felipe zu denken? Kann ich diese Sache irgendwann als Sommerflirt abtun oder werde ich mich in fünf Jahren noch fragen, ob es mit uns vielleicht doch hätte klappen können? Felipe.

»Luisa!« Was war das? Jetzt hab ich schon Halluzinationen.

»Luisa warte!« Das ist doch seine Stimme. Aber das kann nicht sein. Ich muss den Verstand verloren haben. Hektisch schaue ich mich um. Vor mir ist nur noch eine Familie mit zwei Kindern. Die Schlange scheint noch länger geworden zu sein, doch hinter den sich drängenden Menschen zwischen den Absperrkordeln schlängelt sich ein Mann zwischen Reisenden und Koffern durch. Fassungslos starre ich ihn an. Felipe!

Ich schnappe mir Koffer und Rucksack und krieche unter dem Absperrband durch. Einige Leute schreien empört auf, die meisten weichen nur erschrocken zurück.

»Was soll das werden?«, ruft ein Mann in Uniform, doch ich ignoriere ihn und renne auf Felipe zu. Auf halbem Weg lasse ich den lästigen Koffer stehen und falle ihm um den Hals als hätte es nie Streit zwischen uns gegeben. Schluchzend vergrabe ich mein Gesicht in seinem T-Shirt.

»Felipe. Warum …? Ich dachte du … Ich dachte wir …«

»Alles ist gut.« Er streichelt mein Gesicht. Meine Tränen benetzen seine Finger. »Es tut mir leid. Es tut mir so leid.«

»Was machst du hier?« Das kann nicht sein. Ich träume.

»Ich konnte dich nicht gehen lassen. Ich war ein Idiot. Bitte verzeih mir. Ich war so dumm.«

»Ich dachte, du willst mich nicht.« Ich fasse ihn an den Schultern und halte ihn ganz fest. Wenn das ein Traum ist, will ich nie aufwachen.

»Ich wollte dich immer. Ich wusste nur nicht wie ich es dir sagen soll.«

»Aber du warst so … Ich dachte für dich ist es endgültig.«

»Nein, ich dachte nur es wäre besser so, aber ich hab deinen Brief gelesen und dann wusste ich, dass ich dich nicht gehen lassen darf.«

Felipe greift nach meiner Hand. Ich fühle etwas hartes glattes an meiner Haut. Die Muschel. Er hat sie mitgenommen.

»Danke für alles.« Er küsst mich und ich fühle mich total überwältigt, so als wäre es das erste Mal, dass ich seine wundervollen Lippen auf meinen spüre. Sanft lasse ich meine Finger durch seine Locken gleiten. Felipe umschließt mein Gesicht mit beiden Händen und sieht mir in die Augen.

»Du hast recht. Ich wollte immer der Mensch sein, der ich bei dir war. Und ich hab dir nie etwas vorgespielt. Ich musste nur erst kapieren, dass es ok ist, glücklich zu sein.«

»Und bist da das?«, frage ich hoffnungsvoll.

»Mit dir bin ich glücklich. Nur mit dir.« Noch einmal küsst er mich. »Ich liebe dich.«

»Ich liebe dich auch.«

***

Fast den ganzen Flug über muss ich lächeln. Es ist nicht vorbei. Als ich den Brief geschrieben hab, hab ich gehofft Felipe könnte irgendwann glücklich werden. Und auch ich wollte glücklich werden, aber daran, dass wir zusammen glücklich werden, hab ich nicht mehr geglaubt.

In München angekommen, halte ich nach Lena Ausschau, doch stattdessen entdecke ich Mama. Wie hat sie das denn gemacht? Sie ist doch seit Jahren nicht mehr Auto gefahren. Verwirrt stolpere ich auf sie zu.

»Hallo«, sage ich unsicher.

Mama zieht mich in ihre Arme. »Freust du dich nicht mich zu sehen?«

»Natürlich freu ich mich, aber ich dachte Lena kommt.«

»Ich bin doch hier.« Lena zwängt sich zwischen den anderen Wartenden durch und umarmt mich ebenfalls. »Wir dachten nur es wäre schöner, wenn deine Mutter dich zuerst begrüßt.«

»Ich wusste nicht, dass es dir schon wieder so gut geht. Das ist toll.«

»Das Leben geht weiter und das hab ich dir zu verdanken. Du wolltest deinen eigenen Weg gehen und das werde ich auch.«

Sie hakt sich bei mir ein und zum ersten Mal seit Jahren hab ich das Gefühl wirklich eine Mutter zu haben. Zu dritt verlassen wir den Terminal und treten hinaus in die warme Augustsonne. Mama hat recht. Das Leben geht weiter. Vor mir liegt ein langer Weg voller Möglichkeiten. Auch wenn ich noch nicht weiß, wohin er mich führt.

Epilog

Die warme Oktobersonne blendet mich als das Flugzeug zur Landung ansetzt. Lena zückt ihr Handy und filmt die Landebahn unter uns. Dann dreht sie das Display und wir grinsen beide breit in die Kamera.

»Das rahmen wir ein«, verkündet sie strahlend.

»Und die tausend anderen, die du nächste Woche noch machst«, entgegne ich lachend.

Ich bin ganz zappelig vor lauter Aufregung. Nach zehn Wochen werde ich endlich Felipe wiedersehen. Ich hab eine ereignisreiche Zeit hinter mir. Mama hat ein paar neue Freundschaften geschlossen und ich hab tatsächlich noch einen Ausbildungsplatz bei einem Reiseveranstalter bekommen. Vielleicht bin ich von meinem Kindheitstraum Entdeckerin zu werden garnicht mehr so weit entfernt.

Obwohl die Zeit ziemlich schnell vergangen ist, kommt es mir plötzlich vor als wäre eine Ewigkeit vergangen seit ich Felipe das letzte Mal gesehen hab.

Den großen Koffer hinter mir herziehend renne ich durch die Ankunftshalle.

»Hey warte«, ruft Lena, »Ich hab mehr Schuhe dabei als du.«

Typisch Lena. Sie muss für jede denkbare Situation das passende Outfit dabei haben.

Im Rennen checke ich noch schnell mein Handy.

Ich kann es kaum erwarten dich wieder zu sehen,
querida xxx

Mein ganzes Gesicht ist ein einziges Grinsen. Warme sommerliche Temperaturen empfangen uns als wir das Flughafengebäude verlassen. Unter den wenigen Menschen, die hier stehen, erkenne ich Felipe sofort. Er kommt auf mich zu. Ich stelle den Koffer ab und renne ihm entgegen. Er wirbelt mich herum während wir uns stürmisch küssen.

»Ich hab dich so vermisst.«

»Jetzt bist du wieder hier. So wie ich's gesagt hab.«

Diesmal erreicht sein Lächeln seine Augen. Es wirkt nicht aufgesetzt. Endlich ist er wirklich glücklich.

Er schließt auch Lena in eine kurze Umarmung. Sie grinst mir verschmitzt zu und reckt ihren Daumen nach oben. Als ich ihr von unserer romantischen Wiedervereinigung am Flughafen erzählt hab, hat sie einen Freudentanz aufgeführt.

»Ich wusste doch, dass er der Richtige für dich ist. So einen tollen Mann kannst du einfach nicht gehen lassen.«

Während der Fahrt macht Felipe Lena auf ein paar Gebäude aufmerksam und erzählt ihr, was man in Malaga alles erleben kann. Weil er kaum Englisch spricht und sie nur ein paar Brocken Spanisch, übersetze ich für sie. Die fehlenden Sprachkenntnisse halten ihn nicht davon ab mit ihr zu kommunizieren und das liebe ich an ihm. Wirklich nichts kann ihm die gute Laune verderben. Und damit meine ich wirklich nichts. Alles was ihn je vom Glücklichsein abgehalten hat, ist nicht mehr da.

Carmen empfängt uns herzlich und einen kurzen Augenblick fühle ich mich an den Tag vor fünf Monaten zurückversetzt als ich zum ersten Mal hier angekommen bin. Voller Erwartungen und Hoffnungen. Vollkommen verunsichert von den Gefühlen, die Felipe in mir ausgelöst hat. Ich hab mich dagegen gesträubt und bin ihm dann doch verfallen. Wir haben uns geliebt und gestritten. Wir haben geweint und gelitten. Wir haben gekämpft. Und es hat sich gelohnt.

»Wie schön, dass ihr da seid.« Carmen begrüßt mich und Lena mit Wangenküsschen und Umarmung. »Das Essen steht schon auf dem Tisch.« Lächelnd legt sie Felipe eine Hand unters Kinn. «Endlich ist mein Junge glücklich.»

»Ich hab die beste Familie, die es gibt. Und die beste Frau.« Bei seinem Lächeln wird mir warm ums Herz. Mir wird klar, dass ich hier eine zweite Familie gefunden hab. Eine, die tausend Mal mehr wert ist als jede Clique, zu der ich je gehört hab.

Er hilft uns mit dem Gepäck. Wir schlafen beide im Gästezimmer, in dem jetzt zwei Betten stehen.

Beim Essen geht es wie immer fröhlich und laut zu. Alle sind da. Alicia und Dulce. Benito, der Lena verstohlen mustert. Er lächelt sogar und wirkt garnicht mehr so mürrisch wie bei meiner Ankunft. Dieser Moment ist perfekt. Nur eine Sache interessiert mich brennend.

»Was ist mit Matilda? Geht es ihr gut?«

»Sie lebt in dem Heim, das wir ihr empfohlen haben«, berichtet Alicia. Durch sie bin ich erst auf die Idee gekommen, die Matilda von ihrem Leid befreien soll.

»Ich hab sie letzte Woche besucht. Es scheint ihr zu gefallen. Man kümmert sich dort um die Frauen.«

Inzwischen müsste sie im sechsten Monat sein. In drei Monaten wird ihr Kind zur Welt kommen und an liebevolle Adoptiveltern übergeben. Es wird eine offene Adoption sein. Matilda soll ihr Kind aufwachsen sehen und in Sicherheit wissen. Fern vom Einfluss ihrer mächtigen Familie, die sie in Südamerika glaubt.

»Danke Alicia. Ohne dich hätte ich ihr nicht helfen können.«

»Ich bin froh, dass sie ihren Platz gefunden hat.«

Das bin ich auch. Nach allem was sie durchmachen musste, hat sie es verdient glücklich zu werden. Ihr Baby einfach zurückzulassen, hätte ihr das Herz gebrochen.

Lena, Felipe und ich machen uns mit gepackten Taschen auf den Weg zum Strand. Für Oktober ist es hier wahnsinnig warm und sonnig. Also das perfekte Wetter um sich nochmal im Meer abzukühlen bevor in zwei Wochen der deutsche Winter auf uns wartet.

»Es ist wunderschön Luisa. Du solltest hier bleiben.« Begeistert sammelt Lena Muscheln und stopft sie in eine Plastiktüte.

»Ich glaube je öfter ich herkomme, desto weniger will ich wieder zurück.«

Ich greife nach Felipes Hand. »Du hast recht. Ich liebe deine Stadt.« Unsere Lippen finden sich. Er schmeckt nach Salz und Sonne. »Und ich liebe dich.«

»Ich liebe dich auch, *mi querida*. Lass uns für immer zusammenbleiben.«

»Für immer.« Unsere Finger fest ineinander verschlungen spazieren wir am Strand entlang. Ich drehe mich um und betrachte unsere Fußspuren nebeneinander im nassen Sand. Es ist eindeutig. Wir gehören zusammen und egal was die Zukunft bringt. Wir werden es schaffen. Zusammen.